漫漫古典情2

ROMANTIC CLASSICAL LITERATURE

樸月——著

詩詞那一刻

好讀出版

自序

超越時代、細水長流的「漫漫古典情」

我的《漫漫古典情》第一版，是在一九九一年，由「晨星出版社」出版的。

那時，我已累積了近二十年的寫作經歷，也出過好幾本書了；包括以散文詮釋古詞的「詞演示」、散文、歷史小說、傳記等。這些書，都是先發表，再結集出版的。當時，我也還繼續在給報章雜誌寫專欄，寫單篇的散文、論文發表，也寫「長篇歷史小說」連載。這些作品中，有一部份爲兒童寫的「歷史故事」，是台中《台灣日報．兒童版》的專欄。因爲這個緣故，我與當時《台灣日報》的副刊主編陳篤弘先生，和負責兒童版的郁馥馨女士，都成爲相當友好親切的朋友。

郁馥馨長得嬌小玲瓏，個性開朗可愛。她的姓名，好像每個字都帶著香味，所以，我們都喊她「香香」而不名。

有一次，香香打電話給我，邀我去台中。說：有一家「晨星出版社」年輕的社長陳銘民先生，想跟我談一個出版計劃。

對當時漸入中年的我而言，感覺這位陳銘民先生還眞是「年輕」！很有理想，也很有創意。他知道我的寫作題材，與當代的作家很「不一樣」：因爲我從小喜歡的是古典詩詞和文史，所以寫作的路線很不「現代」；作品大多與詩詞、文史相關。就想把他頗富創意的構想，託付我來「完成」。

他的構想是：選三百六十五則的「詩詞名句」，附詩詞原文，再搭配我依據這些「詩詞名句」，隨興寫的思感情懷小品文字出一本書。讀者一天讀一則，費不了幾分鐘。若能用一年（三百六十五天）的時間，就能輕鬆的進入「古典詩詞」的文學天地。

我當時有點詫異；因爲當時出版界，正轟轟烈烈的在打一場驚動了文壇的版權官司；有一家出版社，控告另一家出版社「抄襲」了他們出版「詩詞名句」的書。當然，這些「詩詞名句」本身，都出於古人，誰都可以選用，已沒有「版權」問題了。官司的重點，在於名句後面附的「賞析」文字有雷同之處。就在這「時機敏感」的當口，「晨星」這位年輕出版家，竟想出一本「詩詞名句」的書，加入「戰線」湊熱鬧？

我提出我的疑問。他笑了：

「雖然同樣是選『詩詞名句』。但以你對詩詞、文史的修養，和你清雅的文字風格，這本書一定跟他們的都不一樣！」

我也笑了；既感謝他對我的信任，也覺得：遇到這樣有主見和魄力的年輕出版家，跟他合作，共同完成這一理想，應該也是一件愉快的事，當下也就「一言爲定」了。我還開玩笑的「保證」：絕不讓他陷入「抄襲官司」的危機！

當時，使用「電腦」，還是屬於「極小眾」。所以，這些文字，都是一字一句用原子筆寫在稿紙上，以「純手工」完成的！而且，也跟我其他的書不同；其他書，大都是文章先發表，再結集。《漫漫古典情》則是專門為了給「晨星」出版而寫的。

在交稿的時候，這位年輕有為的出版家，誠懇的對我說：

「像這樣『古典』的書，大概不太可能『暢銷』。但我相信，她將會是一本『長銷書』。我們就這樣給她『定位』；希望《漫漫古典情》能『細水長流』！」

我也不認為這會是一本「暢銷書」。卻頗意外的，出版後，被許多學校的國文老師們認同、喜愛，並推薦給他們的學生們閱讀；還曾在當時的「北一女」造成「人手一冊」的盛況。也被不知什麼學校或機構推薦，成為包括「古今中外」書籍的「好書一百本」之一。被列入「古典詞章類」的九本中；而且還是九本中唯一屬於「現代人」的作品！

忽忽近三十年了！當年創業不久的「晨星」，早非昔日的「吳下阿蒙」，而成為一個龐大的「出版事業群」；《漫漫古典情》歸屬於他們旗下的「好讀」，繼續出版。

而我，也在繼續我的「讀寫生涯」。二十幾年間，又出版了不少書。在網路興起之後，這些書也陸續因合約到期而絕版。只有《漫漫古典情》的「壽命」超長，不但一直「存活」著，甚至還因為「晨星」（好讀）的持續經營，蓬勃成長。

不知道對「出版社」而言，算是優點還是缺點？我這個人是既宅又被動的；若沒有什麼特別情事，幾乎從不主動跟出版社聯絡；避免騷擾他們的工作，或帶給他們壓力。但他們也並沒有因爲作者的「不聞不問」，而冷落了這本書。除了按時給我傳出版資訊、銷售報表，並付「版稅」之外，每每在合約將到期之前，就把新的合約寄來續約了。也不時的主動改版「促銷」；甚至，在今年初，還又改過版；算來，是這本書的第五個版本了。他們不僅改了版面，還請了名家設計封面，讓這本「老書」又有了「新風貌」。

在月前，負責這本書編務的莊銘桓先生來信，問：不知道我是否有其他的作品，可以給「好讀」出版？

今年初，「好讀」爲《漫漫古典情》改版之後，一位與我相交二十餘年的朋友，應邀主持「聯合文學出版社」。一上任就來電表示：她希望能爲我重新出版那些早已絕版的「長篇歷史小說」。在這網路時代，這樣的「舊書」有人青睞，更何況還是由我的好友主持其事！當然二話不說的，就同意把我那些「長篇歷史小說」交給她；今年也已出版了「文學家系列」的兩本書《西風獨自涼．納蘭容若》和《來如春夢去似雲．蘇東坡與朝雲》了。其他的，她則預訂在明年陸續出版。

因彼此已有了承諾，「長篇歷史小說」就此有了歸屬。不論「人情」或「義理」，都不能也不該「三心兩意」了。就如這些年來，也曾有出版社想跟我要《漫漫古典情》，我都當即婉謝拒絕；「晨星」一直對我尊重友好，善意相待，並沒有虧負我！我也非常珍惜彼此間這「不落言詮」的信任與情誼；同樣，不論「人情」或「義理」，都不能「辜負」老朋友！

因此，我跟銘桓說：他們來遲了一步！我的「長篇歷史小說」，都已「名花有主」了。但我有些以不同體裁寫的「歷史短篇」，已貼上了我的「部落格」。他可以上網去找找看；如果有他們覺得合適的，就可以給他們。

後來，銘桓給我來信：他已經搜索、閱讀過我「部落格」裡的文章了。他們決定先要「詩詞故事」系列。而且覺得：可以還是用《漫漫古典情》爲書名。這想法好像也頗合情入理；實際上，不僅是「詩詞故事」，甚至連同我寫的其他歷史短篇人物或故事，沿用《漫漫古典情》這個「總題」，也都全無扞格、牽強之感；因爲內容本來就都屬於「漫漫『古典』情」呀！換言之，此後，《漫漫古典情》對我來說，將不僅是「一本書」的書名，而是專屬於我的「書系」了。

這些故事的篇數，雖然比《漫漫古典情》少得多！但總字數是有過之的；因爲那些「名句」所附的小品文，大約都只有一、兩百字。而這些連敘述、帶議論的作品，少則千餘字，多則數千字；否則無法完整的容納「故事情節」，及我對這些人與事的見解與論述。因字數較多，「好讀」站在讀者的立場考量；一本書若是字太小、太密集、太厚重，對讀者會造成傷眼，或閱讀上的不便。因此決定將「詩詞故事」分爲兩冊出版；《漫漫古典情2》由「遠古」到「隋」；《漫漫古典情3》則由「唐」到「民國」。

其中有十二篇，出於文天祥的〈正氣歌〉中的詩句；加上他自己，總共是十三篇。這一部份，是因爲相交近三十年，我看著「誕生」的「心韻合唱團」，去年的演唱曲目中有〈正氣歌〉。向例，他們在演唱相關「古典詩詞」的曲目之前，都會邀請我去爲他們解說這些「古典詩詞」作品。在給他們解說〈正氣歌〉中列舉的人物和故事之前，我還眞費了不少的時間和心力去準備！既然時間、心力都已經投入了，把這些故事寫出來，也就成了「順理成章」的事。而其中的人物，和其他「詩詞故事」中的人物也不大相同；這些人物故事所呈現的，不是兒女柔情，也不是個人經歷、感懷，而是國家民族大義！恐怕，這種從對「國家民族」的「忠愛」出發，不惜濺血捐身的「忠肝義膽」，也正是現代人最欠缺，而有「振聾發聵」醒世意義的！而其中有些人物，像「三國」時代的嚴顏、諸葛亮，長久以來，一般人都被《三國演義》誤導，也應該還原其「眞相」了！這些作品，也按著故事主角的朝代，列入書中。

緊接著要做的是：爲這些當初就沒有按照時代順序，隨興寫成的作品，編纂「目錄」；這件事，由我自己來做，恐怕比編輯容易得多！於是我按著「朝代」排序；由遠古「帝堯」時代單純質樸的〈擊壤歌〉開端，一直到民國初年，詩僧蘇曼殊清婉深秀的〈憶西湖〉：「春雨樓頭尺八簫」結束。

對這些陸續寫的「舊稿」，我也一一重新校讀，整理、修訂。然後，像當年一樣：我鄭重的把這些作品，懇切的交託在如今已然成爲「出版重鎭」的「晨星．好讀」編輯手中。

我是十分愉快的；在這不但「家家有電腦」，更「人人滑手機」的網路時代，出版業所受的衝擊，是人所共知的。還能有一套兩本的「新書」出版，是何等的幸運！自己想想：或者，竟也因爲這些都是「不合時宜」的「古典文學」吧？在「時間巨輪」的推動下，那些曾經屬於「現代」，甚至曾經在當時算是「前衛」的作品，已漸爲飛逝的時光，和改變得太快的思想觀念、生活模式與電子科技「浪淘盡」之際，「古典文學」卻因爲超越了「時代」，已進入了「歷史」，不爲「時代」局限，反而得以繼續流傳了。

愉快的同時，把這些作品，交託給已經合作了近三十年，彼此信任的「老朋友」來經營、管理，我也眞是「放心」的！

我自己也不知道緣由；今年，已「高齡」七十有一的我，似乎走了一步「老運」；在自己早已不再「期待」的情況下，竟連續已有三本改版或重出新版的書問世了！現在，整理完這兩本多年來陸續寫成，還不曾出版，眞正的「新書」，我只能滿懷喜悅的說：

「感謝天主。」

一位相交數十年的老朋友則笑：

「我覺得，那些生前就非常疼愛你的長輩們，也都在天上聯合保佑你呢！」

好像是眞的！人生至此，除了感謝，夫復何憾？

目次

◇遠古

◇春秋

◇戰國

◇漢

◇三國

遠古

帝力於我何有哉（堯帝）

在中國人的心目中，「堯」與「舜」可說是政治領袖的典範人物。也是後世最景仰的帝王。雖然，就「信史」來說，他們的事蹟並不那麼確定。但「逢堯舜之世」卻是中國百姓永遠的嚮往。據《史記》的記載，堯是帝嚳的兒子。帝嚳去世後，先繼位的是堯的哥哥帝摯。但沒有什麼政績可言。他死後由弟弟放勳繼位，這位「放勳」，就是我們最敬仰的堯帝。

《史記》形容他：仁德如天地穹蒼一般無邊無際；智慧如神明一般的精妙莫測。接近他的時候，感覺他和煦如麗日。遠遠觀望瞻仰，則如雲彩一般的燦爛繽紛。他富有四海而無驕奢之色。他貴爲帝王，而待人親切隨和。他在位時，因爲親自爲天下表率，使人與人之間的關係，親睦和樂，沒有紛爭。他設置百官，各司其職的爲百姓服務。他命大臣依照日月星辰的運行法則，訂定了曆法。分一年爲春、夏、秋、冬四季，使百姓的生活有所依循；春耕、夏耘、秋收、冬藏，使天下百姓的生活因而安和樂利。

中國詩歌的起源很早；當然，那時並沒有明確的文字記載，而是口耳相傳留下來的，也因此更爲可貴。在中國文學史上，最古老流傳的詩歌，也是從「堯」的時代開始的。也就是說，在「堯」的時代，中國已有了「詩歌」。在《古詩源》中，將堯時代的〈擊壤歌〉列爲第一篇。

「擊壤」是什麼呢？可以說，是一種古代民間流行的一種非常「原始」的遊戲。據後人考證：「壤」是木製的。前寬後窄，有一尺多長。玩的方法很簡單：把一個木壤放在一個定點。玩的人，站在三、四十步外，用手中拿著的木壤，瞄準了，丟出去打那個放在定點的木壤。這遊戲可以一個人「自得其樂」的玩，也可以很多一起人玩，誰打中了，就算他贏了。

當帝堯在位的時候，因爲天下太平無事，這就成了老人家們閒暇時候的遊戲。這首「歌」，大概是派到各地探訪民隱，採錄「民間歌謠」的官員，聽到正玩著「擊壤」的老人唱，而記錄下來的。我們可以想像，老人一邊玩「擊壤」的遊戲，一邊唱：

日出而作，日入而息。鑿井而飲，耕田而食。帝力於我何有哉！

他的意思是說：「太陽出來，天亮了，我就出去工作。太陽下山，天黑了，我就回家休息。我要喝水，靠自己鑿井；我要吃飯，靠自己耕種。帝王？他的才幹、權力，干我什麼事呀？」

我們卻不能不想：這老人是因爲生在太平的時代，帝王「無爲而治」，才能這麼悠哉遊哉的說這樣「神氣」的話。帝王好，天下太平，百姓的確是感覺不到帝王的存在與否有什麼重要，和了不起的意義的。但是帝王不好，橫征暴歛，弄得天下百姓民不聊生的時候，可就感覺到了！

除了〈擊壤歌〉，堯的時代還有兩首重要的作品：〈堯戒〉和〈伊耆氏蜡辭〉流傳。

在這樣百姓生活安適富足的情況下，堯還是非常戒愼小心的執行他身爲帝王的職責。以〈堯戒〉警惕自己：

戰戰慄慄，日謹一日。人莫躓於山，而躓於垤。

由此可知，他幾乎是戰戰兢兢的考察著自己。每一天都非常小心謹愼的處理政事。時時提醒自己：不要忽略了最小的細節；因爲，人常會在大事上小心，忽略小節。卻反而因著小節的差錯，造成難弭的失誤；就像人在登險峻高山的時候，因著小心謹愼，不容易跌倒。卻可能被一個突出於地面的小蟻穴絆跌倒地。

他又命伊耆氏主持冬日的蜡祭，在蜡祭時，把一年的收穫獻給上蒼。爲向上蒼祈禱，而留下了〈伊耆氏蜡辭〉：

土反其宅，水歸其壑，昆蟲毋作，草木歸其澤。

用我們現代的語言來說，就是：山歸山，水歸水，各安其位。山不要崩塌，發生「土石流」，水不要氾濫成災。不要發生蟲害蝗災，傷害了莊稼，影響收成。野草雜木也都留在山林草澤，不要入侵百姓的農地！

這祈禱非常簡單，卻也是人民生活安全和富足的保障。

堯年紀大了，想找一個合宜的人來繼承帝位。他自己有個兒子丹朱，他卻覺得這個兒子生性頑劣，又好與人爭訟，不是理想的繼承人。因此，命四方諸侯推薦適當的繼位人選。四方諸侯異口同聲的推薦了「舜」。堯因此把女兒娥皇、女英嫁給他，近身考察他的爲人。發現他孝順友愛，倫理道德上無懈可擊。又命他擔任公職，觀察他治理國家的才能。在這一方面，他也非常稱職，不但深得民心，也得到諸侯們的擁戴。因此，堯放了心，就將帝位禪讓給了舜。

卿雲爛兮，糺縵縵兮（大舜）

舜，也是個仁民愛物的好皇帝。他接受堯的禪讓之後，也非常戒慎恐懼的主持政事。起用最適當的官員，讓他們各展所長的來治理國家。所以，他當政時，百姓生活的安和樂利，不下於堯。

當和煦的南風吹起的時候，他想到：天氣暖和了，老百姓的生活可以得到改善，不那麼辛苦了。古代「風調雨順」的定義是：五天吹一陣和風，十天下一陣好雨。因爲這樣的氣候，是最適合農作物生長，也是最使百姓生活安適的。能「風調雨順」，就可以「國泰民安」；所以這兩句話，往往相提並論。只要即時吹風，即時下雨，就可以有豐收的希望，使百姓的生活過得更豐足。於是，舜彈著五絃琴，欣欣然的唱出了這首〈南風詩〉：

南風之薰兮，可以解吾民的慍兮。南風之時兮，可以阜吾民之財兮。

這首歌非常的簡單，卻從這些簡單的意思中，了解舜對人民生活，是念念在心的！他希望南風帶來的和煦溫暖，可以解除百姓冬日生活的艱苦。而南風及時而到，象徵著一個豐收的希望。莊稼豐收，百姓就能生活更富足。對一個好帝王來說，沒有比這更讓他欣慰的事了。

相傳，大禹治水成功，舜決定要把帝位禪讓他的時候，天上出現了似煙非煙，似雲非雲，外圍像圓形谷倉的「卿雲」。卿雲，所代表的是一種喜慶的吉兆。所以，舜與臣子們都非常的高興。唱出了這一首〈卿雲歌〉：

卿雲爛兮，糺縵縵兮。日月光華，旦復旦兮。

他們歌頌著卿雲的燦爛與舒卷。又歡喜著日月交替，放射著光華萬丈，日復一日的照耀著大地，永無止息！也象徵著舜與禹的「世代交替」，就如日月光華一般：日復一日，代復一代的嘉惠著百姓萬民。

古代的詩歌，都非常簡樸。短短的字句，卻充分的傳達了他們喜悅的心聲。在民國初年，還沒有現在的「國歌」的時候，也曾經把「卿雲歌」譜曲，當作「國歌」。由此可知，希望國家吉慶，一代代如「日月光華」交替，普照大地，是所有百姓共同的願望呢！

遠古

曲終人不見，江上數峰青（娥皇、女英）

善鼓雲和瑟，常聞帝子靈。馮夷空自舞，楚客不堪聽。苦調淒金石，清音入杳冥。蒼梧來怨慕，白芷動芳馨。流水傳湘浦，悲風過洞庭。曲終人不見，江上數峰青。

這一首〈湘靈鼓瑟〉，是唐代錢起的作品。跟一般不同的是：這「詩題」不是他自己擬的，而是他參加進士考試時的考題；要與試的考生，以大舜的兩個妃子：娥皇與女英的故事爲題，寫五言六韻的「試帖詩」。

大舜，是歷史上與堯並稱「堯舜」的賢君。他的身世卻相當坎坷：他的父親叫瞽叟；望名思義，應是個盲人。大舜出生之後，生母死了。父親又娶了繼母，並生了弟弟象。父母偏心，什麼苦活都是大舜做；他要耕田、淘井、蓋房子……穿破衣，吃粗食。象卻享受著父母的寵愛，什麼都不做，還吃好的、穿好的。而且，他們不但對辛苦工作供養一家人生活的大舜沒有感激，三個人還常想方設法的想害死他。

雖然他生活得這麼辛苦，卻還是非常孝順，一點也不怨恨父母和弟弟。因而賢名遠播。堯聽說了，召見他，問他對各種政治、經濟、社會、養民事務的看法。他對答如流，讓堯十分滿意。賜給他一張琴，一件細葛衣，又為他修建房子。為了進一步觀察他，就把自己的兩個女兒：娥皇和女英嫁給他；貼身觀察他的為人行事。

堯對他的信任愛重，不但沒有改善他父母和象對他的態度，反因嫉妒而變本加厲。特別是象，對娥皇、女英兩個嫂嫂心生愛慕。認為害死了舜，堯賜給哥哥的一切財產，甚至兩位嫂嫂，都可以「納為己有」，成為他的。就跟父母商量各種「謀財害命」的辦法。

有一天，大舜的父親說：穀倉漏水。要他爬到屋頂上去修補屋頂。他的妻子在他臨行前，交給了他一頂特大的竹笠。說：「你戴在頭上去吧！」

在他上了倉頂之後，弟弟抽掉了梯子，放火燒穀倉。他頭上正戴著那頂大斗笠，就用兩隻手扶著斗笠向下跳。靠著斗笠的浮力，安全落地。

又一次，他的繼母要他去淘井。娥皇和女英事先警告他：下井之後，要先打横挖一個地道。他下去之後，過了一陣，繼母要瞽叟和象，往井裡填土，想把舜活埋在井底。象得意極了，認為舜死定了！他的房子、妻子、衣服和琴都歸自己所有了！卻不知道，舜在兩位妻子的警告下，知道繼母不懷好意，先在井壁上挖了一個通道，躲在通道裡逃過一劫。然後從挖通的地道裡爬出來。回到家，正得意洋洋彈著他的琴的象，為之張口結舌。只好假意說：

「井壁坍了，我以為你死了，正在悲悼你呢。」

諸如此類的事，層出不窮。但都在娥皇女英的協助之下，化險為夷。雖然如此，舜還是像過去一樣孝順父母，友愛弟弟。

通過了這些考驗，堯決定把帝位禪讓給舜。舜登基之後，選用賢能，各用所長的任命官職：他任用大禹作「司空」，負責治水。任用棄做農官，教導百姓按時耕作。任命契作「司徒」，教化百姓，使他們知道並遵行「父子有親、君臣有義、男女有別、長幼有序、朋友有信」的道理。任用皋陶，主持司法，排解糾紛，審理罪案。垂管理百工、益管理山林……這些被任命的，都是適才適任的賢臣，把國家治理得井井有條。

舜也和堯一樣，他並不想把帝位視為私家所有。所以將帝位禪讓給治水有功的大禹。讓位後，他還是非常關切百姓的生活。就在他去南方巡狩時，死於蒼梧之野，葬於九嶷山。

他的兩個妻子娥皇與女英，聽到他已死的凶耗，乘舟前往奔喪。到了湘水邊，只見九嶷山煙雲縹緲，可望而不及，找不到舜的墳墓。日夜悲哭，眼淚灑在竹子上，沾到淚水的竹子，都留下了斑斑淚痕。所以後世稱這種竹子為「斑竹」，或稱「湘妃竹」。兩人傷心之餘，自沉於湘水而死。她們死後，芳魂不泯，成為湘水女神。後來，在洞庭水域上，偶然會有人看到水面飄浮著一艘大船。船上有兩個穿著古代衣服的美人在鼓瑟，曲調淒清悲楚，讓人聽了落淚。相傳：就是大舜的妻子娥皇、女英，用音樂來傳達她們永遠的悲悼與哀思。

她們只偶然現影，往往一曲既終，船影就消失在青山綠水間了。餘音裊裊，卻無法追尋。因此，她們又被稱爲「湘靈」。

錢起寫出「曲終人不見，江上數峰青」兩句詩，還有個傳說：錢起爲了赴考，由湖州經過京口（鎮江），晚上住在旅店裡。月夜，他在院子裡散步，忽聽到牆外有人高聲吟詩：「曲終人不見，江上數峰青。」

他聽了，覺得詩句很美，急忙追出門去，想看看這位詩人。牆外卻一個人影都沒有。到考試時，看到這個題目。他寫了前十句，還差兩句沒有收尾。忽然想起這兩句詩，與他前面的十句竟是珠聯璧合，天衣無縫。連韻都配合他的詩，就寫到試卷上去了。

主考官李暐讀了，連聲擊節，稱之爲「絕唱」！他也就以這一首，甚至可說因這「兩句」詩，傳誦一時。直到宋代，還有好幾位詞人直接引用，或借用其中字句入詞呢！

秦觀（字少游）〈臨江仙〉：

千里瀟湘挼藍浦，蘭橈昔日曾經。月高風定露華清，微波澄不動，冷浸一天星。
獨倚危檣情悄悄，遙聞妃瑟泠泠；新聲含盡古今情，曲終人不見，江上數峰青。

滕宗諒（字子京）〈臨江仙〉：

湖水連天天連水，秋來分外澄清。君山自是小蓬瀛，氣蒸雲夢澤，波撼岳陽城。
帝子有靈能鼓瑟，淒然依舊傷情。微聞蘭芝動芳馨，曲終人不見，江上數峰青。

他不但直接引用了錢起〈湘靈鼓瑟〉的「曲終人不見，清上數峰青」，也直接引用了孟浩然〈臨洞庭湖贈張丞相〉詩中的「氣蒸雲夢澤，波撼岳陽城」兩句原詩。當時，他正被貶謫到巴陵郡，重修了面臨洞庭湖的「岳陽樓」；大家熟知的范仲淹〈岳陽樓記〉，就是應他之請寫的；所以一開始就寫著：「滕子京謫守巴陵郡」。而他自己則寫了這闋詞。他引用的兩首詩，都與洞庭湖有關。雖然是「引用」，卻也渾然天成。

蘇軾〈字子瞻，號東坡〉的〈江城子〉，沒有直接引用，卻從此中化出的：

鳳凰山下雨初晴，水風清，晚霞明。一朵芙蕖，開過尚盈盈。何處飛來雙白鷺，如有意，慕娉婷。
忽聞江上弄哀箏，苦含情，有誰聽？煙斂雲收，依約是湘靈，擬待曲終尋問取，人不見，數峰青。

由此可知，錢起這兩句詩是多麼受到喜愛了！

遠古

不用命，乃入吾網（商湯）

朝代的興替，其實都不是偶然的；滅亡的一方，必有其「自取滅亡」之道。而興起的一方，也總有他被當代諸侯臣民擁戴的理由。取代夏朝的，是商朝。領導贏得這一場「聖戰」的人，是商湯。他的出身家世，可也不平凡；還有個神話傳說：

在遠古時代，「天下共主」是由許多的氏族與部落諸侯共同推戴而產生的。在帝嚳時，有一個部落，叫「有娀」。有娀氏有個女兒，名叫簡狄，嫁給帝嚳為次妃。有一天，她在兩個女伴的陪同下，到水邊去洗澡。看到一隻黑色的鳥，在河灘上生了一個蛋。她看到這個蛋小巧玲瓏，十分可愛，就拾起來含在口中玩。不小心，蛋一下就滑進了她的肚子裡。她因而懷孕，結果生下了一個男孩，取名為「契」；因為簡狄是帝嚳的妃子，當然契也就算是帝嚳的兒子了。

契的來歷不凡，果然也有不凡的成就。當舜任命大禹為「司空」時，大禹為了表示謙退，首先推讓的人，就是當時深受百姓愛戴的賢臣契！後來，他做了大禹治水的副手，立了無數的功勞。尤其他是個品德高超，又具有感化力與說服力的人。當時的百官之間，不免爭名奪利。家族之間，也不講倫常禮數，時起紛爭。舜就命契去主管教化百官、百姓的工作。

他用以身作則、循循善誘的方式，教導天下萬民寬厚仁愛，彼此和睦相處。不多時，就見到了成效。使舜非常高興，賜姓「子」，把「商」地封給他。後來舜把帝位禪讓給大禹，他又作了大禹的臣子。在舜、禹的時代，他的功業，都遠超於群臣之上。

到夏朝傳到夏桀的時候，契的後代，也傳到了「子天乙」；也就是後來商朝的第一代君王「商湯」。「創業維艱，守成不易」。夏朝，經過長期傳承，子孫早已忘了當年祖先創業的艱辛，也忘了祖先勤政愛民的美德。把自己擁有的權力地位，和與之俱來的「榮華富貴」視爲理所當然，不再顧念民間疾苦。也就在荒怠政事，逸樂享受之中，慢慢失去了民心。

帝位傳到了夏桀，他更是暴虐無道，任意的揮霍著天下的資源，搜刮天下財富供一己享樂。時時以武力，威脅各氏族部落，逼迫他們聽任他予取予求的需索無度。使百姓民不聊生，令諸侯離心離德。

而在《史記．殷本紀》中記載著一則商湯的故事：

> 湯出，見野張網四面，祝曰：「自天下四方皆入吾網。」湯曰：「嘻，盡之矣！」乃去其三面，祝曰：「欲左，左。欲右，右。不用命，乃入吾網。」諸侯聞之，曰：「湯德至

矣，及禽獸。」

是說：有一天，湯外出，經過郊外，看到有個人在四面張網，祈禱說：「天下四方的鳥獸，都闖入我的網來吧！」

商湯聽了他的話，說：「這太過份了！難道你準備把天下鳥獸一網打盡，不留活口嗎？」

於是命令這個人把網撤去三方，並教他祈禱：「想向左的就向左跑，想向右的就向右跑。不聽話，又沒主見的，就闖進我的網來吧！」

諸侯們聽說了這件事，讚嘆說：「湯是多麼仁厚呀！他不但愛民如子，而且及於鳥獸。」

這就是「網開一面」成語的由來。諸侯因此都歸心於他。

當時有個隱於郊野的賢者，人們稱他阿衡。他身材短小，其貌不揚。原本是個棄兒。因爲跟著養母住在伊水邊，就以伊水的「伊」爲姓。爲了生活，他學得一手好廚藝，也從廚藝中領悟了更多的治國之道。看到夏桀無道，又知道湯是個仁厚的國君，希望能有機會做湯的臣子，爲他效力，施展抱負。可是，他只是身分低微的平民百姓，又怎麼能見到像湯那樣有身分、有地位的諸侯呢？就算見到了，又怎麼有跟湯說話進言的身分和機會呢？

事有湊巧。當時，有莘氏與湯聯姻，把女兒嫁給湯爲妃。他就賣身爲奴，挾著一手好廚藝，充當陪嫁的廚子，而來到了湯的國度中。

他非常用心的爲湯烹調飲食。同樣的材料，他做出來就是不同凡響，而成爲一道道的美食。而且，他不但注重美味，也注重養生，吃了他做的飲食，好像人的身體都更健康了。湯不久就注意到：從有莘氏妃嫁來之後，飲食就改善了！於是，召見了阿衡，問他是怎麼烹調的。

阿衡說：「沒別的，就是『用心』；做菜跟治國一樣，只要『用心』，沒有做不好的道理！」

他技巧的把話題引到了治國理念上。湯是個有智慧的人，馬上就知道阿衡絕不是一個普通的廚子，而是用這身分隱逸的賢者！立刻把他從奴僕的名單中除名，懇切的跟他談治國之道。他侃侃而談，講起古代聖君是如何以悲天憫人、民胞物與的心懷治天下的。從三皇五帝，一路的講到大禹。湯聽了心領神會，連連點頭，贊同他的理念。並提拔他當宰相，輔佐自己治國。他姓伊，又做了宰相；古代稱掌權的宰相爲「尹」，因此稱他爲「伊尹」。

伊尹認爲夏桀禍國殃民，應該推翻他。但他並不輕舉妄動，不時的觀察夏桀那邊的動態，並試探夏桀的「動員能力」。他建議商湯故意不納貢，看看夏桀的反應。夏桀大怒，立刻調派兵馬來攻打。雖然有許多的諸侯拒絕服從，但也有些諸侯派遣人馬，跟著夏桀出兵。

伊尹認爲還是有人支持夏桀，表示時機還沒成熟。要湯立刻向夏桀謝罪，納貢稱臣。夏桀因爲許多部落歸心於湯，十分嫉妒，而把他囚禁於夏台。但在他曲意表示慕順之下，不久之後，還是把他釋放了。

夏桀好武，不時派兵攻打威脅諸侯們。有一次，他攻打有施氏。有施氏戰敗，獻上大量金銀財寶和他的女兒妺喜求和。妺喜國色天香的姿容，很快的俘獲了夏桀的心，立她爲妃，並被她迷得幾乎離不開；不但隨時都要她陪在身邊，更讓她坐在自己的膝蓋上，一同飲宴，乃至問政。

妺喜個性很特殊。她喜著男裝，夏桀就讓她戴上官帽，欣賞她女扮男裝的俊俏風流。她喜愛飲酒，爲了投她所好，夏桀就在宮中挖了個可以划船的酒池，逼著官員在酒池中喝酒；甚至有人因此就溺死在酒池中！她又喜歡聽撕裂絲絹的聲音；一聽到這種聲音，會露出媚人的笑容。夏桀就命令織工趕造精美的絹帛，只爲了撕給妺喜聽，以博妺喜一笑。

妺喜更喜愛一切豪華的器物與宮室。夏桀又爲妺喜在各處興築豪華的宮室，他築瑤台、瓊室，又建象廊、造玉床，以供兩人逸樂。這些錢那裡來？當然是從民間搜括而來的！

在他胡作非爲的時候，湯則努力修德，更贏得各部落的歸心。民怨越積越深。民間到處流傳著一首歌謠：「熾熱的驕陽，你何時喪亡？我們情願與他同歸於盡！」

當原先還守著君臣之禮、勉強支持他的諸侯，都因受不了他的暴虐、欺騙而背叛他的時候，伊尹確定「時候到了」！於是鼓勵湯起兵攻打夏桀。各部落紛紛呼應。而夏桀那方，沒有兵士願意爲他效命，紛紛陣前歸降。夏桀兵敗如山倒，只好逃往鳴條，最後因流放而死。臨死還恨恨的說：「我眞後悔！當年沒有在把湯囚禁於夏台的時候，早早的把他殺了！」

眞可說是至死不悟！

湯得到了勝利。但他並不確定是否天下諸侯都願意推戴他爲「天下共主」；因爲三皇五帝，都不是以這種「推翻在位君王」的方式，取得「天下共主」之位的。因此，他並沒有立刻登基，而是「民生優先」；任用伊尹，先改善在夏桀貪得無厭的壓榨之下，百姓羅掘俱窮的貧困生活。

百姓的生活很快的得到了改善，人人都稱頌湯的德政。諸侯也都歸心，擁戴他「改朝換代」。於是，他改國號爲「商」；這是爲了紀念他的祖宗「契」曾被封於「商」的豐功偉業。並建都於「亳」（今河南商邱）；這是契的父親帝嚳曾建都的地方。後世稱他取代夏立國爲「湯武革命」；這可說是中國第一次以武力「改朝換代」的「革命」大業！

上天似乎還要考驗他，讓他遭逢了延續七年的大旱。使得洛河斷流，枯乾得見底。土地龜裂，地上的石頭、沙粒，都像火烤一般的炙人。

商湯是位仁君，並沒有怨天尤人，而是自省：「天下大旱，是不是因爲我的過失，使得上天示警，而帶給天下百姓這樣大的痛苦？」

他讓太史占卜，要如何做，才能求得上天的庇佑，讓天降甘霖，抒解大旱帶來的民間痛苦？太史占卜之後，說：「要奉獻活人爲犧牲，向上天祈雨！」

商湯說：「祈雨，是爲百姓抒困，怎麼能殺人來求雨呢？而且，大旱的責任，必然是因爲我的過失。百姓已是受害人，怎麼能再讓他們代我受過？」

於是，他把自己的頭髮剪了，代替人頭，做爲祭禮的犧牲；在中國傳統上來說，「身體髮膚受之父母，不可毀傷」。剪去頭髮，代表的是羞辱，也是罪人的一種標誌。他剪去頭髮，就表示他自承爲「罪人」，以自身爲犧牲，向上天求罪赦。

在他剪髮向上天認罪求雨之際，天上烏雲四合，馬上降下了滂沱大雨，立時抒解了旱象，終止了七年的大旱。

另一說，就更驚心動魄了；他讓人架好了柴堆，把自己綁了，放在柴堆上，然後下令點火！火點燃的那一刻，在臣子和百姓悲哭驚叫聲中，烏雲四合。火還沒有燒到他，就被大雨澆熄了。

他曾經這麼說：「人向水中照影，就可以看清自己的容貌。而要知道國家治理得好不好，只要看看百姓的神情就知道了！」

百姓生活幸福安樂，必然流露出喜悅的神情。而百姓生活艱苦，臉上流露的必然就是痛苦的神情，還不「一目了然」嗎？

遠古

麥秀漸漸兮，禾黍油油（箕子）

〈麥秀歌〉，是殷商的遺臣箕子所寫的。

箕子，是商紂王的親戚。至於是什麼關係？因爲沒有明確的歷史記載，也無從查考。照〈麥秀歌〉的內容來看，他應該還是商紂王的長輩。

他是一個聰明而且明察事理的人。能從一件小事，而推論未來。當他第一次看見商紂王用象牙筷子吃東西的時候，就非常憂慮；知道商朝離亡國不遠了，而發出了預言性的警告。他說：「大凡一個人使用的器物，都不是獨立的，一定要與其他器物相襯。君王既使用了象牙筷子，難道還能用陶土做子杯盞嗎？那是不相襯的。象牙筷子，就得用玉杯才相襯。既用了象牙筷子、白玉杯子，難道裡面可以盛一般的食物？當然不行！一定得吃珍饈美饌才配得上。而普通的用具、房子，也無法陪襯了，就得建築華美的高臺……如此推演下去，君王所使用的飲食、器物、車馬、宮室，都會向著豪華奢侈的方向走。怎麼能得到這一切呢？當然是向天下索求！於是，他會認爲搜求天下一切珍異之物，來供自己享受都是應該的！人的欲望是沒有底的，有這樣貪婪奢靡的國君，國家也就沒有救藥了！」

商紂果然如他所料，變本加厲的拿整個國家的財富，來供一己奢侈享受。終日沉迷在醇酒美人，聲色犬馬之中，完全不管民間疾苦。大修宮室，建築鹿臺，耗盡了民財民力。只管笙歌樂舞，通宵達旦，不問政事。而且爲了鉗制輿論，濫殺忠良。果如箕子的預言：殷商因此而陷入政治腐敗，道德沉淪，社會不安，經濟蕭條，民不聊生的境地。

微子是商紂的庶長兄，再三勸他，他都充耳不聞。微子嘆氣說：「君臣本應是以道義結合的。爲臣者見到國君的過失，不能不勸諫；這是身爲臣子的責任。既諫而不聽，也就可以義無反顧的走了。」

箕子卻認爲不能一走了之。他說：「向國君進諫，不聽就走，這是彰君之惡來顯揚自己，以博取百姓的稱揚。以彰君之惡來博取一己賢名，我不忍心！」

他沒有走，在再三勸諫不聽之後，披髮佯狂的說些瘋言瘋語。希望能因此感動商紂。商紂卻沒有被他感動，反而將他囚禁了。

王子比干也是商紂的親戚。他對微子出走，箕子佯狂，都不以爲然。認爲：國君有過，臣子應該不惜以死相諫。爲天下無罪，卻因著亂政承受痛苦煎熬的百姓，據理力爭！因此觸怒了商紂，說：「大家都說你是個聖人。我聽說，聖人的心上有七個孔竅，我倒要看看，你是不是有七個孔竅！」

就把比干殺了，並剖心來看。至此，所有的忠良之士，走的走，隱的隱，再不然，也只能三緘其口，以明哲保身。商紂身邊剩下的，就只有逢迎奉承他的佞臣，再沒有直言進諫的忠臣了！

商紂逆天行事，盡失人心。周文王卻以仁民愛物的胸懷，在西岐之地建立了一片樂土，得到天下諸侯與百姓的歸心。此消彼長，商紂自以為自己是「天命所歸」的天子，沒有人能取代。卻不知道，天心下應民心，當民心盡失的時候，天命也就轉移了！

周文王去世之後，周武王興師伐紂，消滅了商朝。微子帶著商朝宗廟的祭器，到周武王的營門前。袒露上身，綑綁雙手，跪行到武王面前，請求他保留商朝的宗廟祭祀，血胤命脈。武王十分感動，也知道他是個賢人，就親自替他解開綑綁的繩索，答應他的要求：封紂王之子武庚來承繼殷商的宗廟祭祀。

不僅如此，周武王命人將比干的墓加高，以示尊崇。又釋放了箕子，並召見他，向他求教如何治理國家。箕子提出了「五行、五事、八政，五紀、皇極、三德、稽疑、庶徵、五福、六極」是一切政事的根本。

這些他提出的治國綱要中，「皇極」一項是為君的法則。他認為，君王應該要讓百姓享有五種幸福：壽考、富足、健康、修德、善終。如果百姓都能享有這樣的幸福生活，就一定樂於遵從君王的法則。在這樣的情況之下，民眾自然向善，官員也自然沒有偏私。為君者，要重用有才幹，而且有德行的人來爲國家做事。要讚美鼓勵有道德操守的人。君王遵守君王的法則，以身作則。諸侯、官員、百姓自然受到潛移默化，社會風氣也自然淳樸善良。又能重用賢能之士來治理政事，國家當然就昌盛富強了！

他提出的「五事」，是指儀態、言語、視覺、聽覺、思想。認爲：儀態要恭謹、言論要正當、目光要清明、聽覺要靈敏、思想要通達。這樣才能明智的處理政事。

他還認爲，一切的氣象：晴、雨、冷、熱、風，都要依序均衡交替的發生。一旦不均衡，就會產生災荒。而一切氣象上的徵兆，都是下應天子、百官的作爲。如果一切都沒有偏差，則必然風調雨順，物阜民豐。

由此可知，箕子實在是個非常有智慧的人。周武王聽了他的議論，也非常欽佩。爲了表示對他的尊重，乃封箕子於朝鮮，而且將朝鮮視爲一個「獨立」的國家。也就是說：不把箕子視爲周朝的臣屬。

過了許多年，箕子到周朝去朝見周天子，經過商朝的王城。只見宮室毀壞，已變成一片廢墟，滿地麥苗禾黍叢生。想起當年王城的繁華熱鬧，對照著今日的毀圮荒涼，使他非常的傷痛感慨。想要痛哭，覺得不合適。想要低泣，又覺得那是女子的行爲。心中的痛苦無法排解，他就作了一首〈麥秀歌〉：

麥秀漸漸兮，禾黍油油。彼狡童兮，不與我好兮！

意思是：「麥苗吐出了尖尖的麥穗。禾黍綠油油地，多麼繁茂。那個狡黠的童子呀！爲什麼不聽我的話，不與我相好呢！」

這一首歌，流傳到商朝遺民的耳中，使他們都爲之感傷落淚。眞的！如果，當初商紂不是那樣的一意孤行，而能重用箕子來治理國家，又何至於落得亡國的命運？

遠古

登彼西山兮，采其薇矣（伯夷、叔齊）

中國人心目中最好的「傳位」制度，是如堯、舜那樣的「禪讓」。「禪讓」是非常鄭重的事。他們很早就開始留心合適的繼承對象，聽四方諸侯的推薦，以便爲天下萬民尋找一個最仁厚賢明的「接班人」。選定了對象之後，也並不是貿然就讓位。而是讓他從「基層」做起，同時，也考查他的品格、才能，是否適任？是否能承擔重任？最後才把帝位禪讓給他。

堯傳位給舜如此，舜傳位給禹也是如此。因此，當舜和禹接位的時候，不但自己本身已經累積了豐富的治國、濟世、養民的經驗，而且也在接受考驗的過程中，已贏得了四方諸侯的歸心。

禹本來也是準備這樣做的。他心目中第一個想到的「接班人」是皋陶。但皋陶還沒等到他禪位就先死了。他又選擇了伯益。但，因爲他在位十年就死了，時間太短，所選的接班人伯益，還沒有辦法建立太多的功績，使百姓蒙受德惠。大禹死後，伯益避居到箕山之南守喪。因爲禹治水的功績，百姓對他念念不忘。他的兒子啓，本身又十分賢能。相形之下，伯益還沒有他的兒子受四方擁戴。所以，三年喪滿，各方諸侯都願意由啓繼位。伯益本身也是賢德的人，並沒有出面來爭奪，甘願讓位給禹的兒子啓。

沒想到，啓卻因爲自己是「以子繼父」，就把天下視爲私有。老實不客氣的，就把帝位傳給了自己不爭氣的兒子太康。從此，中國的帝位的繼承制度，變成了「以父傳子」或「兄終弟及」的「家天下」。太康本身的作爲，造成夏朝第一次幾乎亡國的危機。甚至鬧到失去了國家，兄弟五人逃亡避亂。由此看來，百姓當初擁戴啓，恐怕眞是「投錯票、選錯人」；他的私心，使他變成斷絕了中國「禪讓」優良傳統的罪人！

「話說天下大勢，分久必合，合久必分！」這句話的確是至理明言。而原因，就因「家天下」是以父傳子。而這些「子」卻未必都有才有德。甚至因爲從小是「含著金湯匙」出世的，生而高人一等。也不必經過「從基層做起」嚴格的才能與人格的考核、審查就能「接班」。往往根本不知民間疾苦，只顧著自己享受，胡做非爲。也因此，到百姓受不了的時候，就會有人登高一呼，號召百姓出面來推翻他。領導百姓推翻暴政的領袖，在大功告成之後，也必然會受擁戴「取而代之」，就此建立了「改朝換代」的輪迴。由夏到商、由商而周，都是如此。但在這樣的情況之下，還是會有些固守著「忠君」的傳統，不肯面對，接受現實的人。伯夷、叔齊就是其中的代表人物。

「孤竹國」在中國的東北方，位於現代的唐山一帶，是商朝北方的諸侯國。伯夷、叔齊早年彼此讓位，雙雙逃出孤竹國；他們離開了本國，到處流浪。到了中原，成爲商朝的臣民。後來商紂王把天下弄得民不聊生，爲逃避商紂的暴政，他們逃到東海之濱，與東夷人共居。到年老的時候，聽說西伯；也就是後世尊爲「周文王」的姬昌，非常敬老尊賢，老人在他的國土上備受禮遇尊重。於是，他們決定到西伯那兒去投靠他。以前的交通非常不方便，等他們千里迢迢到達岐周的時候，姬昌已經死了。他的兒子姬發繼了位，正載著父親的神主，號稱是奉了父親的遺命，準備去討伐商紂。

這兩位老人聽說，大吃了一驚，而且非常不以爲然。首先，父親死了，兒子應該好好的將父親安葬，依禮廬墓守喪盡孝才是！怎麼可以載著父親的神主去打仗？

而且，再怎麼說，商紂是當代的一國之君，也是天下的共主。姬昌、姬發都是商的諸侯，也是商紂的臣子！以臣子去攻打君王，這是怎麼也說不過去的事！於是兩個人攔住姬發的馬頭，向他進諫：「你的父親去世了，你不好好的安葬父親守孝。卻載著神主，發動戰爭，這能算是孝子嗎？再說，你是商紂王的臣子，以臣子去討伐君王，豈不是篡弑的行爲？這麼做，可算得仁義嗎？」

武王左右的人看到他們竟然辱罵他們君王，氣得拔出劍來要殺他們。姜太公立刻阻止他們，對武王說：「他們都是當世的賢者，而且是有氣節的人！人各有志，誰也不能勉強誰。你可以不聽他們的意見，但也絕不能傷害他們！」命屬下扶著他們離開，大軍繼續前進。

周武王氣勢如虹，很快的消滅了人心盡失的商紂，得到天下歸心，建立了周朝。伯夷、叔齊不願意承認這件事，以做周朝的臣民爲恥，也因此不肯吃周朝的米糧。兩人隱居在首陽山上，採山上的野菜來充饑。

偏偏有人好奇，問他們爲什麼不吃飯，只吃野菜？他們說：「我們對姬發以臣弒君的行爲不能苟同。爲了表示我們的氣節，恥食周粟！」

那人卻跟他們唱反調。說：「你們說，爲了你們的氣節而恥食周粟。可是，『普天之下，莫非王土』。首陽山也是周朝的國土，這山上的野菜，難道就不屬於周朝的？」

這兩個固執的老人聽了，連野菜也不肯吃了，竟因此活活的餓死在首陽山上。歷史記載，他們臨死時，做了一首〈采薇歌〉：

登彼西山兮，采其薇矣！以暴易暴兮，不知其非矣！神農虞夏兮，忽焉沒兮！吾適安歸矣？吁嗟徂兮，命之衰矣！

意思是說：「我們登上那座西山呀，採西山上的野薇充饑。以暴臣取代暴君呀，卻不知道自己錯在那裡！神農、虞舜、夏禹那美好的世代，就這樣成爲了過去。我們能到什麼地方去呢？唉！讓我們走吧！命運實在太衰敗！」

就我們現代的觀念來看，他們抱持著神農、唐堯、虞舜、夏禹禪讓的美好幻想，卻不幸生長在商紂暴虐無道的衰亂之世。固執於「忠君」的思想，認爲臣不可弒君。卻沒想到：當年，商湯也是以臣伐君，取夏桀而代之的！武王伐紂，是爲解天下蒼生之倒懸，也因此才能得到那麼多諸侯與百姓的擁戴。後世定論，也認爲武王伐紂是「誅」一獨夫，而不是「弒」君！

但，無論如何，他們的「忠君」，可並不是爲了維護自己的「既得利益」，而只是忠於他們心目中認定的傳統倫理。因此，他們的氣節還是可敬的。後世有人問孔子，他們最後竟然餓死，是否心懷怨恨？孔子認爲：人都可以做「選擇」，也應該接受自己選擇的後果。所以答覆：「他們求仁得仁，又有什麼怨恨呢？」

孟子認爲伯夷（當然也包括了叔齊）是「聖之清者」。在滔滔濁世之中，堅執自己的理想，不惜以身相殉。「聖之清者」眞是當之無愧了！

附：伯夷、叔齊的故事

伯夷和叔齊，是商朝時「孤竹國」國君的兒子。伯夷是老大，叔齊是老三。

孤竹君非常的疼愛老三叔齊，常說：「眞希望我死了之後，能由叔齊來接我的王位。」

可是，當時的「宗法制度」，王位是應該由長子繼承的。也就是說：伯夷這位長子，才是王位「合法」的第一順位繼承人！孤竹君大概沒想到，他只是因心中有所偏愛，明知辦不到而隨便說說的話，後來造成了多大的困擾！

孤竹君死了！大哥伯夷想到父親的遺命，是由叔齊繼位。便推讓制度上本來屬於他的王位給叔齊，要叔齊繼位。沒想到，叔齊的品格情操的高潔也不在伯夷之下，不是那種貪戀權位的人。他堅決拒絕大哥的好意，說：「不對！應該是大哥繼位。這是祖先傳下來的『宗法制度』，制度不能因父王對我的偏愛而更改。」

伯夷說：「父是子之天，父命就是天命！父王生前希望由你繼位，這是我國人人都知道的事。我不能違背父命！」

叔齊卻認爲：「父王再大，大不過祖宗，也大不過宗法制度！我們不能違背祖宗家法！」

兩個人都堅持應該由對方繼位，因此都不肯繼位登基。彼此相持不下，竟成了僵局。伯夷暗想：「弟弟是個有才能又賢德的人，我實在不如他！父王必也因此才希望由弟弟繼位，我怎麼能因爲『宗法制度』而違反父命呢？如果我留在這裡，弟弟就絕對不會肯接受王位！豈不令大家爲難嗎？不如我避開，走得遠遠的！『國不可一日無君』，找不到我，弟弟就可以順理成章的繼位了。」

於是，在一個深夜裡，伯夷留下要弟弟繼位的書簡，悄悄的離開了王宮。

沒想到，叔齊雖然深受父王的偏疼寵愛，卻一點也沒有奪取哥哥王位的野心；他始終不認爲自己應該繼承王位。心想：「做父親的，年紀大了，不免偏心。疼愛小兒子，也是人之常情。但制度就是制度，而且哥哥賢德仁厚，一定可以把國家治理得比我更好。可是，因爲父王生前說過希望我繼位的話，而造成這樣的困擾。只要我留在這裡，一向孝順父王的哥哥是絕對不肯違背父命的！我還是躲開吧！『國不可一日無君』，我要讓他他知道，我是爲了拒絕登基而離開國家的。找不到我，他也就只好接位了。這才是解決問題最好的辦法！」

結果，伯夷爲了讓位給弟弟，半夜從前門跑了。而叔齊爲了讓位給哥哥，也在半夜從後門逃走，雙雙都離開了自己的國家。孤竹國的國人沒有辦法，只好讓老二繼了位。

伯夷、叔齊的作爲，在今日爭逐名利的人看來，大概都會認爲他們太傻！但他們的清高廉潔，卻贏得了當時和後世人的崇敬！認爲他們的品格高潔，不爭權奪利，相互推讓的情操，足以讓自私、貪婪的人爲之羞愧。

他們都走了，當然是由老二撿到了現成的便宜；「國不可一日無君」嘛！

但事實上，一個人的偉大與否，絕不在於他當不當官、當王、當皇帝。今天，我們還是知道三千多年前的賢人「伯夷」和「叔齊」的名字，知道他們彼此推讓王位的故事。那個「撿」到王位的老二叫什麼？可沒人知道呢！

巧笑倩兮，美目盼兮（莊姜）

中國人常在形容美人的形貌之美時，引用「手如柔荑，膚如凝脂；領如蝤蠐，齒如瓠犀，螓首蛾眉」來形容。而在形容神采之美，則引用「巧笑倩兮，美目盼兮」來形容。大約對美人的形容，也很難再超過這些詞句了。最初被用這些形容詞來讚美的人是誰呢？那是春秋時代齊莊公的女兒莊姜。

她的身分非常尊貴，不但是齊侯（齊莊公[1]）的女兒，而且與齊國的世子（諸侯爵位的繼承人）得臣同母；也就是說，她是嫡出之女。她的姐妹，嫁的是邢侯和譚公，也都是有身分地位的列國諸侯。齊莊公把她嫁給了衛侯（衛莊公）。《詩經》中的〈碩人〉，就是爲她而作的；前列所有對美人的形容詞，都出現在這首詩中：

1 齊國先後有兩位「齊莊公」；一位是姜購，時代還在齊桓公之前，是齊桓公的祖父；莊姜是姜購之女，齊桓公的姑姑。另一位，則是「在齊太史簡」中被崔杼殺的那一個「齊莊公」姜光。

碩人其頎，衣錦褧衣。齊侯之子，衛侯之妻。東宮之妹，邢侯之姨，譚公維私。
手如柔荑，膚如凝脂，領如蝤蠐，齒如瓠犀。螓首蛾眉，巧笑倩兮，美目盼兮。
碩人敖敖，說于農郊。四牡有驕，朱幩鑣鑣。翟茀以朝。大夫夙退，無使君勞。
河水洋洋，北流活活。施罛濊濊，鱣鮪發發。葭菼揭揭，庶姜孽孽，庶士有朅。

詩中形容她身材高挑，美麗出眾，神采靈動。也寫出了婚禮的盛大；當然，以齊國的「公主」，下嫁衛侯，婚禮的盛大也是可想而知的。

但，這身分高貴，又美貌過人的莊姜，嫁到衛國之後幸福嗎？顯然並不。因爲衛莊公早已有了身分低微，而受寵愛的嬖倖之妾。而莊姜太美，也太端莊貞淑了，不可能折節卑屈的去逢迎討好他，以求他的恩寵。因此，她始終只能頂了著衛莊公「正夫人」的頭銜，而得不到他的寵愛。

就歷史的記載，說她「美而無子」；或許並不是她天生不孕，而是她根本沒有機會懷孕！歷史記載衛人因爲憐她無子，而賦〈碩人〉詩。在這兒，「賦」的意思，應是「涼唱」，而不是「創作」；因爲，到那時才爲她「創作」這首詩的說法不很合理；〈碩人〉所寫的內容，顯然是寫她入衛之初，尚未行婚禮時的盛況，不可能到確定她無子時才爲她「創作」這首詩。而且「大夫夙退，無使君勞」；要大夫早點告退，別讓君侯太勞累，寫的完全是當時的情況記實，不像是後來追記。正確的解說，應該是後來，衛國人看到她的際遇，想起她當年嫁來時的盛況，爲她感慨，而詠唱當年這首詩，表達對她的憐憫。

她「美而無子」，那個受寵的嬖倖之妾，倒是生了個兒子州吁。而且因「母愛子抱」，被衛莊公寵慣得驕縱蠻橫，無法無天。他從小就粗豪勇武，喜歡玩刀弄劍，騎馬打仗，又不守禮法。因此，端淑貞靜的莊姜很不喜歡他。

衛莊公另有兩個娶於陳國的妾妃，是姐妹倆。姐姐厲嬀，所生的孩子不幸早死。妹妹戴嬀，也生了一個兒子，名「完」。因莊姜沒有生育，所以收養了完，視如己出，並且親自教養他成人。他因被莊姜收養，而取得了「嫡子」的身分。或許，衛莊公也認爲這個在莊姜親自教導之下成長的孩子，比較有「人君」氣象吧？因此，他雖然寵愛州吁，還是立完爲「世子」。莊公死後，完以東宮「世子」的身位繼了位（史稱衛桓公）。

立完爲「世子」並繼位，必然會使莊姜十分欣慰；這個雖不是她所生，卻是她親自教養成人的孩子，終於繼位當了一國之君。她沒料到的是：從小慣壞了的州吁心中非常不平！在桓公十六年的時候，竟然把哥哥桓公殺了，自立爲君！這是春秋時代第一起「弒君」事件；後來似乎就變成一種屢見不鮮的「常態」了。

州吁殺了哥哥，自立登基爲衛侯，卻也知道衛國的臣民百姓都恨他。各國的諸侯也都不肯承認他的地位，不願與他交往！這種尷尬的局面，讓他非常頭痛。就派跟他「狼狽爲奸」

的親信石厚回家去，請教他父親石碏，怎樣才能得到諸侯的認同接受？

石碏是衛國的老臣，早在衛莊公寵慣州吁，州吁好兵又不受節制的時候，就警告過衛莊公：這樣下去，以後會出問題！然而衛莊公不肯聽他的勸諫。後來果然發生了這樣悖逆弒君之事，讓他心中非常悲憤！更可恨的是：自己的兒子竟然是州吁的同謀！聽到兒子前來請教的問題，就說：「你的主公弒君自立，名不正，言不順，怎麼能得到諸侯的認同？百姓又怎麼會信服？當然民心不安！」

石厚問：「那，怎麼才能讓諸侯認同，百姓信服呢？」

「很簡單！周天子是天下的共主。如果他能覲見周天子，並受到周天子的正式冊封，就算名正言順的『衛侯』了！當然也就能得到各國諸侯的認同，和百姓的信服了。」

石厚覺得很有道理。又問父親：「那，衛侯怎樣才能夠覲見周天子呢？」

石碏說：「他弒君自立，周天子怎麼會肯接見他？總得有人替他打個圓場，在周天子面前爲他說好話才成。」

「誰能幫忙打圓場呢？」

石厚想在新任的衛侯州吁面前立功，急忙向父親求教。石碏卻不慌不忙，皺著白眉想了半天，才說：「陳國的國君陳侯，深受周天子的器重與寵信，而且，陳國與衛國也一向友好。如果他親自去拜訪陳侯，請陳侯從中打圓場、幫他美言，並爲他引見，應該就可以見到周天子了。」

石厚聽說，非常高興，連忙去向州吁報告。州吁大喜，立刻決定帶著石厚到陳國去拜訪陳侯。沒想到，他們才進入陳國地界，就被陳國守邊的兵馬團團圍住，並且抓了起來。

原來，石碏在石厚走後，立刻派了親信密使，快馬加鞭，連夜趕在他們之前到了陳國，請陳侯協助：「衛國是個領土狹小的小國，而我的年紀已老，無力處置弒君篡位的亂臣賊子。州吁和石厚兩人，就是弒君犯上的主犯。請陳侯協助衛國擒兇除奸！」

因此，陳侯早就派人守在邊界，等候他們「落網」了！抓到了這兩個人，陳侯立刻通知石碏，請衛國派人前來處置。衛國派了右宰醜前往；他到了陳國，立刻把惡性重大，弒君篡位的州吁就地正法了。但他想到石厚是石碏的兒子，石碏一生忠心耿耿為國盡忠，現在年紀又大了，於心不忍。就想網開一面，赦免石厚的死罪。

石碏聽說州吁已然處死，石厚卻還活著。心中了解：這必然是因為右宰醜憐憫他年老，下不了手。就說：「州吁做的許多壞事，石厚都是參與其事的共犯！州吁既然為國法所不容，又怎能獨厚我的兒子？」

他還怕若把石厚解送回衛，衛國臣民百姓因為愛戴他，會不忍心處死他的兒子石厚。就親自派親信家臣獳羊肩到陳國去，為國除奸，把石厚殺了！並迎奉衛桓公的另一個兄弟晉為衛君。

桓公死了之後，戴嬀沒了依靠；她又不像莊姜是明媒正娶的「君夫人」，於是就被遣送回娘家陳國去了。相傳，莊姜親自送她到郊外，依依惜別。並為她做了一首〈燕燕〉詩：

燕燕于飛，差池其羽。之子于歸，遠送于野。瞻望弗及，泣涕如雨。
燕燕于飛，頡之頏之。之子于歸，遠于將之。瞻望弗及，佇立以泣。
燕燕于飛，下上其音。之子于歸，遠送于南。瞻望弗及，實勞我心。
仲氏任只，其心塞淵。終溫且惠，淑慎其身。先君之思，以勗寡人。

這首詩，後人又有不同的解說，也有人認為並不是莊姜作的。但直到宋朝，辛棄疾的詞〈賀新郎．別茂嘉十二弟〉中，還有「看燕燕，送歸妾」的句子，可知這個說法流傳甚廣。

在《詩經》中，早年被指為是莊姜的作品，還有許多。都在《詩經．邶風》中，像〈日月〉、〈柏舟〉、〈綠衣〉、〈終風〉等。如果照這說法，莊姜還是我國最早的女詩人之一呢！

樂莫樂兮新相知，悲莫悲兮生別離（杞梁妻）

這是一首「琴歌」。就只有兩句：

樂莫樂兮新相知，悲莫悲兮生別離。

這短短的兩句中，卻隱藏著一個悲慘的故事：

在春秋時代，齊襄公伐晉得勝，在奏凱回國時，突襲莒國。在戰鬥中，齊國的將軍杞梁殖戰死。兩國講和之後，齊人就帶著杞梁殖的靈柩回國了。杞梁殖的妻子聽說丈夫戰死的消息，非常悲痛。知道齊襄公率軍帶著杞梁殖的靈柩回國，她就到郊外去迎靈。

齊襄公就在郊外向她弔唁。這是非常輕率、草草了事的作法；顯然齊襄公並不重視杞梁殖的為國捐軀。因此，杞梁妻拒絕接受，說：「如果殖有罪，我就受不起弔唁之禮。他如果無罪，我們還有先人留下的房子在，不能在郊外接受弔唁！」

她的話，表達了對齊襄公不合「禮」做法的不滿；依禮，杞梁殖既然是為國捐軀而死，應該受到國君親臨他家，向他家人弔唁的尊重和禮遇，而不是在郊外說幾句話就了事的！因為她責之以「禮」，齊襄公感覺很慚愧，就照著她的要求，親自到她家裡去弔唁了。並把杞梁殖安葬在京城臨淄的郊外。

杞梁妻沒有兒女，也沒有五服之內的近親。杞梁殖戰死之後，她便無依無靠了。因此在城下放聲痛哭，以致路過的人，都陪著她落淚。她一連哭了十天，使城牆也為之崩塌。

《列女傳》中記載，她感嘆：

> 吾何歸矣？夫婦人必有所倚者也。父在則倚父，夫在則倚夫，子在則倚子。今吾上則無父，中則無夫，下則無子。內無所依，以見吾誠。外無所倚，以立吾節。吾豈能更二哉！亦死而已。

意思是說：我的人生歸宿在那裡呢？一個女子，是必須有依靠的；父親在，依靠父親。丈夫在，依靠丈夫。兒子在，依靠兒子。如今，我上無父、中無夫，下無子。內無所依，沒有人能知道我的眞摯之情；外無所靠，沒有人見證我的貞烈之節！我難道能更改初衷而有異心嗎？也只有一死而已！

於是赴淄水自殺而死。後世有一本專門講古琴曲的書《琴操》則說：

〈杞梁妻歎〉者，齊邑杞梁殖之妻所作也。殖死，妻歎曰，『上則無父，中則無夫，下則無子，將何以立吾節，亦死而已！』援琴而鼓之，曲終，遂自投淄水而死。

她撫琴所唱的「琴歌」，就是這兩句：

樂莫樂兮新相知，悲莫悲兮生別離。

意思說：人生最大的歡樂，是得到知己。人生最大的悲哀，是活生生的拆散分離；也就是「生離死別」。另有一說，這歌不是她唱的，而是她的妹妹，感傷姐姐的貞烈而爲她唱的。以這首琴曲名爲〈杞梁妻〉來看，說是她妹妹紀念她而唱，也是合理的。

由於她這驚天動地的一哭，「杞梁妻」就成了後世傷心哭泣婦女的「代言人」了。講到女子哭泣，常會提到「杞梁妻」。像〈古詩十九首〉之五：

西北有高樓，上與浮雲齊。交疏結綺窗，阿閣三重階。上有絃歌聲，音響一何悲！誰能為此曲，無乃杞梁妻。清商隨風發，中曲正徘徊。一彈再三嘆，慷慨有餘哀。不惜歌者苦，但傷知音稀。願為雙鴻鵠，奮翅起高飛。

這個故事，最早是出於《左傳》的記載，記述得相當簡略。然後經過後人不斷的「加工」，從她義正辭嚴的爭取齊侯親臨弔唁，到她哭倒城牆，到她唱出「琴歌」，到她赴淄水殉情而死；故事愈傳就愈完整。

唐代詩僧貫休有一首〈杞梁妻〉的詩：

秦之無道兮四海枯，築長城兮遮北胡。築人築土一萬里，杞梁貞婦啼嗚嗚。上無父兮中無夫，下無子兮孤復孤。一號城崩塞色苦，再號杞梁骨出土。疲魂饑魄相逐歸，陌上少年莫相非。

貫休把故事發生的時間，從春秋推後到秦始皇修築長城的時代。因此，這首詩中已出現了哭倒「萬里長城」的情節；原本被哭得「崩塌」的是臨淄城，在詩中已變成「長城」了。整個故事的架構，相當的完整。但「杞梁」的名字倒是沒改。

再往下傳，「杞梁」變成了「萬喜良」或「萬杞良」；杞梁妻則變成了「孟姜女」。兩相對照，「孟姜女哭倒萬里長城」的故事，非常明顯，是架構在「杞梁妻」的原始故事上，加以演化而成的。兩則故事，有太多相似的情節：因丈夫之死而痛哭，以致哭倒城牆，最後殉夫自殺而死。甚至男主角的名字「喜良」或「杞良」也和「杞梁」的讀音相似。

在這裡，要指出一點：「孟姜女」並不是姓「孟」名「姜女」。古代「孟」是指庶出的長子或長女，姜才是姓；換言之，「孟姜女」就是姜家庶出的大女兒之意。周朝封「姜太公」（姜姓、呂氏，名尚，字子牙。「太公」是出對他年高德劭的尊稱）於齊，所以「齊」可說是「姜姓之國」。《詩經》裡就有好幾處用「孟姜」來指稱特定的女子，而且常用「彼美孟姜」、「美孟姜矣」的句子，似乎「孟姜」是美女的代名詞。

傳到元代，「孟姜女」的故事，已經出現在劇場的舞台上了。傳到現在，更很少人注意到這故事的原型「杞梁妻」。反而「孟姜女哭倒萬里長城」，倒是在中國人中「家喻戶曉」！

在屈原的《九歌．少司命》中也有：「樂莫樂兮新相知，悲莫悲兮生別離。」與〈琴歌〉完全相同的句子。就故事的時代來說，「杞梁妻」時代在先，「屈原」的時代在後。但這兩句〈琴歌〉的文字記載，出現的時代比較晚。但沒有正式的文字流傳，也不代表沒有民間閭里歌謠的「口耳相傳」；就不知是誰「抄」誰了。

春秋

千古艱難唯一死，傷心豈獨息夫人（息嬀）

在《紅樓夢》中，賈寶玉屋裡的大丫頭襲人，一直以賈寶玉的小妾自居，甚至也被賈府的女主人王夫人默許為寶玉的小妾，另眼相看。但在賈府沒落，賈寶玉出家之後，她還是無可奈何、委委屈屈的嫁給了伶官蔣玉菡。曹雪芹以兩句詩來給她定論：

千古艱難惟一死，傷心豈獨息夫人。

原詩，是明末清初的詩人鄧漢儀作的，詩題是〈題息夫人廟〉：

楚宮慵掃眉黛新，只自無言對暮春。千古艱難惟一死，傷心豈獨息夫人。

鄧漢儀，字孝威，號舊山，別號舊山農、缽叟。是江南吳縣（江蘇蘇州）人，後遷居泰州。他早負詩名，與當代名家吳梅村、龔鼎孳等都是好友。在明亡之際，曾勸一位明代的大員殉節，以報國恩。這位大員不從；想必後來也降清，繼續作大官了。

有一次，鄧漢儀到楚地旅遊，回到江南，又見到這位大員。大員問起他：遊歷楚地是否有詩？他就唸出了這一首〈題息夫人廟〉詩：其間當然有對這位大員強烈的諷刺意味；你們這樣讀過書，又受過國家大恩的人，不也一樣是「千古艱難惟一死」嗎？甚至還折節仕清，又如何去責備一個弱女子呢？

「息夫人」是春秋時代的陳國人。她是陳侯之女，陳國是媯姓之國，所以她姓「媯」。長得非常美貌，是當代最著名的美人。陳君把她姐姐嫁給蔡侯，把她嫁給息侯。這三個國家都是小國，彼此以聯姻來結盟。

她嫁給息國的國君之後，稱「息媯」。雖然只是個女子，她卻十分有見識。見到息國微弱，而息君還終日沉迷聲色，十分擔心；怕這樣下去，息國很快的就會被列強吞併。因此，她努力勸息君振作，要親賢臣、遠奸佞，獎勵農耕，整頓武備，勤政愛民。息君聽了她的勸導，眞的努力振作起來，使息國漸漸富強。

她歸寧，回陳國探望父母時，經過蔡國，順便去探望姐姐（蔡媯）。不料蔡侯見到她，色心大起，竟在接風的酒宴上調戲她。她回國之後，告知息侯。息侯大怒，聯合了楚王攻打蔡國。

蔡侯被俘，爲了報復，就告訴有好色之名的楚王：息侯的夫人是如何的花容月貌，國色天香。楚王竟因此而消滅了息國，搶了息嬀入宮。並把息侯安置在汝水，給他十戶人丁過日子，使息侯憂憤而死；至此息國併入楚國的版圖。

古書記載到這裡，下面就有了岐異。《左傳》說：

息嬀在楚王宮中，大受寵愛，甚至還爲楚王生了兩個兒子。只是一年到頭默默無言，從不開主動開口跟楚王說話。楚王非常納悶，有一天問她：「你已入宮多年，深受寵愛。並爲我生了二子，爲什麼不跟我說話？」

她終於淚如雨下開口：「我一個女子，不幸而嫁二夫。不能一死以殉，還能說什麼？」

楚王心中也爲之哀憐。知道她一定很恨蔡侯，就發兵滅了蔡國，爲她解恨。

西漢劉向的《列女傳》，則有不同的記載：

息侯與息嬀被楚王俘虜之後，楚王讓息侯充當城門守衛，將息嬀帶回宮去，想納她爲夫人，息嬀不從。趁楚王出去狩獵的時候，她偷偷出宮，去見息侯。見息侯活得那麼辛苦，而且滿心憂憤。就告訴他：「人生，了不起就是一死，何必自苦苟活呢？我從沒有一時一刻忘記你，也不能再嫁別人！我們與其活著被迫分離，何如死了同歸於地下呢？」

於是兩人雙雙自殺，殉情而死。他們應該是用刀劍自殺的吧？當時正值三月桃花盛開，她的血濺在地上，有如桃花點點。楚人對她的死又敬重、又哀憐，因此就地爲她立廟，稱

「桃花夫人廟」。又在廟的圍種植桃花，來紀念她的貞烈。

此文一出，息嬀就不是那個默默活著的美人，而是爲夫殉節的貞烈女子了；《列女傳》中，「息君夫人」是列入〈貞順傳〉的。

由此演化，後人因她是以「桃花夫人」之名立廟的，便將她列於「十二花神」中，爲三月的「桃花神」。

歷代有許多詩文，都是以她爲主角寫的。大多還是以她不與楚王說話爲主題，如：

唐・王維〈息夫人〉：

莫以今時寵，能忘舊日恩。看花滿眼淚，不共楚王言。

唐・胡曾〈息城〉：

息亡身入楚王家，回首春風一面花。感舊不言長掩淚，只應翻恨有容華。

唐・杜牧〈題桃花夫人廟〉：

細腰宮裡露桃新，脈脈無言度幾春。至竟息亡緣底事，可憐金谷墜樓人。

也有根據劉向《列女傳》的詩。

唐·宋之問〈息夫人〉：

可憐楚破息，腸斷息夫人。寧為泉下骨，不作楚王嬪。楚王寵莫盛，息君情更親。情親怨生別，一朝俱殺身。

不論是讚美、是諷刺，「息夫人」只是一個因容顏美麗，而受到命運的撥弄，身不由己的女子。即使她不曾殉情，也不能責以不貞；那個時代，其實對女子再嫁是很包容的。而且問題也並不出於女子失節，而是出於男人好色，以所掠奪得到的女子爲禁臠吧？

杜牧舉綠珠爲例來諷刺，一則出於他「大男人主義」的殘忍。二則他似乎沒有想到：事實上，綠珠未必眞的是爲感恩，或愛情，自願爲石崇墜樓殉情。甚至可以說：她是被石崇一句話：「我是爲你才有今日之禍！」逼著跳樓而死的！歷史上的記載，石崇就是一個沒有人品的人；他極富有，錢卻是在當官的時候，藉著自身的勢力當強盜，劫殺行商來的！

晉代惠帝是個天生「智障」者，皇后賈南風當家，讓改從母姓的外甥賈謐，掌握朝政大權。石崇和另一個官員潘岳，諂媚卑屈到：望著賈謐的車塵下拜，爲士林所不齒。另一方面，又極無人性；仗著錢財、權勢胡作非爲。他的殘酷好殺，於史有據；甚至會爲了客人不肯喝酒，而把勸酒的美人殺了，來逼人喝酒！這麼一個人，那値得綠珠爲他殉情？

若眞論深情與眞情，息夫人對息侯之情還更勝一籌呢！

南山矸，白石爛，生不逢堯與舜禪（甯戚）

一個自認有政治才能，卻因爲出身寒微，沒有機會得到國君賞識的平民百姓，要如何在保持自己風骨原則之下，卻又能引起國君的注意，入仕貢獻才學給國家呢？也許甯戚的做法值得參考。

甯戚到底是什麼地方人？歷史上頗有爭議。一般的說法，他是衛國（河南）人。他有才有學，認爲在當代的諸侯國中，齊國的國君（齊桓公）是最有作爲的。很希望能得到齊桓公的賞識，貢獻自己的才學，成就一番事業。問題是：他出身寒微！在那階級制度森嚴的時代，幾乎不可能走到高高在上的齊桓公面前去。更別說讓他有機會賞識自己的才學，而加以重用了！

甯戚是個意志堅定的人，決定要做一件事，就有百折不回的精神。既想在齊國出仕，他首先投靠一群商人，給他們做傭工，跟隨著他們從衛國到了齊國。那些有錢的商人，到了齊國，當然會住在城裡豪華的商旅客店中。他只是一個寒微低賤的傭工，沒有錢投宿旅店，就在城外露宿。靠著幫人餵牛，賺點小錢餬口。

有一天，威風凜凜的侍衛們，來到城門口。在把城門口這些「閒雜人等」趕開。

「讓開！讓開！把你們的車拉遠一點！君侯要出城迎接貴賓，你們別在這兒擋路礙事！」

原來，齊桓公晚上到城外迎接賓客。一大隊人馬拿著火把，簇擁著齊桓公出城來了。正在餵牛的甯戚，看到齊桓公的車駕來了，隨從們舉著的火把，點點的火光，有如天上的繁星。對他而言，說近，近在咫尺；齊桓公當然就在這重重環護的人群中。說遠，又遠如天邊；這些星星點點的火把，對他而言，就如千山萬水！他悲從中來，引吭悲歌：

南山矸，白石爛。生不逢堯與舜禪。短布單衣適至骭，從昏飯牛薄夜半。長夜漫漫何時旦？

滄浪之水白石粲，中有鯉魚長尺半。敝布單衫裁至骭，清朝飯牛至夜半。黃犢上坂且休息，吾將捨汝相齊國。

出東門兮厲石班，上有松柏青且闌。麤布衣兮縕縷，時不遇兮堯舜主。牛兮努力食細草，大臣在爾側，吾當與汝適楚國。

他感嘆著自己生不逢堯舜的盛世，只落得穿著破舊的粗布短衣，從早到晚的給人餵牛！卻又自負：以自己的才學，是可以當齊國宰相，當楚國大臣的！

齊桓公聽到他唱的歌，非常詫異，心想：「這人好大的口氣！一個幫人家餵牛的人，居然自稱大臣，想當齊國的宰相！但是，他既然敢這麼誇口，也許，眞的是個有才幹的人？」

那，甯戚的才學，是不是如他所自負的那樣，足可當齊國的宰相呢？當然！如果他沒留下政績，也就不會留下〈飯牛歌〉的故事了！他仕齊達四十年，在外交和農政上，都成績斐然！他曾奉使隻身入宋，以口才折服了宋國的君臣，宋因此臣服於齊，使得朝野原本對他的才幹存疑的人，刮目相看。

他又因爲自己出身民間，特別重視農耕。將齊國精湛的冶鐵技術，推廣到改善農具上；過去農耕都使用木犁，在他的推廣之下，改用鐵犁。農具的改良，大大的提高了農耕的效率，增加了生產量，使得齊國連年豐收，他也因而被任命爲「大司田」。

身爲高官，他卻謝絕了齊桓公爲他營築華美宅第的好意。而寧可和農民百姓一樣，住在農舍裡，過簡樸的生活，與百姓同甘共苦。每每禱天，祈求「風調雨順」，加惠農民。並到處巡視，不但教化農民，傳授農耕技術，也隨時爲農民解決問題。

當時，齊桓公和管仲，時時率軍出征。他們出征時，總把國政託付給甯戚。他也不負重託，把國家治理得國泰民安，使齊桓公與管仲出征在外時，得以全無後顧之憂。所以，齊桓公視他爲心腹，稱許他爲「齊國的棟梁，君臣的楷模」！管仲也視他如臂膀，彼此合作無間。

相傳，甯戚還留下了一部《相牛經》，成爲農家養牛的「教科書」。中國自古以農立國，牛，對農耕的重要，不言而喻。也由此可知：甯戚不僅是當時齊國的重臣。他的遺愛，也嘉惠了世世代代的農民百姓呢！

附：浩浩白水

齊桓公初見甯戚，是爲了迎賓出城的，也沒有時間去追究。回到宮中，就命當時的齊國宰相管仲去觀察一下，看看這到底是何許人？

管仲去了。甯戚看到他，想考驗他的才智，就只對他唱了一句：

浩浩乎，白水！

管仲無法解釋這一句話的意思，也不好追問。覺得無法向齊桓公交代，因而悶悶不樂，五天都沒有去上朝。在家裡唉聲嘆氣，竟至食不下嚥。他的愛妾婧娘關心地問：「您有五天都沒去上朝了，又面帶憂色。是朝中的事呢？還是君侯有什麼事令您爲難呢？」

管仲不耐煩地揮揮手：「這些事，不是你婦道人家能懂的！」

婧娘聽了，卻正色道：「妾聽說：不可以因爲人年老、微賤、年少、弱小就輕慢他們！」

「怎麼說？」

「想當初，太公望七十歲時還在朝歌宰牛呢，可是八十歲爲周相，九十歲封於齊！太公望不老嗎？伊尹曾是陪嫁的奴僕，商湯立他爲三公，而商大治！伊尹不賤嗎？皋子五歲，見到大禹，就贊美大禹的不凡，並曾輔佐大禹，皋子不少嗎？而駃騠生下來七天，就比母親個頭還大。才七天的駃騠不弱嗎？他們雖然看起來老、賤、少、弱，難道都是可以輕慢的？我雖然是個卑微渺小的女子，但您怎麼知道我一定不懂？」

管仲聽了這話，驚異這個小妾的見識不凡。下位道歉：

「是我錯了。我告訴你緣故吧；君侯讓我去見他在城外遇到的一位賢士，要我了解一下他的意向。他卻什麼話都沒跟我說，只對我吟了一句詩：『浩浩乎，白水！』就不理我了！我不知道這句話是什麼意思，無法對君侯交代，所以……唉……」

婧娘笑著說：「人家都已經把意思表達得那麼明白了，您還說他『什麼話都沒說』，不理您？」

管仲驚訝的問：「你知道他的意思？」

婧娘道：「古代有〈白水〉之詩：『浩浩白水，儵儵之魚。君來召我，我將安居。國家未定，從我焉如』。他對您唱『浩浩乎，白水』，就是向您表示：他想入仕於齊，希望您把他引薦給君侯呀！」

管仲聽了婧娘的話，覺得有理，非常高興，趕快向齊桓公報告。齊桓公大喜，又帶著舉著火把的隨從出城；這一次，他是爲了迎接甯戚。就在火把的照耀之下，當場封他官爵。用後車載他入朝，重用了他。他果然成爲管仲的得力助手，齊國霸業中重要的名臣。

甯戚死，管仲痛惜得失魂落魄。想起他，就要婧娘彈唱他曾唱過的〈浩浩白水〉。聽著歌，想起當年甯戚唱〈飯牛歌〉，唱〈浩浩白水〉的往事，淚流滿面的追悼他。

春秋

載馳載驅，歸唁衛侯（許穆夫人）

在許多人的觀念裡，以爲「古早」的時代，女子都是男人的附庸。尤其在文學史上，是沒有女子的地位的。這可錯啦！在《詩經》中就有不少女子的作品。有些詩的作者還無可查考。有些詩，可是非常明確出於「女詩人」之手呢！《詩經．鄘風》中的〈載馳〉，就是許穆夫人的作品。

「許穆夫人」是春秋許穆公的夫人，也是衛懿公的幼女，可以說是衛國的公主。她從小就因美貌與才華「蜚聲國際」。到了及笄之年，齊國與許國都來求婚。以她自己的意願，是嫁給齊國的；倒不是爲了兒女私情。而是她從小在政治家庭中長大，政治的觸角特別敏銳。

她的父親衛懿公是誰呢？他可說是歷史上有名的「昏君」之一！爲愛鶴而亡國的就是他！他即位以來，不理朝政，一味的驕奢靡費，只顧自己享受，不問民間疾苦。他非常喜歡鶴，當然，就會有臣屬投其所好，送鶴來討好他了。只要送他鶴，就能得到他的「賞識」，獲得賞賜，甚至封贈官位。

最荒唐離譜的是：他愛鶴，不但派遣許多臣僕專門侍候鶴。更愛到封鶴為「大夫」，享受與朝中「大夫」相等的待遇：出入都乘車。他去那裡，也都帶著鶴作伴，反而臣子們想見他一面都難！為了養鶴，他是絕不惜花費的！錢從那裡來？當然是向百姓搜刮啦！用搜刮來的資財、糧米，餵養成群結隊的鶴。對自己百姓的死活，卻不聞不問。弄得百姓怨聲載道；當然他是不會聽，也聽不見的。

他的小女兒對他的作為很不以為然。卻因著自己是女兒，年紀又小，無可奈何。心中卻隱隱不安：覺得以衛國政治的腐敗，隨時可能發生變故。最好能與強大的國家聯姻結盟；一旦有事，才有外援。齊國離衛國近，而且齊國的國力強大。衛國發生什麼事的時候，如果有她在齊國，一定可以說服齊侯出兵支援。許國，與衛國中間隔著鄭國。一則路遠，二則許國本身的國力薄弱，自顧不暇，起不了作用。當時國際之間聯姻，可以說都是「政治婚姻」，是存有政治目的，不足為奇。倒是難為她小小年紀，就有這樣的見識！

可惜，她的意見並沒有被採納，他的父親還是把她嫁給了許國。還好，她雖嫁到許國，但有一個姐姐嫁到宋國，另一個姐姐則嫁到齊國。

她的憂慮不幸成真。周惠王十七年冬，狄人侵略衛國。衛懿公派兵迎敵，兵士們卻紛紛落跑，不願為他打仗。他要大臣去抓逃兵，大臣卻說：「君侯何不派鶴去跟狄人打仗？」

他生氣的說：「鶴怎麼能打仗？」

大臣卻冷笑駁斥他，說：「君侯封鶴為『大夫』，就是把牠當『人』看待。鶴既能封為大夫，為什麼不能打仗？君侯一向無恩於臣民百姓，臣民百姓為什麼要為你去送死？你素來只有恩於鶴，還是讓鶴為你迎敵吧！」

在這樣的情況之下，向來就不得民心的衛懿公被殺。衛都淪陷，衛國瀕於危亡。

幸好，宋桓公基於姻親的關係，迎接衛國遺民渡河。在「漕」地結廬，安置逃出衛國的遺民。「國不可一日無君」，因此立戴公為君。可是戴公才立了一個月就死了，再立文公。

衛國瀕於危亡的消息，傳到了許國。身為衛國「公主」的她，當然心急如焚，急著要趕到漕地去慰問哥哥，並設法拯救衛國。就我們的想法，這於情於理這都是應該的。可是，許國上下一致反對她這麼做！

為什麼？因為在古代的禮法中，女子出嫁之後，父母若在堂，是可以回家「歸寧」問候父母。但父母去世之後，就不可以了。現在，衛國瀕於危亡，可是她的父母都不在世了。甚至，衛國風雨飄搖，君民在漕地只是「結廬」而居，連個正式房舍都沒有！她怎麼能回去？

許穆夫人可管不了許國人的想法，駕了車就向衛國奔馳而去。許國的大夫們，一路跋涉在後追趕。所以她〈載馳〉詩中的第一段寫的就是：「載馳載驅，歸唁衛侯。驅馬悠悠，言至於漕。大夫跋涉，我心則憂。」

追趕她做什麼？勸她不要回衛。她怎麼肯呢？於是，一路與大夫們唇槍舌劍的辯論。

她拿定了主意：不管你們認爲我對不對，我就是不能照你們的要求：跟著你們回許國去！而且，在她看來，這些大夫們都目光短淺無知，腦袋僵固封閉，迂執不通！她自己想的才是對的！於是她寫著：

既不我嘉，不能旋反。視爾不臧，我思不遠？
既不我嘉，不能旋濟。視爾不臧，我思不閟！

她心急如焚的一邊趕路，一邊還要受這些不通情理的大夫們糾纏騷擾，把她給煩死了！心煩意亂的她，甚至得上山去採治療「憂鬱症」的貝母來解憂。她自認理直氣壯，並不是無理取鬧。許國的大夫們卻認爲她是個女子，牽掛衛國的安危可以理解。眞要回去，一則於禮不合，二則也太情緒化了。有他們代表她去向衛侯致意，也就夠了。

她卻非常明白：許國大夫們與衛國不關痛癢。所謂致意，也不過是說幾句交代門面安慰的話就算盡禮了。不像她，與戴公、文公都是同一血緣的兄妹。休戚相關，才會眞心眞意的爲衛國打算。在她看來，許國這些人吵吵嚷嚷，以爲可以代表她，才眞是又幼稚、又狂妄呢！因此，忍不住在詩裡「罵」許國人：

陟彼阿丘，言采其蝱。女子善懷，亦各有行。許人尤之，眾穉且狂！

她終於抵達了漕地，在冰天雪地中與哥哥文公共患難。第二年的春天，她又上路了；可不是回許國，而是到齊國去向她的姐夫齊桓公求援。當然，這「拋頭露面」奔走的行爲，引起許國大夫更大的不滿。但她可顧不了那麼多；她是衛國的公主，爲了救衛，她不惜一切！

春天到了，雨雪風霜都成爲過去。一路上看到田野間的麥子生意盎然的生長，她的心情也開朗了起來。她知道，她可以向強大的齊國控訴求援。而以齊國和衛國的姻親關係，她以「小姨」的身分出面去求姐夫，姐夫一定不會坐視衛國危亡的！

她在詩的最後一段這樣寫著：「我行其野，芃芃其麥。控於大邦，誰因誰極。大夫君子，無我有尤。百爾所思，不如我所之！」

她非常清楚的告訴那些指責她、阻止她的大夫們：「你們所想的那些辦法都沒有用！你們的千思百慮，都不如我付諸行動！」

結果，她救成了衛沒有？顯然是救成了。齊桓公聯合了諸侯，爲衛國築了新的國都楚丘城（今河南滑縣），保全了衛國。而許穆夫人的這首〈載馳〉詩，也成爲《詩經》中著名的詩篇。

春秋

我有子弟，子產誨之（子產）

鄭國，是處於列強環伺之下的弱小國家。這樣的國家，最怕的是內政不修，給其他國家可趁之機。

鄭簡公以稚齡即位，權相子駟把持國政，引發貴戚不滿，想殺了他除害。偏偏事機不密，反而被他先下手爲強的把反對者誅殺了。殺人立威之後，使他更橫了心，想廢掉鄭簡公自立。公子孔一怒之下，派人暗殺了他，倒也令大家稱快。只是，公子孔一旦「取而代之」當了宰相，又興起了篡位的心思。幸好，子產挺身而出勸他：「你是因爲反對子駟自立而殺了他的，自己怎麼能明知其非，還做同樣的事？照這樣循環下去，鄭國就沒有太平之日了！」

子孔想想，反正自己掌了實權，何必落人把柄？沒有實行。但他當然不會把鄭簡公放在眼裡，專權跋扈。因此，鄭簡公一直懷恨在心，長大之後，就設計把他殺了，而拜年高德劭的子皮爲相。

鄭國是姬姓之國。子皮姓姬名虎，是鄭國的老臣了。他深知自己再怎麼有心爲鄭國盡力，也已風燭殘年，力不從心。一定要找有才德的年輕人來執政，才是公忠體國之道。他看中的是「子產」：公子發的兒子。公子之子稱「公孫」，所以，子產姓姬，名公孫僑；「子產」是他的字。子皮既然看中了子產，就把他帶在身邊，準備提拔他。

子皮雖然是忠心愛國的忠臣，執政時，也不免任用親信。有一次，他想封自己所親信的尹何做大邑的大夫。子產勸諫說：「尹何年紀太輕了，不知道是否適任。」

子皮說：「我覺得尹何是個謹厚的人，不會造反。我對他十分愛重，他雖年輕，可以到任之後慢慢的學呀！」

子產沒有在這件話題上糾纏。問：「如果您有一頭牲口要宰割，會不會交給一個生手？」

「不會！那一定會切割得亂七八糟，鬧不好，還會割傷了他自己的手。」

子產又問：「如果您有一端美錦，您會交給不懂裁縫的人去裁製新衣嗎？」

「當然不會！他會糟蹋了我的美錦；美錦一定要交給最好的裁縫來做！」

子產正色道：「一口豬或一端美錦，畢竟是有價的。大邑，有多少的士民百姓仰賴主政者來治理照顧，責任何等重大！難道在您的眼中，大邑的價值還不如一頭牲口，或一端美錦，隨便就給一個全無理政經驗的新手實驗學習？尹何或許不錯，您先讓他從基層做起，學習治理百姓之道，再讓他出仕上任，留下美名，不是更好嗎？您若愛護他，我認爲這才是眞正愛護他的方式！」

子皮聽了他的話，非常感動。向他致歉：「我的確是老糊塗了！都說小人只看到眼前，君子才見識遠大，我實在是個小人呀！從現在起，我不但要把我的家務託你處理，也要把鄭國的國政交給你治理！」

子產辭謝說：「鄭國以小國，在大國的夾縫裡苟延殘喘。若只是要把外交工作做得好，都還好辦。但國內掌權的親貴重臣驕恣跋扈，連主公對他們都無可奈何。多少執政者，因拂逆了他們而死於非命。以我這麼年輕的小官，怎麼能對付得了他們呢？」

子皮說：「你放心！我雖讓位給你，還是會在一邊監督。有我帶頭聽從你，還有誰敢違犯你？」

話雖如此，當了「上卿」執政的子產，還是因爲損害了權貴們的既得利益，而讓許多親貴重臣憤憤不平。或造謠生事、或威脅恫嚇，無所不用其極。

有一個位高權重的貴族豐卷，提出無理要求刁難他：「我要一大片的獵場，以便我能狩獵，用獵物來祭奠我的祖先！」

子產冷靜的說：「依照制度，只有一國之君才能擁有獵場，以獵物祭奠祖先。像您的身分，只能用飼養的牲畜來祭奠。」

豐卷被拒絕之後，怒氣沖天，糾集了一些早對子產不滿的貴族，揚言要對子產不利。子產面臨了殺身之禍，只能準備逃出國去。子皮立刻挺身而出，支持子產，並率領軍隊把豐卷驅逐出境。又召集貴族，嚴重警告：誰敢對子產不利，他一定不會坐視，而且會像對付豐卷一樣，興軍討伐，殺無赦！

在子皮的全力支持下，子產一步步的實現了他的政治理想。首先，他重視專材，在大臣中發掘他們的長處，適材適任的授予官職。像公孫子羽擅長外交，馮簡子長於判斷，裨堪長於參謀，子太叔溫文爾雅，嫻熟典章制度，長於執行。他都讓他們在各自的專才上充分發揮，共同爲國效力。使鄭國的政治，逐漸步上軌道。

當時，各地的「鄉校」，是民眾聚會的場所。在聚會中，不免七長八短議論國政的得失，批評官吏的良莠。有一個官員然明，對這些民間「謗言」十分不以爲然，建議子產把鄉校毀去，禁止百姓聚會。子產說：「爲什麼要毀去鄉校？那是百姓休閒娛樂的場所。他們說的話，代表的是民間的輿論。豈不正是我們施政最好的參考？他們認爲好的，我們就照著做；他們認爲不好的，可讓我們知道缺失何在，一一改善。民怨只能疏導，不能防堵。我們不疏導民怨，只禁止他們的言論自由，反而會讓民怨越積越深，越演越烈。直到堤防潰決，不可收拾爲止！我寧可留下鄉校，聽他們的謗言，而且把這些謗言當成苦口良藥！」

子產在執政之初，也受到許多的非議；不但貴族，連百姓都不了解他的用心良苦，而懷恨他。他制定了衣冠制度，使卿、大夫、士、民各有服色，不相混淆。劃分百姓的田畝，使封疆同溝洫，廬舍同井田。又設戶籍制度，以五人為「伍」，守望相助。這些做法，使一向不受約束的百姓感覺不便，唱：

取我衣冠而儲之，取我田疇而伍之，孰殺子產，吾其與之。

意思是：將我們的衣冠來限制，取我們的田疇分為伍，誰要殺子產呀，我就參與來相助！

過了三年，他們感受到子產執政的用心，也享受到生活的安和豐足。又唱：

我有子弟，子產誨之；我有田疇，子產殖之。子產而死，誰其嗣之？

意思是：我們有子弟，子產來教育。我們種田地，子產來指導種植。子產若離去，誰能來代替？

孔子的年齡比子產小，在子產主政的時候，他才十歲。到他長大，聽說了子產的政績，說：「由子產的言行做為來看，要說子產不是仁者，我不相信！」

由子產執政，我們了解：執政者最重要的是有公正無私的立場、寬大包容的胸襟、與人爲善的仁愛，和任怨任謗的擔待。他的政績，自然會爲他留下了歷史上永遠的美名。事實上，執政者耳裡聽到歌功頌德的諛詞，誇大不實的居多；而且都有功利現實的目的。也只有沒風骨的佞幸，才說得出那種諂媚阿諛，讓人「肉麻」的話來！自以爲「聖明」；更只是自欺欺人。

歷史上怎麼定論，可不是自己能決定的。試想：當年慈禧太后耳裡，「太后聖明」聽得還少嗎？但在歷史定位上，她就是清朝的「亡國太后」！歷史的評斷是嚴峻無情的，値得在位者儆戒。

春秋

春城無處不飛花，寒食東風御柳斜。日暮漢宮傳蠟燭，輕煙散入五侯家。（介子推）

這是唐玄宗時代，一位尚未及第的士子韓翃作的〈寒食〉詩。這一首詩裡，用了幾個典故。首先是詩題：「寒食」。

「春秋五霸」的第二位，是晉文公重耳。他的一生，可說是多災多難，非常坎坷，半生都在流離顛沛之中。

他的父親晉獻公有三個兒子：太子申生，公子重耳、夷吾。三個兒子都有賢名，在當時各國諸侯間，很受稱譽，他也頗爲得意。周惠王五年，晉獻公滅了位於陝西的「驪戎」，俘得驪姬和她的妹妹。這兩人都是驪國的美人，晉獻公惑於美色，帶回晉國，並封她們爲「夫人」。驪姬和她的妹妹因爲受寵，不久都懷了孕，驪姬生下了兒子奚齊，她的妹妹則生下了另一個兒子卓子。

當驪姬姐妹生了兒子之後，整個局面就改變了。每個受寵而有子的妃子，都存有一樣的私心：希望自己的兒子能日後繼位。爲了達到目的，就千方百計的陷害「絆腳石」。

當驪姬的兒子奚齊慢慢長大，她開始忌恨這些早已「國際知名」的繼子們。她知道：只要他們三個存在，奚齊是完全沒有希望繼位的！就想方設法的除去這三個「眼中釘」。驪姬在這種惡毒心態的驅使下，用盡心機的陷害這些奚齊已成人的哥哥。而被美色迷惑的晉獻公，老邁昏憒，完全無法分辨是非曲直，只聽信驪姬片面的讒言。導致太子申生因受到冤屈，無以自明而自殺。兩位公子重耳和夷吾則逃離了晉國，成了到處流浪的亡命之徒。

重耳十分賢明，因此有許多晉國的賢臣，自願追隨他，陪他一起流亡。其中有一個人，名叫介子推（之推）。他在追隨的群臣中，是屬於比較沉默內斂的，卻非常忠心耿耿。相傳，甚至在他們流亡途中絕糧之際，曾割下了自己的大腿肉來給重耳吃。

重耳的流亡生涯，可說是歷盡滄桑，嘗盡了世態炎涼。千辛萬苦，在流亡了十九年後，才終於回到了晉國登基。登基之後，當然要大封功臣，酬謝這些陪著他流亡的忠臣；其中有的人，甚至在他的弟弟夷吾先他而回國登基後，爲了疑忌「賢名在外」的哥哥，逼他們背叛重耳。並因他們不從，而殺了他們的家屬！對重耳來說，這樣的恩德，當然要重酬厚報。

而當重耳返國登基，大封功臣時，這些功臣們，一旦得志，就露出了爭權奪利的醜陋面目。也有的人「假仙」推拒，其實目的在於邀功。

介子推是個心性耿介高潔的人，對這些人與行徑十分不齒。也不願意屈折自己的風骨，去爲自己爭取官職，跟他們同流合污。因此「介子推不言祿，祿亦弗及」；因爲他的無求與不爭，也就被遺忘在酬庸封官的名單之內了。有旁觀的人，爲他抱不平，作了一首詩，掛在宮門口：

龍欲上天，五蛇為輔。龍已升雲，四蛇各入其宇。一蛇獨怨，終不見處所。

「龍」指晉文公。「五蛇」指當時陪他流亡的五個重臣：狐偃、趙衰、魏武子、司空季子、介子推。詩中的意思，是指陪同流亡的人有五個，現在有四個人都得到了封賞，擁有了崇高的權位，和豪宅華屋。只有一個人，卻孤獨的被遺忘了，甚至沒有安身之處！

晉文公看到了這首詩，才猛然想起了當年不惜割肉給他吃的介子推。心中深覺抱歉，馬上派人去找他，要授他高官厚祿，酬答他的恩惠。他卻已因爲失望，又不屑於留在世俗中看這些人爭權奪利。就侍奉著母親，避入綿山隱居了。

晉文公親自帶著隨從，到綿山去尋訪他，想求他出山，卻找不到人。有人提出建議：放火燒山，把他「逼」出來。晉文公覺得有理，眞的放火燒了綿山。沒想到，始終還是沒見到介子推出來。等火滅了，入山搜尋時，只見他背著母親，抱著一棵柳樹，活活的燒死了！

晉文公又痛又悔，卻已來不及了。就用這棵燒焦的柳樹做了一雙木屐，常看著木屐悲嘆：「悲哉！足下！」

因爲他是被火燒死的，晉文公下令：在介子推燒死的這一天，家家戶戶都不許舉火，只能吃冷的食物，來紀念他。所以，這一天就稱爲「寒食」。後來統一規定：冬至之後的第一百零五天爲「寒食節」，冷食三日。寒食的時間，正在清明的前兩天，慢慢的就合而爲一了；本來只是一個「節氣」的清明，因此更受重視。在唐代，從「寒食」到「清明」，視爲大節日，朝廷規定放三天假。而且家家戶戶「禁火」；不許用火燒煮熱食。因此家家戶戶都會在「寒食節」之前，就製作適合冷食的糕、粿等食物來配合「禁火」的命令。寒食節「冷食」的習俗，一直到宋代都還奉行如儀，可知影響之深遠。

事實上，我們現代放「春假」，時間也是落在清明前後；也相當於古代的寒食、清明假期。只是現代人只知「清明」掃墓，已不知「寒食」禁火了。

也可說相當巧：古代靠鑽木取火，保留火種。古人認爲，四季要用不同的木頭來取火，才符合健康。春天用榆柳，夏天用棗杏，秋天用桑柘，冬天用柞楢。所以四季都要重新取火，稱爲「改火」。而清明，正是「改火」的日子。唐代延襲這個習俗：寒食「禁火」。到清明的黃昏才「改火」；在皇宮中鑽取新火，用新火點上蠟燭。首先分送親貴、王公、近臣以示榮寵；也等於宣布「寒食」結束。

這首詩中，寫的「輕煙散入五侯家」，「五侯」用了漢成帝在同一天封五個母舅爲

「侯」的典故。當時，也因爲「五侯」太受皇帝的尊重寵信，種下了後來王莽勢力坐大的禍根，更導致後來王莽篡漢的惡果。詩中就用這典故，來暗諷唐明皇寵眷「外戚」（楊氏兄弟姐妹）。

這首詩寫出後，非常受到各方讚賞；當代的有識之士，當然都了解詩中諷刺的含義，也都非常有同感。當時，韓翃還沒考上進士，卻因這首詩，成爲各方爭相結納的對象。

「安史之亂」後，唐德宗回到長安，要任命韓翃爲「中書舍人」。而當時朝中有兩個人同姓、同名，都叫「韓翃」。他就特別在詔書上寫明：「給『春城無處不飛花』的韓翃！」

可知當時此詩的名氣之大！

在齊太史簡（崔杼）

文天祥的〈正氣歌〉中，舉了許多歷史上可歌可泣忠臣的例子，「在齊太史簡」是其中的一句。

崔杼是齊國人，姜姓、崔氏，名杼，是春秋齊國大夫。死後諡「武」，因此又稱「崔武子」。

他早年曾得到齊惠公寵信。當然，也不免受到其他齊國臣子的嫉恨。惠公薨逝之後，兩位重臣合力將他驅逐出國，崔杼因此出奔到衛國。齊國另立了齊頃公為君。過了十幾年，齊頃公死，崔杼才在衛國人的協助之下返齊，擁立靈公。又得到重用。

齊靈公娶魯國之女，生下嫡子公子光，並立為太子。他後來又娶仲姬、戎姬。戎姬受寵而無子，仲姬則生下公子牙。靈公將公子牙交給戎姬撫養，戎姬撫養公子牙，視如己出。人類自私的心理，使后妃、君夫人等，都希望「自己的兒子」能做「爵位繼承人」；一般家庭，都不免兄弟手足為了爭產吵翻天。何況繼承的是公侯之位？因此，戎姬請求齊靈公廢了太子光，改立她撫養的公子牙爲太子。靈公因爲寵愛她，立時就答應了。但這是不合「宗法制度」的；在制度上，應立「嫡長子」。公子牙的生母仲姬，是個明理的人；雖然公子牙是她的親生兒子，但她還是諫阻此事，對齊靈公說：

「您不可以這麼做！太子光的地位，已被各國的諸侯承認了，是公認的齊國太子。如果無故廢太子，以後您一定會後悔的！」

靈公不理她，說：「我是一國之君，凡事由我作主！」於是廢了太子光，把他遷到東部。並以高厚爲太傅，夙沙衛爲少傅，輔佐新立的「太子牙」。

靈公二十八年，靈公病重。崔杼爲了鞏固自己的地位，迎太子光返國爲君，並殺了戎姬。

靈公去世，太子光被立爲齊君，是爲齊莊公。莊公即位後，殺了弟弟公子牙，崔杼又殺了兩位奉靈公之命，輔佐太子牙的重臣高厚和夙沙衛。

崔杼建立了「擁立」的大功，當然就更有權勢了！但他沒想到：齊莊公非常好色，竟看上了崔杼美貌的妻子「東郭姜」；她本是當代著名的美女。她的弟弟東郭偃，是崔杼的家臣。她原是齊國大夫棠公的夫人，隨夫姓，當時稱「棠姜」。棠公死，崔杼去弔唁時，看上棠姜美色而想娶她。於是託東郭偃幫忙，想娶他的姐姐棠姜。

古代的「姓」與「氏」有別；以「姓」別婚姻，以「氏」分貴賤；但只有貴族才有「氏」，庶民是只有名，沒有「氏」的。

崔杼的「崔」是氏，而出於「姜」姓。「東郭姜」的「東郭」也是「氏」，同樣也姓「姜」。東郭偃就以兩人都出於「姜」姓，「同姓不婚」爲理由，勸退崔杼。

崔杼惑於美色，以「筮」占了一卦。遇「困之大過」，即困卦六三爻變，爻辭說：「困于石，據于蒺蔾。入于其宮，不見其妻，凶」，可說是個「家破人亡」的大凶之卦。

但崔杼貪戀東郭姜的美色，竟不顧「凶象」，堅持娶東郭姜爲妻。由此，也可知東郭姜雖美貌，卻在前夫新死之際，就不顧「凶兆」，嫁給了崔杼，顯然本身也並不是什麼品德高尚的貞烈女子。

齊莊公也聽說了她的美貌。見過之後，更「驚爲天人」，非常傾倒。曾多次趁崔杼不在家的時候，去崔杼家調戲他的妻子。東郭姜本非貞烈女子，因此「乾柴遇烈火」，兩人造成通姦之實。這還不說，莊公得意忘形之餘，竟把崔杼的帽子，賞給別人；這對一個重臣來說，是極大的侮辱。

莊公的侍從勸說：「不可做這樣戲辱臣妻的不義之事，會有嚴重後果的！」

莊公當然不聽。

崔杼知情後，爲之大怒。從此，處心積慮找機會報「戴綠帽子」之仇。他知道莊公曾鞭笞宦官賈舉，使賈舉懷恨在心，就找機會結好賈舉。兩個仇恨莊公的人，當然一拍即合。賈舉是莊公身邊的親信，很容易掌握莊公的動向，答應替崔杼尋找殺死莊公的可趁之機。

莊公六年五月，莒國的國君到齊國來拜訪齊君。這是國家的重大慶典，爲表示對莒君的尊重，齊國的重臣都應該入朝，出席慶典。崔杼卻謊稱有病，不去上朝。

聽說他生病，且「病重」到在重大慶典中不能出席。莊公心裡暗自高興，假借「探病」爲由，到崔杼家去探望。其實，主要目的，卻是藉崔杼生病的機會，調戲勾引崔妻東郭氏。這種事怎能在眾目睽睽、天光化日之下公然行之？更何況崔杼還在家！因此，只帶著少數親信前往。

崔杼藉口生病不朝，可以瞞得住莊公，可瞞不住他的妻子！因此，東郭姜故做姿態，一見到他，就躲進崔杼的內室。還把門關上，不肯出來；其實這也是暗示：要莊公不要輕舉妄動。

沒想到，莊公色迷心竅。竟就在崔杼臥室外的院子裡，抱著柱子，唱露骨的「情歌」挑逗崔妻東郭氏。

賈舉知道時機到了！於是，他把莊公的隨身侍衛都攔在院門外，自己進入院中。一回身，就把院門鎖上，隔絕了內外。而崔杼的家臣、家丁，手執弓箭、兵器，從院中的四面八方一擁而上，包圍了莊公。

莊公見到這形勢，才害怕了，請求和解。眾人不答應。莊公又請求盟誓定約：他以後再也不到崔家，做這樣非禮之事了。眾人也不答應。莊公知道自己大概是免不了一死了。提出請求：讓自己到宗廟自殺，眾人仍不答應。

崔家領隊的家臣，冷冷地對莊公說：「您的臣子，我們的主人正在病中，不能前來聽您吩咐。而我們這些家臣，只奉主人之命『捉拿淫賊』，沒聽說有第二種命令！」

莊公想要跳牆逃走，才攀上牆頭，家丁毫不客氣的彎弓就射。一箭就射中了莊公的大腿，使他從牆頭跌落院中。大家一擁而上，當場就把他殺了。

在國家出了君王被殺的大事時，朝中的大夫，一般有兩種做法：一是自殺殉主，二是逃亡出國；當然，也有膽小怕事，歸附叛逆的。

上大夫晏嬰聽說了這件事，來到崔杼家。站在崔杼的院門外說：「一個國家，重要的是社稷，而不是君主。爲人臣者，不是爲了高官厚祿而入仕，而是爲了保護社稷。所以，君主若爲社稷而死，臣子理當爲君主而死；君主若爲社稷而逃亡，臣子也理應隨追君主，逃亡出奔。如果，君主是爲了自己嚴重的過失而死或逃亡，誰願意爲他去死，或去逃亡？我是齊國的忠臣，可不是他的嬖倖之臣！我又何必自殺，何必逃亡？而且，有人連君主都敢『弑』了，眞想要殺我，我又能逃到那兒去？」

崔杼命人打開了院門。晏嬰進去，伏在莊公屍首上大哭，表示悲痛。又起來行三次「辟踴」之禮（古代喪俗，以捶胸頓足，表示哀痛至極之意），就離開了。

大家都知道：他既不願意自殺或逃亡，也一定不會肯歸附崔杼的。就有人建議崔杼：「一定要把晏嬰殺掉，以免後患。」

崔杼說：「他在齊國深具民望，又得民心。殺了他，會因此喪失民心的。還是留著他的性命，以爭取民心，放過他吧！」

這事發生之後，齊國的「太史」在竹簡上秉筆直書：「崔杼弒其君。」

崔杼當然不願在歷史上留下這樣的「惡名」，命令太史不許寫得那麼「直白」，要求更改。太史堅持：所寫的是事實，不肯改。結果被崔杼殺了，任命他的二弟接任爲太史。這位新任太史還是不肯改用曲筆，又被殺死。崔杼又任命他的三弟爲太史，他還是不願意改。崔杼知道他們連死都不怕，不會肯改的。只得妥協。

這事還沒有了結。有位南史氏，聽說崔杼已殺了齊國兩位太史了，怕第三位也被殺。就帶著刀筆趕往齊國；準備接替來寫這段詳實的弒君事件。聽說崔杼沒有殺史官的三弟而妥協了，才滿意而去。

由此可知：史官對歷史「眞相」的重視，是冒殺身之禍也在所不惜的！

春秋

在晉董狐筆（趙盾）

「在晉董狐筆」也出於文天祥的〈正氣歌〉。

周襄王三十一年春，趙盾執掌晉國國事。八月，晉襄公崩，遺命立兒子夷臯爲君。夷臯年幼，晉人都認爲「國賴長君」。因此，迎立正在秦國的公子雍的聲浪很高。因爲公子雍「母義子愛」；母親明理，他本身也具備「賢君」的器度。襄公夫人穆嬴知道了這件事，就抱夷臯在朝堂上大哭，並以「先君遺命」責備趙盾等重臣。趙盾和大夫們被她鬧得沒有辦法，只好立晉襄公之子夷臯爲君；是爲靈公。

晉靈公長大後，不恪守爲君之道；生活奢侈，大肆搜括百姓財貨爲己用。而且常從宮中的高台上，用彈弓射路上的行人，以看他們驚恐逃避的樣子取樂。因爲廚師沒有把熊掌煮爛，晉靈公發怒，便把廚師殺死，裝在筐子裡抬出掩埋。諸如此類「無道」的事，層出不窮。

趙盾和隨會都是晉朝的重臣，深爲晉靈公的「無道」憂慮。趙盾約隨會一起進宮勸諫晉靈公，隨會說：「您是晉國的宰相，身分地位崇高。如果您去進諫，而國君不聽，就沒有人能接續進諫了。還是讓我先進去規勸，他不接受，您再接著去勸。」

隨會去見晉靈公時，直走到屋簷下，晉靈公才抬頭看他。並一臉乖覺的說：「我知道自己錯了，一定改正。」

隨會非常喜慰，回答說：「什麼人能不犯錯呢？犯了錯，能夠改正，就是最大的優點。您如能堅持向善，那麼國家的安全就有保障。臣民們有了依靠，您也會受臣民愛戴，君位就不會受到威脅了。」

他不知道，晉靈公承認自己的過錯，只爲了敷衍他們，並沒有改過遷善之心。其後，趙盾又多次勸諫晉靈公，晉靈公因此感到厭煩。因他是趙盾所立的，他小時候，一直是以趙盾爲首的大臣們主持政務。身爲宰相的趙盾，在晉國的地位非常崇高，使他對趙盾，產生了「功高震主」的疑忌。於是派大力士鉏麑到趙盾家裡去刺殺趙盾。

鉏麑一大早，就翻牆進入趙盾家中準備行刺。只見他臥室的門戶敞開著，毫無防備。身爲宰相，居住的環境卻十分簡樸。趙盾已穿戴好整齊朝服準備上朝。由於時間還早，趙盾就和衣端坐，神態莊重的閉目養神。鉏麑見到之後，非常感動。退了下來，感嘆說：

「這種時候，又是在私室裡，還不忘身爲大臣侍君的恭謹莊重，眞是國家的棟梁，百姓的倚靠！殺害這樣的忠臣，是不忠。背棄國君的命令，是不信。違犯這兩條人生的準則，都是罪過。我無法選擇，只有選擇死！」

於是鉏麑就在趙盾家院子裡的槐樹上，撞頭自殺了。

晉靈公十四年九月，晉靈公假意請趙盾到宮中喝酒，事先埋伏了甲士，準備殺害趙盾。

趙盾的貼身侍衛提彌明發現了，怕趙盾若喝醉，便中了靈公的毒計。快步走上殿堂，說：「臣下陪君王宴飲，酒過三巡，還不告退，是不合於禮儀的事！」

說著，進殿扶起趙盾就走下殿堂。晉靈公所埋伏的兵士，因爲時間還沒到，沒有會合，趙盾就已離開了。晉靈公大怒，就放出猛犬來咬趙盾。提彌明徒手上前護衛，打死了猛犬。正當此際，埋伏的兵士一擁而上。

趙盾本身不但是文臣，也是武將，十分勇猛。他們兩人，與大量擁入的埋伏兵士戰鬥，邊打邊退。因寡不敵眾，提彌明當場戰死，趙盾繼續與兵士交手，情況十分危急。忽然從靈公派出的伏兵中，闖出一個人來，他手中拿著兵器，卻反過身來，攔阻那些伏兵，保護趙盾。使趙盾終於逃出宮門脫險。

趙盾非常感謝他，脫險之後，問他姓名。他說：「我就是您在翳桑所救的那個餓漢。」

趙盾想起：多年前，他經常到首陽山的翳桑打獵。有一次看見有個人倒臥在桑樹下。趙盾以爲他病了，便下馬問他的病情。這人說：「我叫靈輒，已經三天沒吃東西了。」

趙盾馬上命令屬下，拿出準備打獵時吃的食物來給靈輒。靈輒吃了一半，留下一半。趙盾看他明明還很餓，就問他怎麼不吃完？靈輒說：「我給別人當奴僕三年才得以回家，現在離家已近。請您容許我把留下的食物，帶回去給我母親吃。」

靈輒的孝心，使趙盾十分感動。叫靈輒把食物吃完，命人另外給他準備了一份飯和肉，帶回去奉養母親。後來靈輒入宮，擔任晉靈公的武士，正在伏兵之中。他發現靈公下令要殺害的人，就是當初救他的恩人趙盾。因此反過兵器來維護他。

趙盾再問他住處，想答謝他的時候，他沒有回答就離開了。

趙盾知道靈公不殺自己是不肯罷休的，就帶著兒子趙朔逃亡。但還沒有走出晉國境，遇到了他奉使外出的堂弟趙穿。

將軍趙穿，是晉靈公的姐夫。聽說趙盾父子不得不逃亡的原因，是因晉靈公以殘害百姓爲樂。又因不聽諫阻，反而想方設法的要殺了他們，非常生氣。回到都城，就入宮前去找晉靈公興師問罪。晉靈公不但不聽，反而對趙穿惡言惡語。趙穿一怒之下，命他手下的衛士一擁而上，當場就殺死了晉靈公，並派人追趙盾回國。

趙盾聽說晉靈公已死，就返回了晉國。派趙穿到洛京去，迎回晉襄公的弟弟：晉靈公的叔叔，公子黑臀繼位，是爲晉成公。他自己則仍居相位。

趙盾擁立晉成公之後，想知道晉靈公被殺，和他擁立晉成公的事件，史官有什麼評價？於是就把太史令董狐找來，詢問他的見解。

董狐把他記錄的史料，拿出來給趙盾看。趙盾看到上面寫的是：「秋七月，趙盾弒其君。」

而且，董狐已把這個記錄公諸於國際了！趙盾生氣的質問董狐：「誰都知道，先君不是我殺的！你爲什麼這樣寫？要讓我承擔『弒君』的罪名呢？」

實在說，他這「弒其君」，和「在齊太史簡」中的「崔杼弒其君」，情節相差太大了！就我們的想法，他也眞的很冤枉！晉靈公又不是他殺的！董狐卻回答道：「你身居相位，『弒君』之事，因你而起。你逃，既未出境；歸，又未懲兇！那『弒君』的不是你，又是誰呢？」

趙盾聽後，嘆息說：「《詩經》上說『我之懷矣，自詒伊戚』（因爲我懷念著君主，所以給自己帶來巨大的憂傷）。大概說的就是我這樣的人吧！」

因此，他沒有再干涉董狐的記載；因爲，以當時的法度，就是這樣要求的！

孔子評論這件事時說：「董狐的記載沒有錯，他是一位好史官！因此據法直書而不加隱諱。而趙盾也沒有錯，他實在也是一位賢明的大臣。爲了『法度』而蒙受『弒君』的罪名，眞是可惜！如果趙盾逃出了晉國的邊境，就可以免除『弒君』之名了。」

百里奚，五羊皮（百里奚、杜氏）

「丞相指定：要聽虞國的歌曲。虞國早都亡了，這兒又離虞地幾千里，到那兒去找人來唱虞歌呀！」

相府的樂官愁眉苦臉的，跟相府中的僕役們訴苦。

「你的爲難，我們了解。丞相想聽虞歌，我們也了解；七十多歲的老人家了，思念故土，想聽家鄉的曲調，也是人之常情嘛！」

「是呀！說起我們這位『五羖大夫』也眞是夠傳奇的！可笑楚國人，有眼無珠！竟讓這麼一位賢才去牧馬。還是咱們君侯英明，用五張黑羊皮就『買』來了一個丞相！」

「可不是？而且，百里丞相還向君侯推薦了他的朋友蹇叔，君侯也拜蹇叔爲上大夫。等於一下得了兩個賢相；這眞是天佑大秦呀！」

他們你一言，我一語，興高采烈的談起國家大事來。急得樂官直搓手，沒有辦法。

正說著，府裡的洗衣婦杜氏經過他們身邊。一個僕人看見她，想起什麼似的。指著她對樂官說：「你不是想找懂得虞國歌曲的人嗎？杜婆婆就是虞國人耶！你怎麼不請教她？」

樂官病急亂投醫，忙向杜氏說：「杜婆婆！你是虞國人？」

杜婆婆點了點頭：「老婦人是虞國人。」

「那太好了！你可懂得音樂？會唱虞歌嗎？」

杜婆婆微微一笑：「老婦人年輕的時候，倒也學過歌唱。只是，現在已老了，許久都沒唱過歌了。」

樂官大喜過望：「不要緊！只要你會唱虞歌就好！過兩天，丞相要宴請朝中的卿大夫。他說，許久都沒有聽過家鄉的曲調了，要我找個會唱虞歌的人當筵獻唱。只要你會唱，唱得好不好，我想丞相也不會介意的。你就算幫我的忙，到筵前唱一曲吧。」

杜婆婆低下頭，想了一會兒，才抬起頭來。說：「你一定要我唱，也行。但，我有一個條件，要說在前面：不論我唱得好不好，也不論我唱的是什麼，在我沒唱完之前，不許任何人打斷！你若答應我這一點，我就答應爲你在筵前獻唱！」

聽說有人會唱虞歌，百里奚高興極了。聽她提出的條件，也一口就應諾：「我答應！」

在酒宴中，他親自宣佈：「現在，要爲各位貴賓演唱『虞歌』。一曲未終，絕不許任何人打斷！」

在樂官的引導下，杜婆婆穿著一身襤褸卻洗得潔淨的衣服，抱著一張琴，走到了廳上。

也不依禮向主人致意，也不開口說話。在席前站定，就撥起了琴弦。百里奚一聽，果然是虞國的曲調，不由激動得熱淚盈眶。

彈完了前奏，杜婆婆張口，唱：

百里奚！五羊皮！

聽到這兩句，大家面面相覷；如此對丞相「直呼其名」，也未免太「大不敬」了吧？若不是丞相有令在先「不許打斷」，恐怕馬上就會有人出面喝止她了。

而杜婆婆卻彷彿全不知道自己造成的震撼，似乎沉浸到了另一段時空裡，自顧自的隨著琴聲往下唱。歌聲幽怨哀婉：

憶別時，烹伏雌。舂黃藿，炊扊扅。今日富貴忘我為？

那曲調是那麼悽楚，竟讓聽的人忘了她的「大不敬」。只覺得雖然並不懂她唱的內容是什麼，卻讓人心裡酸酸的。在一段間奏之後，她又唱了下去：

百里奚，五羊皮！父粱肉，子啼饑；夫文繡，妻澣衣，今日富貴忘我為？

有些人在她的歌詞中感覺了一點端倪，不禁竊竊私議。回頭去看百里奚，只見他如癡如醉，目不轉睛的盯著那衣衫襤褸的杜婆婆。杜婆婆卻低眉垂目，對眼前的一切，恍如不聞不見。又唱出第三段：

百里奚，五羊皮！昔之日，君行而我啼。今之日，君坐而我立！今日富貴忘我為？

她的歌聲才停，只見白髮蒼蒼的老丞相，從座位上站起，踉踉蹌蹌的衝下堂來，緊緊握住杜婆婆的手。哽咽地喚：「杜氏！賢妻……，我沒有忘了你……！是災荒之後，尋訪不到你母子的蹤跡呀……」

原來……在滿堂賓客的道賀聲中，這一對分別數十年的白髮夫妻，終於團圓了。

附：「五羖大夫」百里奚的故事

從秦始皇的祖先秦穆公起，就非常注意羅致賢才。而其中最傳奇的故事，應該是百里奚；他曾經當過秦國的丞相。而這個丞相，可不是「重金禮聘」來的，而是用五張黑羊皮「買」來的呢！

百里奚是當時的一個小國——虞國的賢士，他很有智慧和才能，家境卻非常貧苦。為了讓自己的才能有所施展，他對他的妻子杜氏說：「如果我守在家裡，恐怕一輩子都不會有出頭之日了！現在天下群雄並起，我想周遊列國，看看有沒有機會，遇到能賞識我才能的國君，才不枉我一身才學！」

他的妻子杜氏，是個非常賢慧的婦人。為了丈夫的前程，也鼓勵他出去求發展。百里奚就決定辭別妻子，去周遊列國了。

那時，他家裡除了妻子，還有一個年幼的兒子。因為他家非常貧窮，為了給他飽餐一頓再離家遠行，他的妻子把正抱窩孵蛋的老母雞殺了。家裡窮得沒有木柴來燒火，他的妻子就把門閂劈了當柴燒。才算給他做了一頓豐盛的飯菜，讓他吃得飽飽的出門上路。

他周遊列國，去求見各國君主，卻都沒有得到重視禮遇。當他到達宋國的時候，已經落魄得以乞討為生了。

有一天，他乞討到了一個人家。主人蹇叔，是位隱居鄉野的高士。看看他，覺得他雖然衣衫破爛襤褸，卻有著不凡的器宇風度，不像是低下微賤的人。就把他引入家中，跟他談話；愈談愈覺得他才學不凡。對他說：「先生有如此的才學，不能為世所用，實在太可惜了！如果你不嫌棄，就先在寒舍住下，慢慢再尋求明主的知遇吧！」

他非常感激，就在蹇叔家住下了。但還是念念不忘要尋求明主，施展抱負。

蹇叔了解他的心情，就陪著他到各國去碰運氣。運氣來了！當時的齊君對他頗爲賞識。但蹇叔對他說：「以我看，這不是個可以託付治國理想的君主；他殺了齊君自立，齊國人民並不擁戴他。而且齊侯有幾個弟弟都逃亡在外，一定會設法回來報仇的。那時，你怎麼辦？」

他想想，覺得有理，就離開了齊國。又經過了好些年，他們到了京師。周室剛剛發生過一次政變，周惠王的幾個臣子，擁戴王子頹篡位。周惠王逃出了京師。王子頹自立爲王。他喜歡牛，百里奚就把自己的政治見解，寄託在養牛的道理中跟他談，得到了他的重視。可是蹇叔說：

「這也不是合適你發展的地方；王子頹得位不正，而且，目前周王在鄭國，鄭君一定會號召諸侯，送他回國奪回王位的。那時，你豈不要給他陪葬了？」

百里奚認爲他說得有理，他們又離開了京師。百里奚離家已經好多年了，年紀也老了，非常想念自己的妻兒，蹇叔就陪他回到虞國去。

他回到虞國，回到故鄉，卻發現人事全非；他的妻子、兒子都不見了！原來，在他離鄉之後，虞國發生了嚴重的災荒。百姓無法生活，都出外逃荒去了。他的妻子也帶著兒子離開了故鄉，不知流落何方。

這個打擊對他來說實在是太大了！他悲痛欲絕；蹇叔爲了讓振作起來，說：「虞國的宮之奇大夫，是我的好朋友，我們去拜訪他吧。」

宮之奇也是位賢士，見到百里奚非常賞識，願意向虞君推薦他做官。蹇叔勸告他：「虞君是個貪小便宜的人，恐怕也不是明主。我勸你還是多多考慮。」

百里奚感傷的說：「我老了，也累了。如今，再也不想流浪了。虞國好歹也是我的家鄉，我就認命了吧！」

蹇叔也替他感嘆了一番，就告辭回宋國去了。

蹇叔的預言不幸言中！虞君果然是個貪小便宜的人。晉獻公派人送來好馬和美玉，花言巧語，向他借道討伐虢國。宮之奇和百里奚都看出晉君不懷好意，說「唇亡齒寒」的道理給虞君聽，勸他千萬不能接受。虞君卻不肯聽信。果然，晉軍滅了虢國之後，回兵就滅了虞國。

百里奚做了俘虜。晉獻公倒看出他是個人才，想重用他。他覺得晉君是亡了他國家的仇人，事仇，是件可恥的事，嚴辭拒絕。

晉獻公恨他不識好歹。正巧，秦、晉聯姻，晉獻公爲了羞辱他，就把他的名字列入女兒陪嫁名單中，讓他以「奴僕」的身分，陪嫁到秦國去。他心裡非常悲傷；他是個有才華學問的人，怎麼能承受做陪嫁奴僕的羞辱呢？於是半路上就伺機逃到楚國去了。

秦穆公與晉國的公主成婚後，偶然在陪嫁奴僕名單上看到了「百里奚」的名字。想起流傳於國際間的消息：虞君就是因爲不聽百里奚與宮之奇的勸諫，借道給晉君才亡國的！認爲這個人一定是個賢能的人，就要傳他來見。

到晉國迎親的公子縶說：「他在到秦國來的半路上逃走了。我當初也以爲不過是逃走了一個老奴僕，沒有在意。後來聽晉國的賢士公孫枝說起他的故事，才知道他原是虞國的大夫。晉君本來要重用他，他以事仇爲恥。晉君爲了羞辱他，才把他列入陪嫁奴僕名單的。如今，不知道他逃到那裡去了。」

秦穆公想了想，說：「照路線來看，他一定逃到楚國去了。你快去打聽一下，他現在在楚國幹什麼？」

打聽之下，才知道百里奚到了楚國，也沒得到楚王的重用。竟把他當成偷入國界的奸細，派他在邊界牧馬！

秦穆公很高興，跟公子縶說：「你快帶著重禮去見楚王，把他迎接到秦國來！」

公子縶連忙阻止：「千萬不能這麼辦！楚王派他牧馬，顯然是不知道他的才能。我們帶著重禮去迎接，豈不等於明明白白的告訴楚王：這人是個賢才？楚王一聽，一定自己留下重用，還肯把他給我們嗎？」

「那怎麼辦？」

公子摯笑著說：「他是我們逃走的陪嫁奴僕呀！我們就跟楚王說：我們要將他贖回來處罰！照現在的行情，贖一個奴僕，用五張黑羊皮爲代價就夠了。」

秦穆公果然派人帶了五張黑羊皮到楚國去，要求贖回陪嫁的「逃亡奴僕」百里奚。當時跟他一起牧馬的同伴都非常驚慌，爲他擔心；怕他會受到秦君嚴懲。他卻心裡有數，安然自若；只爲了一個「逃奴」，會驚動秦君指名來贖？必然是有人識才推薦，他要「時來運轉」了！

果然，過了邊界，進入秦國，就有官員以高規格的禮數接待了他，並派出高車駿馬和侍衛，把他送入秦京。

當秦穆公見到滿頭白髮的百里奚時，不禁問：「請問先生今年高壽？」

「老臣今年已七十歲了！」

秦穆公有些失望，忍不住說：「實在太老了些！」

百里奚注視著他，微笑說：「主公若要老臣上山打老虎，七十歲是太老了。若是談治國之道，比起周文王遇姜太公，七十歲的我，還算很年輕呢！」

秦穆公聽了，連忙向他道歉。跟他談治國之道。他所說的爲政之道，令秦穆公深爲佩服。馬上拜他爲丞相，他又向秦穆公推薦了他的知己好友蹇叔。因爲：「蹇叔比我還有才能！他三次勸我，我聽了兩次，都因而逃脫了大禍。最後一次沒有聽從他，就成了亡國的俘虜！」

秦穆公又派公子摯專程去禮聘蹇叔，拜蹇叔爲左相，拜百里奚爲右相。秦國在這兩個人的合作治理之下，果然日益富足強盛了。

因爲百里奚是用五張黑羊皮換來的，秦人都喊他「五羖大夫」，並且津津樂道這個用五張羊皮換來一個賢相的故事，引爲驕傲呢！

秦娥夢斷秦樓月（弄玉、蕭史）

李白有一闋著名的詞〈憶秦娥〉：

簫聲咽，秦娥夢斷秦樓月。秦樓月，年年柳色，灞陵傷別。
樂游原上清秋節，咸陽古道音塵絕。音塵絕，西風殘照，漢家陵闕。

他詞中所寫的「秦娥」，是秦穆公的女兒弄玉。

據《東周列國志》：

秦穆公的小女兒週歲的時候「抓週」，秦穆公把天下的奇珍異寶都陳列在她面前，她隨手就抓起一塊外國進貢的碧玉，愛不釋手的玩弄。因此，秦穆公就給她取名「弄玉」。

弄玉慢慢長大了，出落得天仙化人般的美貌。而且非常喜愛音樂，最擅長吹笙。秦穆公就命巧匠把那塊碧玉琢成玉笙賜給她。並建了一座「鳳樓」讓她居住，樓前又建了一座高臺，命名爲「鳳臺」。當她在鳳臺上吹笙的時候，笙樂隨風飄送，讓人感覺如聽仙樂。

慢慢長大的弄玉，有了女孩子的心事；她覺得自己非常寂寞。她擅長吹笙，卻找不到知音。以她的身分、美貌，當然也有年齡相當的各國公子爭相求聘。但她誰也看不上；她不稀罕身分、地位，她要的是知音！就對秦穆公直說她的擇偶條件：「一定要能吹笙，與我唱和的人，才能做我的夫君。其他的人，我都不願意嫁！」

秦穆公也派人到處去查訪，想爲她找一個年貌相當的知音爲伴侶。可是，有誰能配得上才貌雙絕，又堅持非要能吹笙的知音才肯嫁的她呢。

有一天晚上，月明如水，她命侍兒焚了香，寂寞地在鳳臺上吹笙的時候，忽遠忽近的傳來隱隱的簫聲，與她的笙樂應和，竟如合奏般的水乳交融。一曲既終，餘音裊裊，卻使她感覺更寂寞了。

她怏怏不樂的回到鳳樓。晚上在夢中見到一個頭戴羽冠、身穿鶴氅的美少年，乘著彩鳳，自天而降，來到鳳臺。對她說：「我是太華山之主，上帝命我與你締結婚姻。我和你將在中秋月圓之日相會，以了宿緣。」

說著，解下身邊的一管赤玉簫來，開始吹奏。這簫聲，她一聽，就知道正是她吹笙時與她酬答應和的簫聲。曲調非常之美，令弄玉爲之沉醉。問他：「這曲子我能學嗎？」

他笑著說：「成婚之後，有什麼困難呢？」

說著向前拉她的手。她一驚，就醒了。

一切都那麼眞實！耳邊簫聲彷彿還餘音裊裊地迴盪。竟然，只是一場夢？她把這夢告訴了秦穆公。雖然夢是無憑的，但秦穆公愛女心切，派孟明視，去太華山尋訪這個弄玉的「夢中人」。孟明視是丞相百里奚的兒子，姓百里，名視，字孟明。人稱「孟明視」，是秦穆公非常親信的臣子。

孟明視到了太華山，到處尋訪。有一個樵夫告訴他：「山頂上的明星巖，有一位異人，獨自住在草屋裡。每天會下山沽酒，自斟自飲。晚上常在山頂吹簫，讓人聽了顧不得睡覺。也不知他是什麼來歷。」

孟明視大喜，爬到山頂，果然見到了一派仙風道骨，擅長吹簫，名叫「蕭史」的美少年！

美少年見到孟明視，問孟明視此來何事？孟明視說：「我的主公秦君爲愛女弄玉擇婿，弄玉善吹笙，一定要求能與她匹配的。聽說足下精通音樂，所以前來奉迎。」

蕭史微笑道：「我蕭史只粗解音律，其他一無所長，不敢辱命。」

孟明視說：「請你跟我回去，見了主公，自有分曉。」

於是，蕭史在孟明視的懇求下，隨著孟明視來到秦宮。秦穆公見他一表人才，也十分歡喜。只有一件：弄玉說一定要嫁會「吹笙」的人，而蕭史說他只會「吹簫」，不會吹笙。本來秦穆公認爲他條件不合，準備讓他離開。弄玉聽說了，派人傳話：「笙和簫是同一類的管樂器。他既然善於吹簫，也讓他試吹幾曲再做定奪，不要讓他有懷才不遇的遺憾。」

秦穆公認爲弄玉說的有理，就讓他演奏，要弄玉躲在簾後偷看。他才吹第一曲，就覺得有舒爽的清風習習迎面而來。第二曲，只見天上的彩雲四合。第三曲，更有好幾對的白鶴、孔雀空中翔舞，而且百鳥一齊和鳴。早看出他正是「夢中人」的弄玉大喜：「這人眞該是我的夫君了！」

雖然蕭史自稱出身寒微，秦穆公也顧不得了。而且，這一天正好是中秋，也應了弄玉的夢兆。馬上就讓人侍候蕭史沐浴更衣，送到鳳樓，與弄玉成婚。

婚後，兩人就住在鳳樓上，恩恩愛愛的過著神仙眷屬的生活。蕭史雖然因娶了弄玉，也位列朝班，但從不過問國政。特別奇異的是：他除了偶爾喝幾杯酒，不食人間煙火。他教弄玉吹簫，並引導著弄玉學辟穀之法。慢慢的，弄玉也跟他一樣，不食人間煙火了。

有一天晚上，他們兩個正在鳳臺上合奏的時候，忽然從天上飛來一條赤龍，盤在臺右，一隻紫鳳，棲在臺左。蕭史說：「我本是天上的仙人，因爲與你有夙緣，所以下凡來與你成婚，但也不能就此住在人間。如今，龍鳳來迎，是我們該回到天上的時候了！」

於是，他跨上了赤龍，弄玉則跨上了紫鳳。龍和鳳就載著他們，從鳳臺騰雲而上，消失在月色之中。

這一則美麗的故事，也成為後世詩人的寫作題材：

隋朝的詩人江總寫過一首〈蕭史曲〉：

弄玉秦家女，蕭史仙處童。來時兔月滿，去後鳳樓空。密笑開還斂，浮聲咽更通。相期紅粉色，飛向紫煙中。

唐代大詩人李白也寫了一首〈鳳台曲〉：

嘗聞秦帝女，傳來鳳凰聲。是日逢仙事，當時別有情。人吹彩簫去，天借綠雲還。曲在身不返，空餘弄玉名。

詞牌中的〈鳳凰臺上憶吹簫〉，就是依據這個故事而命名的。成語中的「乘龍快婿」，也是因著這個故事而流傳了下來的。

交交黃鳥，止於棘（秦穆公）

我們都知道，秦始皇統一天下。但，秦國的強盛，並不從他開始。在春秋時代，秦國已經出了一位霸主：秦穆公了！

在中國傳位制度上，有兩種：一是「兄終弟及」，二是「以父傳子」。秦穆公的繼位，屬於第一種；他的哥哥成公有七個兒子，但去世時，遺命卻是傳位給弟弟任好（秦穆公）。

他娶了晉國的公主為妻，而在妻子陪嫁的僕役中，得到了因為虞國被晉國滅亡，而被充當陪嫁僕役的賢士百里奚。又在百里奚推薦之下，禮聘了另一位賢臣蹇叔。在這兩位賢臣的聯手輔佐之下，國勢蒸蒸日上。

當時，晉國正處於混亂的局面。因為他是晉獻公的女婿，也是太子申生和公子重耳、夷吾的姐夫，而插手晉國國君的繼位事件。他先協助夷吾登上了晉君之位。沒想到，夷吾（晉惠公）是個忘恩負義的人。事先答應送給秦國河西八城為酬謝，到登上晉君之位後就反悔了，秦穆公當然很生氣。

秦穆公十二年，晉國饑荒，夷吾向秦國借糧。他問百里奚的意見，百里奚說：「得罪您的人是夷吾，可是百姓何辜？在災荒中受害的是百姓呀！」

他認爲有理，就運送了大量的米糧救濟晉國。沒想到兩年後，秦國發生饑荒，向晉國求助時，晉國不但不救助，夷吾反而「恩將仇報」，趁人之危來攻打秦國。秦穆公當然大怒，親自領軍追趕夷吾。不料，反被晉軍包圍了。正當危急之際，忽然救兵從天而降，不但救出了秦穆公，還活捉了夷吾。這支救兵是怎麼來的呢？可得說是秦穆公「好心有好報」了！

早年，秦穆公走失了一匹愛馬，下令尋找。找到的時候，這馬卻已經下了岐下野人的肚子裡了。原來，他們有三百個人聚在一起，正當饑寒交迫。捉到了這匹馬，也不管三七二十一的就宰來吃了。奉命找馬的官吏發現了，準備嚴懲他們。秦穆公知道了這件事，說：「君子沒有爲了牲畜而傷害人的道理！」

不但沒有加罪這些人，而且，因爲知道吃了馬肉而不喝酒會傷身，還賜酒給他們喝。這三百個人，當然感激涕零，誓死報恩。所以在危急之際，出生入死的救回了他。

他本來要殺夷吾。但因著周天子和他的夫人；也就是夷吾的姐姐求情，還是將夷吾放了回去。夷吾死後，他的兒子繼位。父子兩個人，都不是賢君，而且非常疑忌流亡在外，晉獻公的另一位公子重耳，甚至爲了逼追隨重耳的人叛離，把他們留在晉國的家屬殺了。致使晉國臣民都心生反感，更盼望著在外流亡的重耳回國。最後重耳終於在秦穆公的協助下返晉，登上了晉君之位。

他跟重耳（晉文公）不但是郎舅，也是並肩作戰的同盟。秦穆公三十年，他協助晉文公包圍鄭國。鄭國派了說客來離間，對他說：「您幫著晉國滅鄭，會使晉國更加的強大，這恐怕也會造成對秦國的威脅吧？」

他認爲有理就退了兵。晉文公在孤掌難鳴之下，也退了兵。過了兩年，晉文公就死了。

鄭國有人對鄭君不滿，就跟秦穆公說：「我是鄭國看守城門的人。如果秦國來偷襲鄭國，我可以做你們的內應，打開城門，讓你們的軍隊兵不血刃的順利進城！」

他很高興，徵求百里奚和蹇叔的意見。他們說：「鄭國距我們有千里之遙！中間還要經過好幾個國家的領土，怎麼可能偷襲成功呢？這事幹不得！」

可是好大喜功的秦穆公一心建立功業，不肯聽從。還派百里奚的兒子孟明視，蹇叔的兒子西乞術和白乙丙領兵，去偷襲鄭國。兩位老人沒有辦法，在軍隊出發的那一天，仰天痛哭。秦穆公很生氣：「我派出的大軍正要出發，你們卻這樣痛哭，豈不是觸我的霉頭？你們莫非還想攔阻大軍出發嗎？」

兩位老人說：「我們那敢攔阻大軍出發！只是我們都已經老了，孩子們此去，若回來得太晚，我們就再也見不到他們了！我們不是哭您的軍隊，是哭我們的兒子！」

他們退下後，暗地跟他們的兒子說：「你們的軍隊，一定會在殽地戰敗的！」

秦軍越過了晉地，到了晉的邊城滑地。正巧，有個鄭國的商人弦高，帶了十二頭牛去賣。聽說秦軍要偷襲鄭國的消息，非常憂急。基於愛國情操，他靈機一動，把牛帶到秦國的營地，對三位將領說：「我們鄭國的國君，知道各位不遠千里而來。無以爲敬，特命小人送十二頭牛來慰勞大軍。」

三位將領一聽，秦穆公叫他們來「偷襲」鄭國，現在，鄭國都派人來「勞軍」了！還能沒有防備嗎？這仗怎麼打呢？彼此一商量，與其打有防備的鄭，不如將錯就錯，就把現在正駐紮的滑打下來交差吧！於是，就把晉國的邊城滑攻破了。

晉文公剛去世，還沒有下葬。他的兒子繼位（晉襄公），聽說秦兵攻取了滑，非常氣憤：「我父親才剛薨逝，秦君與父親又有郎舅之親，不但不來慰問，還來攻打我們的邊城，實在是欺人太甚！」

於是，穿著喪服，親自帶兵在殽截堵秦軍。所謂「哀兵必勝」，秦軍幾乎全軍覆沒。三位將領也全部被俘。按他的意思，當然準備殺了他們出氣。晉文公有個妻子，是秦穆公的女兒。勸他說：「他們吃了這樣的敗仗，秦君一定恨他們入骨。你殺了他們，不如把他們送回去，讓秦君自己處置，對他豈不是更大的羞辱？」

晉襄公覺得有理，就把他們送回秦國。秦穆公穿著喪服，親自到郊外迎接。他們見到秦穆公，下跪請罪。秦穆公卻哭著向他們道歉：「我因爲不聽你們父親的勸告，一意孤行，而使你們受了這樣的委屈侮辱！其罪在我，而不在你們呀！你們好好努力，準備湔雪這一番羞辱吧！」

他不但沒有懲罰他們，還更加厚待。使他們感激之餘，誓雪前恥。經過兩年的積極備戰，到了秦穆公三十六年，他們再度率兵伐晉。抱著「不勝則死」的決心出兵，渡河後就焚毀船隻；等於明告將士：除了勇往直前求得勝利，沒有退路！終於大敗晉軍，佔領了王官和鄗。大兵所到之處，晉軍都困守城內，不敢迎戰。他們也終於洗雪了在殽地戰敗的恥辱。

秦穆公得到消息，親自從茅津渡河，埋葬並祭奠當年在殽地戰敗時為秦國死難的官兵。並向全國發佈了訃告，為這些當年犧牲的將士舉哀三日。

在祭奠的儀式中，他向軍隊以「告誓」自責說：「你們大家都仔細聽我說！古人留下了教訓：要常向老年人請教，凡事跟他們商量之後再行動，便可以減少失誤。我當初就因為沒有聽從百里奚、蹇叔兩位老人家的意見，才讓這麼多的官兵為我的一意孤行而犧牲了！所以，我要向你們作出這一番告誓，讓後世的人永遠記住這個教訓和我的過失！」

聽到這件事的人都感動的流淚，說：「秦國一定會壯大的！也因為秦侯的誠信待人，才配擁有這些賢能的卿士為他效命呀！」

秦穆公成為晉文公之後的霸主。在他薨逝時，卻留下了他一生的「敗筆」；他有三個被當時人稱為「三良」的賢臣：子車氏的兄弟奄息、仲行、鍼虎。他非常賞識他們，與他們也非常友好，曾要求他們跟他「同生共死」。當時三良也作下了承諾。到秦穆公將死，又提出這個約定來。三良一則有約在先，不能反悔。二則也感念秦穆公對待他們的恩義，就在他的葬禮中殉葬了！

其實同時殉葬的，據《秦本記》的記載，有一百七十七人！這三良應該是其中的佼佼者。他們一定深受當時的百姓崇愛，因此悲痛的爲他們寫下了《詩經．秦風．黃鳥》：

交交黃鳥，止於棘。誰從穆公？子車奄息。維此奄息，百夫之特，臨其穴，惴惴其慄！
彼蒼者天，殲我良人。如可贖兮，人百其身！
交交黃鳥，止於桑。誰從穆公？子車仲行。維此仲行，百夫之防，臨其穴，惴惴其慄！
彼蒼者天，殲我良人。如可贖兮，人百其身！
交交黃鳥，止於楚。誰從穆公？子車鍼虎。維此鍼虎，百夫之禦，臨其穴。惴惴其慄！
彼蒼者天，殲我良人。如可贖兮，人百其身！

孔子曾說：「始作俑者，其無後乎？」連以與人相似的「俑」來殉葬，都認爲是件不人道殘忍的事。秦穆公不但用活人殉葬，還把三個賢臣，列入爲他殉葬之列，而使百姓們都爲之悲傷痛惜。而在《詩經．秦風》中留下了這首〈黃鳥〉詩，眞讓人爲之扼腕呀！

蘆中人！蘆中人！腰間寶劍七星文（伍員、漁父）

中國歷史上，有許多令人感嘆的「悲劇人物」，他們既有才能，又有智慧，卻受到命運的撥弄，到最後懷著滿腔的悲憤不平，死不瞑目。伍員（字子胥），應該可說是其中的代表人物之一。從他壯年時代，就開始了傳奇的一生。

伍家歷代仕楚，父親是楚平王時代太子建的「太傅」伍奢。伍員和哥哥伍尚，也都仕楚爲官。

太子成人了。楚平王命太子少傅費無忌到秦國去，爲太子求娶秦國的公主爲妻。費無忌是個十足的奸佞小人，見過公主之後，竟然對楚平王說：「秦國的公主非常美貌，給太子爲妻太可惜了。何不大王自己納入後宮，給太子另娶？」

楚王色迷心竅，竟然聽從了他的話。李代桃僵的自己納了兒媳，而另指派了一個來自秦宮的女官，假做公主，嫁給太子建。

楚王非常寵愛秦國的公主，也因此非常寵信費無忌。費無忌卻心裡有鬼，心想：楚王已經老了，遲早總要傳位給太子的！若是太子知道了「掉包」的事是他出的主意，登基之後，是否饒得過他？於是，他不斷進讒，離間平王父子。楚平王自己心裡也有鬼，再加上秦國公主已生了兒子，想要讓自己的兒子繼位，也不時在楚王耳邊說太子的壞話。楚王因此疏遠了太子，派他到邊關的城父去防守。費無忌還是不放心，想「趕盡殺絕」。就誣告太子，說他心懷怨恨，結交諸侯，準備領兵作亂，篡奪王位。楚平王心中不安，召太傅伍奢到京城來，查問太子的動向。伍奢怒責費無忌讒害太子，說：「大王為何不信任自己的兒子，卻聽小人離間父子之情？」

費無忌怕伍奢說服了平王，進讒說：「伍奢就是太子的靠山！大王要不快點行動，他們的陰謀就要得逞了！」

於是平王把伍奢關進天牢，又命城父司馬奮揚殺害太子。奮揚知道太子是無辜的，不忍做違背良心的事，反而放太子逃走。楚平王騎虎難下，費無忌說：「伍奢的兩個兒子伍尙、伍員都非等閒之輩。一定要一網打盡，斬草除根，不然必成大患！」

於是，平王派人假仁假義的對伍奢說：「如果你叫你的兩個兒子回京城來，證明你沒有異心，大王就會把你釋放。否則只有死路一條！」

伍奢冷笑說：「我的大兒子爲人仁厚，別說你們騙他，他回來就釋放我。就算他知道回來必然與我同死，他也會回來的！但我的二兒子伍員，爲人精幹，剛直又能忍辱，絕不會相信你們的鬼話！」

平王還是派了使者召伍尙、伍員兩兄弟回京。並說只要他們回來，就不殺他們的父親，還給他們升官。伍尙決定遵命回京，伍員說：「楚王召我們回京絕無好意！父親也必然難逃一死。我們回去，等於是去送死！與其這樣，不如逃到別國去借兵報仇！」

伍尙說：「我也知道這是騙局。但，若沒有人回去，人家會說伍家子孫不孝，置父親的生死於不顧。若沒有人逃走，我們伍家的冤仇，又有誰來報？你比我有才幹，就讓我回去盡孝，陪父親同死吧！你一定要設法逃出楚國，以便日後爲父、兄報仇！」

於是，伍尙跟著使者回京，伍員卻逃走了。伍奢知道伍員逃走，哈哈大笑：「楚國君臣，從此沒有安枕之日了！你們就等著伍員回來報仇吧！」

楚平王與費無忌大爲驚恐，殺了伍奢、伍尙。又佈下天羅地網，到處張貼伍員的畫像懸賞：能逮捕伍員的，賞粟五萬石，並拜爲上卿！

伍員歷經了千辛萬苦，來到昭關。昭關靠近吳、楚的邊界，駐有重兵，防守甚嚴。而且關口就張貼著他的畫像，想要矇混過關，難如登天。幸好，這件事已傳遍了天下，所有百姓都知道楚王亂倫敗德，費無忌奸佞無恥。伍家父子因爲正直忠貞，無辜遇害，對他們都懷著同情之心。當地有一位隱士東皋公，對伍氏一家人的遭遇非常忿憤不平。估計著他一定會逃向吳國，就刻意等在通往昭關的路上阻攔他，警告他一定不能自投羅網。在見到他之後，帶他回家，把他藏在深山的莊院中。

他在莊院中雖然安全了，卻度日如年。想到「殺父之仇，不共戴天」，而他置身天羅地網中，似乎插翅也難以飛渡昭關；不過昭關，他就出不了楚國邊境，無法到吳國去求救兵，爲父報仇！左思右想，憂心如焚，輾轉難眠。竟至一夜之間，鬚髮盡白。使他的容貌，從黑髮的壯年人，一下變成了白髮老翁。

東皋公見了滿頭白髮的他，想到一個主意：找到一位跟他長得有點像的朋友，先到昭關，表示要出關。守關的人一見，誤以爲是伍員，當即把他抓了起來。他當然矢口否認，雙方爭執，鬧成一團。因伍員的相貌已因鬚髮俱白改變了，又改變了裝束，就趁亂混出了昭關。在他出關之後，東皋公才出現，向守關的人保證：這是他的朋友，不是伍員。他是當地有身分地位的人，守衛不敢不相信，只好承認是他們認錯了人。

伍員一路向南逃，來到江邊。前有大江橫阻，後又有發現他已逃出昭關的追兵追趕，情勢非常危急。正當這時候，一葉漁舟划近。他連忙呼喚舟上的老漁父載他渡江。

漁父沒有划過來，卻向他高唱：

日月昭昭乎寖已馳，與子期乎蘆之漪。

伍子胥聽了，心裡明白：漁父是告訴他，江邊不安全，約他到下游的蘆洲相會。漁父把船划到蘆洲，遠遠看到追兵漸近，卻不見伍員。知道他躲起來了，又唱：

日已夕兮，予心憂悲。月已馳兮，何不渡為？事寖急兮將奈何？

是說：天色已晚了，我心裡很憂愁。月亮出來了，你為什麼還不出來渡江？難道你不知道事態緊急嗎？若不渡江，你怎麼辦？

伍子胥從蘆葦叢中出來，漁父讓他登了舟，就把船划離了岸。等追兵追到江邊，小舟已到江心，來不及了。到達對岸，漁父看看他，說：「我看你的樣子，一定很餓了。你就在這兒等我一下，我給你拿些東西吃。」

伍員雖然感激他的好意，又怕會被他出賣，躲在蘆葦深處，暗自觀察。漁父回家，拿了麥飯、魚羹和湯來。見他不在江邊，知道他一定躲起來了。就唱：

蘆中人！豈非窮士乎？

他站在伍子胥的立場，唱出伍子胥的不安與憂急；躲在蘆中的人，本來不是窮賤之士，卻似乎在命運的撥弄下，幾乎陷於窮途末路！

伍子胥知道他眞的沒有惡意，出來吃了飯。把佩劍解下送他，對他說：「這一把寶劍，是楚國先王所賜，已傳了三代。上有七星之文，價値百金，送給你作爲渡我過江的酬謝！」

漁父笑著說：「你應該知道楚王出的賞格有多少吧？比起來，一百金的寶劍算什麼？你行走江湖，需要寶劍防身，對我卻毫無用處！」

伍子胥見他不肯接受，問他的姓名，以便日後回報。漁父說：「我是知道你含冤負屈，因此渡你，也不指望你報答！日後若還有緣相逢，我喊你『蘆中人』，你就喊我『漁丈人』吧！」

伍子胥謝了他，走出幾步，又回頭說：「你把這些餐具收好，別讓人看見起疑！」

漁父看看他，心裡有些難過；伍員的疑心病太重了！竟然還不放心他嗎？笑著說：「你不放心嗎！我會讓你放心的！」

伍員才走出幾步，身後傳來聲響；他回頭一看，漁父的小舟在江中忽然翻覆了；他知道，漁父爲了讓他放心，覆舟自沉了！心裡很難過，卻因自己處於危疑之地，無可奈何。

漁父到底死了沒有？一般人相信是沒有；他一輩子在水上操舟捕魚，江水怎麼淹得死他？因此，在《東周列國志》演義故事中還有下文：

伍子胥滅楚報仇之後，懷疑鄭國收留了逃走的楚昭王，發兵圍鄭。鄭國知道吳國強大，非常恐懼。出了布告：「誰若能退吳兵，寡人願把國土的一半分給他！」

有一個壯年漁夫出來應徵。而且說，只要給他一條小船，他就能退吳兵！鄭君不太相信，卻也無計可施，只好讓他一試。他划著小船，到吳營附近，高歌：

蘆中人！蘆中人！腰間寶劍七星文。不記渡江時，麥飯與魚羹？

吳兵抓住他，把他送到伍員面前。他坦然不懼，還是高唱著這幾句歌。伍員問他：「你是誰？」

「我就是當年渡你過江的『漁丈人』之子！」

伍員憫然，說：「我的命是你父親救的，他卻爲我而死。你有什麼要求，我一定答應！」

「我沒有別的要求，只奉鄭君之命而來，希望你退兵，保全鄭國！」

伍員仰天長嘆：「我有今天，都拜漁丈人之賜！救命之恩，我從未忘記！」

立刻下令退兵，鄭國得以保全！

試想：如果「漁丈人」當時眞死了，他兒子又如何會知道「蘆中人」，和「寶劍七星文」的事？當然他沒死啦！

戰國

東方未明，顛倒衣裳（魏文侯、魏太子）

孔子曾跟他的兒子孔鯉說：「不學《詩》，無以言。」也就是說，如果不學《詩經》，就無法跟人溝通，表達心意。因爲，春秋、戰國時代，主要「外交辭令」，就是「詩」；國際、人際之間，常不把話直接說明，而引用《詩經》中的句子來對話。一定得熟讀《詩經》，才能知道對方想跟你說的是什麼。就有這麼個故事，可以做爲例子：

魏文侯是位賢君。他即位之後，勵精圖治，尤其禮賢下士，得到許多賢能之士的扶持與投效。他除了跟隨孔子的學生子夏求學，也非常禮敬當代賢士：特別是田子方與段干木。甚至在馬車經過段干木鄉里的時候，都低頭撫軾，表示對這位賢士的禮敬。

他任用西門豹治鄴，西門豹到任之後，發現當地的「神棍」和「女巫」假借爲「河伯娶婦」之名斂財。把不肯付錢人家的美貌少女，選爲「嫁」給河伯的「新娘」，活生生的扔到河中獻給「河神」，以勒索百姓！他用智慧，把幾個主其事的首腦扔下河之後，戳破了這個殘忍祭典背後的眞象。解決了這一件百姓心中最大的「痛」，使河內得以安泰。

他又重用樂羊爲將，在戰事膠著，許多人向他進讒，毀謗樂羊的忠貞之際，仍充分的支持信任樂羊，終於消滅了中山國。

這樣一位賢君，卻也有他自己的一點「私心」；他雖然已立了大兒子「擊」爲太子，在生了小兒子「摯」之後，卻又特別疼愛這個小兒子，使擊心中隱隱不安。在滅了中山國之後，他把太子擊封到「中山國」爲諸侯，讓他遠離京城。這還不說，三年了！身爲父親的魏文侯，竟對這個大兒子不聞不問！

太子擊心中充滿了憂懼；他知道父親非常疼愛摯。這三年，他遠在中山，而這個最受寵的弟弟，卻隨時陪在父親的身邊。父親三年來對他不聞不問，似乎眞已經把他這個兒子給忘了！這是否意味著父親有心易儲，讓摯取他太子之位而代之呢？如果這是眞的，他又將何以自處？即使他默然承受，摯繼位後，又是否能容得下這個曾經受封爲太子的哥哥呢？

他的憂懼，舍人趙倉唐都看在眼裡了。他也了解魏太子所面臨的困境和危機，但對太子的被動，頗不以爲然。忍不住對太子說：「太子！你身爲人子，三年來都沒有去問候父親，算什麼孝？而主公身爲人父，三年間都不曾理會兒子，又算什麼慈？我知道，太子心中是記掛著主公的。只是覺得未奉父命，不能離境。但就算是您自己不能前去問安，總也可以派人進京去問候主公吧？難道還等主公先來問候你嗎？」

太子苦笑：「我也不是沒有想過，或許應該派人去問候父親，也了解一下父親的心意……但，又有誰能勝任承擔這任務艱鉅『特使』呢？」

倉唐踏向前一步，慨然道：「臣不才，願奉使入京，代太子問候主公！」

太子露出了笑容，他相信倉唐的才能，必能為他挽回父心。但，總也不能空著手去吧？就問倉唐，他應該準備些什麼禮物獻給父親？

倉唐想了想，問：「請問太子，主公最喜歡什麼？」

「父親最喜歡吃野鴨子，又喜歡北犬。」

倉唐點點頭。就預備了這兩件禮物，入京「朝貢」。

聽說趙倉唐奉太子之命，從中山到京城來朝貢。又見到朝貢的禮物，正是自己素日最喜歡的野鴨和北犬。魏文侯頗為意外，心裡倒也很高興：「擊這個孩子，倒也難為他一片孝心；還記得我的喜好！」

召見倉唐，他笑著問：「擊還好嗎？」

倉唐口中唯唯，卻不回答。魏文侯連問了三次，倉唐才莊容道：「主公已把太子封到中山為魏國的諸侯！中山雖小，但太子也算是一國之君了。主公雖是父親，這麼直呼其名的，恐怕也不太妥當吧？」

魏文侯是個賢君，當下認錯。改口問：「你家太子，他還好嗎？」

倉唐從容答道：「我出使之時，太子曾親自送我到庭中，拜書送別。」

魏文侯指著身邊的侍衛們，問：「三年不見，他長得多高了？像他們中間那一個？」

倉唐又不答。魏文侯再三的問，他才道：「依『禮』來說：若要比擬，應該拿同樣身分地位的人來比擬。太子已封為諸侯，而這些人，不過是主公的屬下。他們的身分低微，沒有一個可以與太子相提並論的人。」

魏文侯有點尷尬，只好改口問：「那，他比寡人如何？」

「如果主公把自己的皮裘賜給太子，他穿著不會嫌太大。如果主公把自己的腰帶賜給太子，也不用再改小了。」

「那是已經長大成人了。」

帶著父親的欣慰之情，魏文侯問：「他平日都學些什麼？」

「學《詩經》。」

「學《詩經》？那很好！他最喜歡那些詩呢？」

「太子最喜歡的詩是〈晨風〉和〈黍離〉。」

「〈晨風〉？」

魏文侯不覺口中唸出《詩經．晨風》中的句子：

鴥彼晨風，鬱彼北林。未見君子，憂心欽欽。如何如何，忘我實多。

唸完了一章，問：「你家太子，認為我忘記他了？」

「太子不敢！只是他常思念主公。」

魏文侯心中不覺浮起了太子的影子。又唸出了〈黍離〉詩：

彼黍離離，彼稷之苗。行邁靡靡，中心搖搖。知我者，謂我心憂。不知我者，謂我何求。

唸完，他不覺垂頭想了一下，低聲問：「他……心中怨恨我嗎？」

倉唐正容道：「不！他只是常常思念他的父親。」

魏文侯聽了，為之默然。久久，揮揮手，讓趙倉唐退下。

當他再召見倉唐的時候，交給他一箱衣物：「這是我賜給太子的。你必須在天未破曉，雞剛叫的時候，送達太子手中！」

倉唐照辦了。太子拜受了箱子，打開一看，露出笑容。立刻下令：「趕快準備車駕！父親召我回京了！」

倉唐倒納悶了：「主公召見我時，並不曾傳令要太子回京。」

太子從箱中把衣裳取出來給他看；箱中的衣裳全是正反面顛倒的。捧著衣裳，太子又喜又慰，解釋說：「主公賜給我衣裳，並不是爲了給我禦寒呀！你記得〈東方未明〉那一首詩吧？」他唸了出來：

東方未明，顛倒衣裳；顛之倒之，自公召之！

唸完開心地說：「父親要你在雞鳴的時候送到，因爲那正是『東方未明』的時候呀！」

倉唐這才恍然大悟；魏文侯因他說太子喜習《詩經》，特別以這方式來測試太子的領悟力和才能呢！太子含淚向倉唐下拜：「要不是先生爲我入京，挽回了父心，我恐怕是永遠也等不到被召回京的日子了！先生眞是最稱職的特使呀！」

太子回到京中，魏文侯看到他，非常高興。覺得太子既孝且賢，又非常聰明能幹，而且已長大成人，足當大任。自己爲了私心偏愛，想要易儲，實在是不智之舉。就把太子留在京中，而把小兒子摯封到中山去了。

太子擊也未負父親的期許。繼位後也把魏國治理得富強康樂，世稱「魏武侯」。

孔子對孔鯉說：「不學《詩》，無以言。」在那個時代，「詩」眞是表達心聲最婉轉而適切的方式呢！

戰國

烏鵲雙飛，不樂鳳凰（韓憑夫婦）

戰國時代，宋國有個宋康王（宋偃）。他原是宋國的公子，登上王位，是靠著叛變篡位的。這個人，集橫暴、貪婪、嗜酒、好色……種種惡質於一身。他屬下有個舍人，姓韓名憑。容顏俊美，性格溫文，很得人心。他有一位非常美貌，不但溫婉賢慧，而且知書能詩的妻子何氏。夫妻二人十分恩愛，是一對人人稱羨的佳偶。

有一天，韓憑下朝回家，臉上帶著煩惱憂鬱之色。在何氏的盤問下，他說：「今天宋王忽然問起你……」

何氏微笑著說：「我已是有夫之婦了，你又是他的舍人，他能怎麼樣呢？」

深知康王性格的韓憑說：「他是個好色的人。我擔心……他會想方設法的奪去你！」

何氏的臉色也變得沉重，隨即拿起了刀筆，在竹簡上刻了一首詩：

南山有烏，北山張羅，烏自高飛，羅當奈何！

烏鵲雙飛，不樂鳳凰；妾是庶人，不樂宋王！

詩中表明心跡：自己只是像南山烏鵲一樣平凡的平民百姓。寧可與她同是烏鵲的韓憑比翼雙飛，而不樂意匹配如鳳凰一樣「尊貴」的宋王。如果，宋王在北山張了羅網要捕捉烏鵲，那我們就遠走高飛吧！他又能奈我們何！

然而，還沒等到他們遠走高飛，宋王已經有了動作；使他們的天地變了色。他竟派人將何氏搶入宮中。當韓憑跟他理論的時候，他老羞成怒，判了韓憑重刑：讓他白天修築青陵台做苦役，晚上囚禁監獄。

何氏在宮中日夜啼哭，不肯順從。宋王心想：只要韓憑死了，不怕她不回心轉意，更變本加厲的折磨韓憑。有一天，獄官傳來從韓憑身身上搜出的一封密函，是何氏寫給他的。上面只寫了三句：

其雨淫淫，河大水深，日出當心。

宋王每個字都認得，卻不解其意。就傳給他的左右近侍看，讓他們解讀。但大家也跟他一樣，都看不懂。最後，才有一個名叫蘇賀的臣子說：「『其雨淫淫』是綿綿不絕的陰雨。

是說心中的愁緒和思念，就像陰雨一樣綿綿不絕。『河大水深』，是說河水又大又急，河深難渡，彼此不得往來。『日出當心』，是說心就像日正當中一樣，永恆不變；臣恐怕是表示她心有死志。」

宋王那會在乎韓憑死不死？只讓人緊緊的看守何氏，不讓她有機會尋短。

不久，獄官傳來韓憑在獄中自殺而死的消息，讓宋王十分得意。而令宋王不解的是：何氏聽了這個消息，並沒有太悲傷的表示，依然照常過她的日子。宋王暗自竊喜：果然！只要韓憑死了，她沒了指望，還怕她不回心轉意？

青陵台築成，宋王想帶何氏到他新築的台上觀賞風景，何氏竟然也沒有反對。讓他心中更爲得意；認爲何氏已經死了心，認了命。那知道，到了高台之上，何氏出其不意的縱身跳了下去。

他的左右眼明手快，及時抓住了她的衣服。但沒想到，衣服沒有一點承重力；原來，何氏早已暗中把衣服腐蝕了。就這樣，何氏墜下了高台！

宋王急急趕到台下，發現何氏已死。她的衣帶上留著遺言：

王利其生，妾利其死。願以屍骨，賜憑合葬！

她表明了死志，而且懇求宋王：讓她與韓憑合葬。宋王大怒，偏偏讓他們兩座墳隔得遠遠的，彼此望得到，卻搆不著！還惡狠狠地說：「你們夫妻既然相愛，如果能讓兩塚相連，我就不阻止你們會合！」

當夜，兩座墳頭就各生出一棵梓木，十天就長成合抱的大樹。兩棵樹的枝葉相向彎曲生長，直到彼此交纏爲一體。下面的根株也相向蔓延，直到彼此交錯。又有一雙鴛鴦棲息在樹上，朝朝暮暮的交頸悲鳴。那哀楚淒清的鳥鳴聲，使聽到的人，都忍不住落淚。

宋國人爲了紀念韓憑夫婦，稱這棵樹爲「相思樹」；「相思」這一詞語，就是因爲這件事而創造出來的。那一雙鴛鴦，更被認爲是他們夫婦的精魂所化。與韓憑夫婦相關的故事與歌謠，更一代代流傳並感動著後世的人。

這個故事，出自晉代文學家干寶的作品《搜神記》。後世人認爲：「梁祝」故事的「原型」，也與韓憑夫婦相關。

戰國

此地別燕丹，壯士髮衝冠（荊軻、燕太子丹）

初唐詩人駱賓王有一首五言絕句〈易水送別〉：

此地別燕丹，壯士髮衝冠。昔時人已沒，今日水猶寒。

駱賓王在易水邊送友人遠行，而聯想到古遠的故事：當年，燕太子丹也曾在此地送人遠行；他送的人，是準備入秦去刺秦王的荊軻。

據《史記》的記載，荊軻的祖先是齊國人，後來在衛國落戶。他從小喜歡讀書，又習劍法。本想說服當時衛君求得重用。但衛君並沒有重視他，他就離開了衛國，周遊列國去了。

曾有兩次，他表現出不輕易與人爭鬥，冷靜節制的性格；一次是與當時的劍法高手蓋聶論劍，在蓋聶不以爲然的瞪視之下，他什麼也沒說就走了。另一次是到了趙國的邯鄲，與朋友魯句踐賭博，起了爭執。魯句踐惡言怒罵他，他也一言不發的「落荒而逃」。

但這是因爲他膽小怕事嗎？應該不是。只是覺得這些口舌之爭的「小事」，不值得爲了鬧意氣而認眞計較。可知他不是隨便鬥狠、逞匹夫之勇的人。

後來，他到了燕國，認識了一群志同道合的朋友。這些朋友大多是身分低微的市井小民，有殺狗的，賣酒的，還有善於擊筑的樂師高漸離。他天天跟他們在小酒店裡喝酒，高漸離擊筑，他唱歌。唱著，唱著，悲從中來，又相對哭泣，完全不理會別人側目而視。

雖然他這樣歌哭無端，好像精神有問題。卻也有人「慧眼識英雄於末路」；燕國隱於市井的處士田光，就對他非常另眼相看，認爲他絕不是個平凡人物。他的坎坷失志，只是因爲懷才不遇；遇不到明主賞識，因而只能沉埋於市井之中。

燕國的燕太子丹，少年時，曾經被送到趙國去當人質。戰國時代的風氣：弱小國家的君王，常不得不把自己的兒子送到強國去當「人質」，以取得對方的某種承諾。或相互派兒子入質，以彼此取信。燕太子丹就在這種情況下，認識了出生在趙國的嬴政。兩個少年頗爲投緣，成爲好朋友。

當嬴政回到秦國，並當上了秦王，燕太子丹又入質於秦國。原以爲他與秦王少年時代是好朋友，秦王應該對他優待禮遇。沒想到秦王對他並不友善，常當眾羞辱他，使他心中非常悲憤。當他設法逃回了燕國，發誓一定要雪恥報仇！

可是，燕國是個小國，在軍事上完全不是秦的對手，他也無可奈何。後來秦王展現雄才大略，出兵伐齊、楚、韓、趙、魏各諸侯國。各國都無法抗拒，只有任其宰割的割地求和。眼見秦的勢力範圍漸漸逼近燕國了，燕太子丹非常惶恐，又非常怨恨，不甘臣服。他的師傅鞠武勸他忍耐：不要因爲過去的個人恩怨，而去招惹秦王，給自己找麻煩。他也聽不進耳。

不久之後，秦國有一個將軍樊於期得罪了秦王，秦王殺了他的九族，他自己則逃到了燕國。燕太子丹毫不考慮的就答應收留他。鞠武勸燕太子丹：「千萬不可以！以秦王暴虐的性情，沒事還要找理由攻伐別國。若知道樊於期在這裡，一定會給燕帶來很大的麻煩！你應該把他送到匈奴去，封住他的嘴。然後與那些被侵略的國家聯合起來，再慢慢想辦法抗秦。」

燕太子丹不以爲然。慢慢？那要等到什麼時候他才能報仇雪恨？而且，樊於期落難來投，他認爲，不論是從人情上說，或義理上講，怎麼可以不收留他呢？

鞠武認爲他爲了個人講道義，而把國家陷於危境，是極不智的「婦人之仁」。但他也知道燕太子丹個性偏執；他懷恨已久，處心積慮的要報仇雪恥，自己勸不了他，也幫不了他。就告訴燕太子丹：燕國有位「高人」：是隱於市井的處士田光先生。田先生是既有智慧又勇敢的人，或許可以幫助他。燕太子丹很高興，就請求鞠武介紹田光跟他認識。

田光應鞠武之邀，來見燕太子丹。燕太子丹放下身段，非常謙恭的迎接他。在談話中表示：把刺殺秦王的希望，寄託在田光身上。田光感嘆說：「太子所聽到的，是年輕時代的我！一匹馬再怎麼神駿，到了年邁體衰，隨便一匹劣馬都能跑贏他！我老了，不行了！但我所認識的荊卿正在壯年，可以爲太子效勞。」

燕太子很高興，馬上請田光介紹他認識荊軻。又一再叮嚀他：要對他方才說的計劃保密。田光答應了，去找荊軻。對他說：「我們之間的交情，燕國無人不知。現在太子丹想要報復秦王，他來找我，跟我說，燕、秦不兩立！但我已經老了，無能爲力了，就推薦了你。你去見太子，跟他談談罷！」

荊軻慨然允諾，說：「好！我去。」

田光又感傷地說：「太子在我臨走的時候，一再叮嚀我：『我所說的，是機密的國家大事，請先生千萬不要洩漏。』我是個老人了，竟還不能得到他的信任，對我心存疑慮；那我怎麼能算是個有節操的人呢？你趕快去見太子吧！就告訴他：田光已經死了！不會洩秘了！」

說著，就拔劍自刎而死。荊軻心情沉重的去見燕太子丹，一見面，就把田光的遺言交代了。燕太子丹大驚失色，嗚咽流淚，說：「我之所以叮嚀他不要說，不是不信任他，是這件事太嚴重了！沒想到，竟讓田先生以死明志！又豈是我的本意？」

然後跟荊軻談他的計劃：入秦行刺秦王。荊軻原先表示恐怕無法勝任，在燕太子丹一再的懇請之下，終於承諾了。於是，燕太子丹拜他爲上卿，奉如貴賓，華屋豪宴，醇酒美人；他想要什麼，就給他什麼。

荊軻享受著這些供奉，卻久久也沒有動靜。而在這段時間之內，秦國已經滅了趙國，俘虜了趙王，逼近了燕國的邊界易水。燕太子丹急了，催促荊軻趕快行動。荊軻說：「要親近秦王，那有那麼容易？現在秦王最想要的，是樊於期將軍的人頭。不但懸賞千金，還許諾封萬戶爲食邑。如果有了他的人頭，再加上燕國承諾要割讓給他的督亢地圖，才有可能得到他的接見！」

燕太子丹爲難地說：「樊將軍在困窘中來投奔我，我怎麼忍心這麼做？你再想想，還有什麼別的辦法？」

荊軻也知道燕太子丹是個「婦人之仁」的人，不會忍心傷害樊於期。於是自己去見樊於期說明這件事。直接表明：「你若願意讓我拿著你的人頭入秦，我會殺了秦王替你報仇！」

樊於期慘笑說：「秦王殺了我的父母和宗族，我一想到，就痛徹心腑。只是不知道能用什麼辦法報仇。既然有這樣的機會，我又怎麼會吝惜我的生命？也可以用這方式，報答太子收容我的好意！」

說著，就自刎了。燕太子丹聽說樊於期爲成全他的「報秦之志」而自殺，非常悲痛，伏屍痛哭之餘，更決心要殺秦王報仇。厚葬了樊於期之後，用盒子裝好了樊於期的人頭。

他早就用百金買了一把天下最鋒利的匕首，而且用毒藥焠煉過，可以「見血封喉」。又找了個因爲十三歲就在燕國市上殺過人，使他認爲非常「勇敢」的街頭小霸王秦舞陽，讓他當荊軻的副手。

荊軻認爲秦舞陽只是個逞血氣之勇的少年，不能勝任這樣的重責大任。他有一個非常冷靜沉著，處變不驚，彼此能合作無間的朋友。但這朋友住得遠，一時還無法趕到。他本想等朋友到達了再出發，可是燕太子丹迫不及待，甚至表示對他的承諾和能力有所懷疑；認爲他反悔了，或是恐懼退縮了。荊軻覺得人格受了侮辱，非常悲憤。決定以行動表示決心，馬上擇期出發。

出發的那一天，太子和所有的賓客都穿著白色的喪服，到易水邊給他們送行。高漸離擊筑，燕國的勇士宋意高唱，唱出變徵的蒼涼悲憤之聲。使送行的人無不落淚。荊軻也用高亢入雲，慷慨激昂的羽調唱出：

風蕭蕭兮易水寒，壯士一去兮不復還！

這慷慨激昂的歌聲，使所有的人都不覺激動的怒目瞪視，頭髮都豎了起來。「壯士一去兮不復還」！的確！不管此行是成功還是失敗，荊軻都不可能回來了！

在這樣悲壯的氣氛中，荊軻帶著樊於期的頭、和用督亢地圖捲著的那把匕首，頭也不回的上車走了。

我們都知道，荊軻刺秦王的結果是失敗了！荊軻也當場被殺。從這件事上，我們看到了燕太子丹的性格缺點；既婦人之仁的優柔寡斷，又操之過急。因爲他的這些缺點，逼死了田光、樊於期，也間接的殺了荊軻和秦舞陽！到頭來，燕國因此而亡，他自己也只能一死以謝國人。

如果燕太子丹不操之過急，讓荊軻等到他的朋友同行，是否就一定能成功？歷史沒有「假設」，因爲這些事實上沒有發生的事，是我們是永遠無法推測的。

就如駱賓王詩中所寫：「昔時人已沒，今日水猶寒」。千百年過去了，當時所有的人都已消失在歷史的長河之中。只有寒冽的易水，依然嗚咽地流著……

而這個人物與故事，成爲中國人心目中最悲壯的一頁史詩。在駱賓王之前，晉代的陶淵明，有一首〈詠荊軻〉可爲代表作：

燕丹善養士，志在報強嬴。招集百夫良，歲暮得荊卿。君子死知己，提劍出燕京；素驥鳴廣陌，慷慨送我行。雄髮指危冠，猛氣沖長纓。飲餞易水上，四座列群英。漸離擊悲筑，宋意唱高聲。蕭蕭哀風逝，淡淡寒波生。商音更流涕，羽奏壯士驚。心知去不歸，且有後世名。登車何時顧，飛蓋入秦庭。凌厲越萬里，逶迤過千城。圖窮事自至，豪主正怔營。惜哉劍術疏，奇功遂不成。其人雖已沒，千載有餘情。

在秦張良椎（張良）

張良，字子房，是戰國末代的韓國人。原籍城父。張家是韓國貴冑；的地位崇隆，功勳卓著。他祖父與父親，相繼爲韓昭侯、宣惠王、襄哀王、厘王和悼惠王的相國，有「五世相韓」之稱。

韓悼惠王二十三年，張良的父親張平去世。二十年後，秦滅了韓國。當時張良年紀還輕，卻深深懷著亡國之痛，時刻圖謀爲韓復國。

他敢作敢爲，變賣家產，並想招募刺客，伺機刺殺秦始皇。他曾經到淮陽去學禮，又到東夷去拜訪「滄海君」，找到一位大力士。他非常高興，特地替這位大力士製作了一個一百二十斤重的大鐵椎，準備椎擊正東巡的秦始皇，希望一椎就可以要了秦始皇的命。

秦始皇二十九年，張良帶著那位大力士，預先算好秦王東巡的路線，就在博浪沙（今河南原陽東南）埋伏。看到秦始皇的車駕到來時，讓大力士把那個一百二十斤重的大鐵椎，猛力向秦王乘的那輛御車擲過去。可惜，一個偏差，鐵椎並沒有打中秦始皇的車駕，只打中了旁邊的副車。

秦始皇驚魂甫定後，想到竟有人膽敢謀刺他，大爲震怒。號令全國，嚴格搜索刺客，搞得天下人心惶惶。或許因爲張良多病，又長得清秀柔弱（《史記·留侯世家》記載，他「狀貌如婦人好女」，可想而知道：他是個清秀的美少年），沒有人會想到這個文弱書生，能做得出這樣驚天動地的大事。因此，張良得以改名更姓，逃往下邳（今江蘇省睢寧縣）藏匿。

相傳張良逃亡到下邳後，有一天，在一座橋邊散步，遇見一位老翁，坐在橋墩上。老翁看看他，故意讓自己的鞋子掉到橋下。大咧咧地對張良說：「喂，小子！你下橋去，把我的鞋子撿回來。」

張良是出身大家的貴族子弟，聽了這話，眞想給他一拳。但見這老翁年紀已非常老了，便強忍怒火，下橋爲老翁撿鞋。上橋後，把鞋遞給老人。老人卻沒用手接，只把腳一伸，要張良替他穿上。

張良心裡很生氣；他的出身，幾曾做過替人穿鞋這樣低賤的事？但因他心地善良，覺得老人那麼老了，不要跟他計較吧！就跪在地上爲老人把鞋穿了。

老人連一個「謝」字也沒有，點點頭，一笑轉身而去，讓張良感到很驚訝。不想，目送老翁走了一里多路，見他又轉身走回來，對張良說：「孺子可教！五天之後，你一早在此等我。」

張良覺得奇怪，也不知他是什麼意思，就答應了。五天後一大清早，張良來到橋邊，老翁已先在橋邊等著了。見到他，大怒，說：「與老人家約定，爲何遲到？回去！五日後，早些來！」

過了五天，張良雞一叫就起身前往。可是老人又先在橋上了，怒容滿面地斥責張良：「眞不像話！你爲什麼又遲到？五天後，可要早點來。」

五天後，張良在半夜就到了。過了一會兒，天也還沒亮，就看到老人遠遠的走過來。這次他沒有遲到，老人高興了。說：「小孩子與老人相約，就應該如此！」

拿出一卷書，交給張良，說道：「你讀了這部書，就可以當『帝王師』！十年後定能成功。十三年後，你來見我；我是濟北穀城山下的黃石公（據說，漢室建國之後，張良有一次跟劉邦經過穀城，在山下看到一座有點像人形的高大黃石，後人傳說：黃石公就是黃石幻化的神仙）。」

張良在天亮之後，拿出書來看，上面寫著《太公兵法》；應是姜太公傳下來的兵書。他得到黃石公的《太公兵法》後，日夜埋首鑽研，終於融會貫通，有鬼神莫測的聰明機智。這段故事，清初的陳恭尹，非常欣賞讚嘆。寫了一首〈讀秦記〉：

謗聲易弭怨難除，秦法雖嚴亦甚疏。夜半橋頭呼孺子，人間猶有未燒書。

秦末，各地的義兵起義反抗秦始皇暴政。因爲張良家「五世相秦」，他的理想，是爲「韓」復國。當時，各方義軍紛紛起義，勢力最大的，是歷代爲楚將的武信君項梁。他追隨了韓國公子韓成，並與韓成一起投靠了項梁。

有位有著非常過人智謀的老將軍范增，給「武信君」項梁出主意：天下傳言：「楚雖三户，亡秦必楚。」（因爲楚懷王被秦騙到秦國去，被扣留而亡國，在六國中，是最無辜而亡國的）。如果找到楚王的後代，立爲「楚王」，就可以藉此匯聚人心。因此項梁找到了一個楚王的後代；這個人，已經淪落到爲人牧羊爲生了。項梁本來只是利用他的血緣來號召天下，就立他爲「楚王」，並讓他襲用「楚懷王」的名號，自己仍掌著大權。

見他立了「楚王」，張良趁機要求：也立韓成爲「韓王」；讓韓國人聞風投效。因此，項梁也立了韓成爲「韓王」。而各國後代也紛紛自立爲王，共同討秦。

張良接觸了項梁旗下的各路人馬，覺得平民出身，被尊稱爲「沛公」的劉邦是最能成大事的。而且，他提出什麼建議，跟別人談，那些人好像都「聽不懂」，只有劉邦不但聽懂了，而且對他言聽計從。不久，武信君因爲太傲慢了，被秦軍章邯擊敗被殺。他的侄子項羽，則因勇武過人，拜爲「上將軍」，讓各地諸侯畏服，成爲諸侯領袖。

楚懷王命當時最有才能的沛公劉邦和上將軍項羽「約爲兄弟」，各自率兵西征。並且約定：誰先入咸陽，誰封「王」。韓王自己並無兵馬，只是虛銜。因此，在韓王同意之下，張良投效在劉邦帳下，隨軍西征，深受劉邦重用。他獻計協助劉邦，先項羽一步，進入關中秦國的首都「咸陽」。

進入咸陽之後，他知道以劉邦當時帳下軍士十萬人的實力，萬萬無法抵擋對他先入咸陽恨得牙癢癢，擁有四十萬兵馬的項羽。就勸劉邦：絕不可貪戀財富、美女，讓項羽猜疑。劉邦聽了他的話，封存了咸陽的金銀財寶，秦宮中的美人也都不貪戀。屯軍咸陽附近的霸上，等待項羽到達。

項羽容易矇騙，項羽帳下的老將軍范增，可是足智多謀的角色！他認爲：劉邦此人一向貪財又好色，進了咸陽，竟然珍寶、美女一概不動心，等項羽前來，這是別有居心，而且是心懷大志的！勸說項羽一定要殺了劉邦，永除後患。

這消息被項羽的叔父項伯知道了。項伯跟張良是好朋友，而且，當年張良在下邳時，他殺了人，張良曾經掩護過他，對他有救命之恩。他不在乎劉邦怎麼樣，但不希望張良被牽累。於是通風報信，要張良趕快離開劉邦逃走，不要陪著劉邦玉石俱焚。張良說：

「我奉韓王之命，輔佐沛公，棄他而去，豈不是不義？怎麼回覆韓王呢？」

他把事報告了劉邦。並把自己跟項伯之間相交的原委，跟劉邦說明。劉邦問他：「你跟這位項伯，彼此怎麼稱呼？」

張良說：「他比我大，我稱之爲兄！」

劉邦請項伯見面，也以「兄」稱呼他，對他非常客氣。請他轉告項羽，自己絕沒有非分之想，不要聽信讒言。並與他締定了兒女婚姻之約。在這情況之下，劉邦在「鴻門宴」上，才因項伯的保護，得以在「項莊舞劍，志在沛公」的危機中，轉危爲安，免於殺身之禍。

明明當年楚懷王跟劉邦、項羽約定：誰先定關中、進咸陽，誰爲君王。而後進咸陽的人，要當臣子來輔佐。先進咸陽的是人劉邦，項羽卻在劉邦「禮讓」之下，總攬大權。他自己想當王，就先封各路人馬的領導人爲「王」，也自稱「西楚霸王」。劉邦被封爲「漢王」，把他「下放」到漢中的西蜀，以蜀地的南鄭爲都城；那是秦始皇流放罪臣的地方。這也是范增的主意；他始終不放心劉邦。這對劉邦當然非常不公平。但張良知道當下劉邦不是項羽的對手，勸他順命。

在爲劉邦送行時，他暗自勸告劉邦：入蜀的道路非常艱危，險峻的山路，許多地方，無路可走，都是在山壁邊，用木頭架設「棧道」通行。建議他：通過棧道，就放火把棧道燒了，以示不再重返中原逐鹿的決心，以釋項羽之疑。並告訴劉邦，想要回關中，根本不必走原路，向北，經過陳倉就回來了；這就是有名的「明燒棧道，暗渡陳倉」的故事。

張良並沒有追隨劉邦入蜀，而回到韓王身邊。因爲在他家「五世相韓」的背景之下，既有了韓王韓成，他覺得他應該輔佐的對象，就是韓成。本來韓王的封地在陽翟，照理，項羽既然讓劉邦「就國」入蜀，也應該讓韓王「就國」才對。但因爲韓王韓成和張良，都跟劉邦有深厚的交情。項羽非常疑忌劉邦，就不讓韓成到他的封地去「就國」，而帶著他向東伐齊。而且，到了彭城，就把韓成殺了！

韓成被殺，對張良而言，等於韓國又亡了一次。張良悲痛之餘，決心到蜀地去追隨劉邦；項羽殺韓成，成爲讓張良「死心塌地」追隨劉邦的關鍵。簡直可以說：是項羽把張良推給劉邦的！他絕沒想到：也因此種下了最後讓他在「四面楚歌」的埋伏中，「死無葬身之地」的「惡因」！後來清代詞人朱彝尊曾有詞〈水龍吟〉中，寫著：

縱漢當興，使韓成在，肯臣劉季？算論功三傑，封留萬户，都未是、平生意！

感嘆：如果韓成在，張良未必肯成爲劉邦的臣屬；或也可說是張良的心聲。

劉邦果然在去的時候燒了棧道，卻繞道從陳倉回到了關中，而且與項羽展開了「楚漢爭霸」的拉鋸戰。劉邦下令，要英布、韓信出兵打仗，他們卻都置之不理，讓劉邦很生氣。張良說：「大王爲命令他們出兵，他們都不理而生氣。卻沒想到：他們爲什麼要爲別人拼命？拼了命，對他們自己又有什麼好處？所以，現在大王應該做的，是把土地劃分，封給他們；讓他們覺得是爲自己作戰！」

果然，土地一封，這些人都有了回應。張良建議劉邦：聯合彭越、英布等各路兵馬。並勸劉邦，一定要滿足韓信好大喜功的心態，重用韓信使他樂意效命，共同對付項羽。在項羽求和，願意中分天下，「楚」、「漢」分治時，張良堅決主張追擊項羽，切莫「縱虎歸山」。終於，韓信在垓下，以「四面楚歌」之計，逼使項羽走投無路，烏江自刎。

張良活用黃石老人給他的《太公兵法》，眞正的爲「爲帝王師」，使劉邦在楚漢戰爭中贏得勝利。漢朝建立後，按功行賞。劉邦把「開國」第一大功歸之於張良。當時許多建立軍功的將領們不服。劉邦說：「你們都是衝鋒陷陣，建立的是軍功。張良卻能『運籌於幃幄之中，決勝於千里之外！』這才是眞正無可取代的功勞！」

劉邦讓他自己在「齊」任選一地，並要封給他三萬戶的食邑。他說：「我與陛下有幸在『留』地相遇，就把『留』封給我吧！三萬戶的食邑，我不敢當！」

或也可以說：沒有他，恐怕沒有「漢朝」的建立。後世也以他、蕭何、韓信並稱「漢初三傑」。

因功被封爲留侯，任大司徒。高祖曾經想廢太子，由於張良力諫乃止。劉邦左右大臣都是華山以東的人，主張建都於雒陽（即洛陽）。只有張良力主建都關中。劉邦採納其言，向西定都於關中的長安。

張良隨劉邦入關之後，天下大定，他便執意求去，稱病杜門不出。開始不食人間煙火，想學仙業。到了晚年，他更依照黃石老人書上所寫修煉道術，運氣丹田，閉門靜修，一年多都足不出戶。學導引吐納、辟穀之法。據說，這樣的修鍊，能使人身輕如燕，遨翔天際。他說：「我家五代相韓，等到秦滅了韓國，我不惜萬金，是為了要替韓國報仇而對付強秦。一椎打下去，天下震動。現在用這三寸不爛之舌，作帝王的師保，封賞萬戶，位列諸侯，這對我張良來說，已經足夠啦！現在，我希望放棄一切世俗雜事，跟隨仙人赤松子去學長生不老術。」

劉邦死後八年，張良也就去世了，死後追稱文成侯，葬在龍首原。

鳳兮鳳兮歸故鄉，遨遊四海求其凰（司馬相如、卓文君）

司馬相如是漢朝最著名的才子，尤其他以一曲〈鳳求凰〉琴挑卓文君私奔的故事，更傳爲千古風流佳話。

司馬相如，字長卿，是四川成都人。他曾客遊梁州，獻〈玉如意賦〉給梁王，爲梁王所賞識，做了梁王的門客。因爲他擅長彈古琴，梁王還賜給他一張名琴「綠綺」。過了幾年，梁王死了，他的門客當然也風流雲散。

司馬相如沒有辦法，只好回到蜀州故鄉。他家境非常貧寒，而他除了會寫文章，又沒有其他專長，以至於無以爲生。

他與當時的臨邛令王吉是舊交，王吉自己也只是個小地方官，沒法長期接濟他。就設計：爲他營造聲譽，想「騙」臨邛的富戶，爲他解決衣食問題。

於是，爲他置裝，讓他穿得體體面面的，然後把他安置在館驛裡。每天親自到館驛去「拜會」他；他還擺譜，做出愛理不理的樣子。讓當地的人都非常詫異，不知這位貴客是

「何方神聖」？當地的首富卓王孫果然上當了。心想：這個人，連臨邛的「父母官」都這麼恭維他，一定大有來頭！於是在家裡設宴，邀請王吉和他赴宴。

王吉來了，司馬相如卻推託不來。王吉聽說他不來，竟連酒菜都不敢先用，親自去接他。他擺足了姿態，才帶著他的「綠綺」琴來了。

王吉一再爲他吹噓：他多麼身價不凡，走到那兒，都被王公貴人奉爲上賓；有琴爲證：這張「綠綺」琴就是梁王送給他的！可知他多麼受梁王的器重。卓王孫聽了，當然對他就更尊重恭敬了。酒酣耳熱之餘，王吉再三懇請他當宴演奏一曲，答謝卓王孫款待。

司馬相如早就聽說卓王孫有個不但貌美如花，而且精通音律的女兒卓文君，才十七歲。也算她紅顏薄命，新婚不久就死了丈夫，因爲沒有兒女，因此回了娘家。他故意帶琴來，就是準備用琴音來挑逗文君的；他早料到，他以臨邛令王吉的「貴客」身分，又攜琴而來，卓文君一定會好奇偷看。

果然，他注意到簾外有女子在偷看他；料想就是卓文君了。先假意推辭了一番，才勉爲其難的演奏。並唱出了〈鳳求凰〉的曲子：

鳳兮鳳兮歸故鄉，遨遊四海求其凰。時未遇兮無所將，何悟今昔升斯堂。有豔淑女守蘭房，室邇人遐毒我腸。何緣交頸為鴛鴦，相頡頏兮共翱翔。

簾後似乎傳出了一聲輕嘆，他又唱出第二段：

鳳兮鳳兮從凰棲，得托孳尾永為妃。交情通體心和諧，中夜相從知者誰？雙翼俱起翻高飛，無感我思使余悲。

曲中強烈的暗示對卓文君的愛慕之情，而且鼓勵她「中夜相從」私奔！卓文君是個非常聰慧，又因爲嬌生慣養，十分率眞任性的女子。本來想他是臨邛令的貴客，自己高攀不上。聽到了這一番的鼓勵和暗示，果然半夜私奔。兩人一見鍾情，彼此戀慕。怕卓王孫追趕，不敢多停留，馬上就駕著馬車，連夜逃回成都。

發現女兒文君私奔司馬相如，卓王孫當然勃然大怒。等到追去館驛，早已人去樓空，來不及了。憤憤地說：「這個女兒竟然寅夜私奔，實在傷風敗德，有辱門楣！我雖然不忍心殺了她，但她也休想從我這兒得一文錢！」

到了成都，卓文君才發現司馬相如的體面衣飾，只是空殼子；他家裡窮得除了四面牆，連家具都沒有！

司馬相如也覺得委屈了卓文君，就脫下身上充門面的華服，換了錢，買了酒向文君謝罪。文君抱著他哭：「我從生下來，就錦衣玉食，從不知貧窮為何物。今天卻要你賣衣服來換酒！」

原先她怕父親不容，而急急逃離臨邛。現在她才知道：司馬相如家道清寒，根本無力養活她。就豁了出去；想出了一個辦法：反將她父親一軍，逼她父親給錢！

她跟司馬相如又駕著馬車回到臨邛。一到臨邛，就把車馬賣了，用那筆錢，租了一家小酒鋪。卓文君親自當壚賣酒，而司馬相如則脫下了士人的長衣，穿上佣工的短褲，跟著佣工一起送酒，甚至洗碗、掃地的打雜。

這「新聞」立刻哄動了臨邛！臨邛首富以美貌聞名的女兒卓文君，過去平民百姓誰有機會見到她的面？如今卻誰都能到她的酒鋪去，在她親自接待之下喝酒！她反正豁出去了，大大方方的招呼擠得水洩不通的酒客。如她所料：這個私奔在先，又公然當壚賣酒，丟人現眼的女兒，把卓王孫羞得不敢出門見人！他的弟弟們勸他：「你就只有一個兒子兩個女兒，那在乎錢財呢？你所少的，不是錢，是身分地位。司馬長卿雖窮，卻是個有才華的人，又是縣令的貴客，怎知日後沒有發達之日？文君心甘情願的跟著他，你又何必逼得他們這樣拋頭露面的受辱呢？」

卓王孫不得已，只好分給文君一百名僮僕，又給她一百萬錢。還把她當年出嫁的嫁妝和私房錢也都還給她。文君既然達到目的，也就收了酒鋪，高高興興的跟司馬相如回到成都，買土地、買房子，一下成爲富有人家。

過了不多久，漢武帝讀了司馬相如寫的〈子虛賦〉，驚爲天人，召他入京，他又爲皇帝作了合於皇帝身分的〈上林賦〉，漢武帝大喜，封他爲「郎」。

被皇帝冷落於「長門宮」的皇后陳阿嬌，聽說漢武帝喜歡他的文章，以給卓文君「取酒」的名義，送了黃金百斤給她。請司馬相如寫代她傾訴哀怨之情的文章。於是，司馬相如爲她寫了〈長門賦〉，訴說她冷落於「長門宮」，盼望皇帝臨幸，那淒涼悲苦的心境，以挽回帝心。讓司馬相如更是「名利雙收」，成爲當代最有名的文學家。

後來漢武帝知道他的才幹，不僅於寫文章，更拜他爲「中郎將」，讓他跟當時的西南夷辦外交。他持著符節，在儀仗前導下，風風光光的入蜀。到了蜀州，蜀州太守親自出城郊迎。蜀地更是人人視爲「蜀州之光」！

這時，當年視卓文君私奔爲醜事的卓王孫，也自嘆有眼無珠；不及女兒卓文君有「識英雄於微時」的眼光！甚至後悔：卓文君嫁他嫁遲了！也忘了當初氣得說「一文錢都不分給她」的狠話；讓她跟兒子一樣，享有平分家財的權利。又給了他們一大筆錢來「錦上添花」！到這時，他們夫婦可眞算是「揚眉吐氣」了！

可是，人性似乎都有共同的弱點：可共患難，難共安樂！尤其男人，一旦富貴，便生二心，嫌棄糟糠！司馬相如也不例外；在他名利雙收之後，就常流連花叢；不但起心納妾，甚至還想休妻！卓文君見他這樣薄倖，非常傷心。她本來不但美貌，也具文才，就寫了一首〈白頭吟〉寄給他：

皚如山上雪，皎若雲間月。聞君有兩意，故來相決絕。今日斗酒會，明旦溝水頭。躞蹀御溝上，溝水東西流。淒淒復淒淒，嫁娶不須啼。願得一心人，白頭不相離。竹竿何裊裊，魚尾何簁簁！男兒重意氣，何用錢刀為！

司馬相如看了之後，「良心發現」；想起了當年琴挑卓文君，她寅夜私奔。又因爲他「家徒四壁」，不惜拋頭露面當壚賣酒的恩義。終於打消了納妾休妻的念頭！

北方有佳人，絕世而獨立（漢武帝、李夫人）

漢武帝一生愛過的女人很多；最早立爲皇后的，是他的表妹陳阿嬌。

在他還很小的時候，就被立爲「膠東王」了。當時，被立爲太子的劉榮，是他的哥哥；是他父親當時最寵愛的栗姬生的。

他的姑姑「館陶長公主」，有個非常美麗的女兒陳阿嬌。她一心一意的，想讓女兒當皇后。當然，想當皇后，嫁給「太子」是最順理成章的。但栗姬因爲本身受寵於漢景帝，兒子又已立爲太子了，因「母以子貴」，就傲慢的拒絕了。館陶公主非常生氣，轉而結好膠東王劉徹的生母王美人。有一次，她帶著阿嬌到宮中玩。把四歲的劉徹抱在膝上逗他，問：「阿徹！你想不想娶媳婦呀？」

「想！」

她指著周圍的宮女，問：「你想要那一個？」

劉徹搖頭，都不要。她笑著指自己的女兒，劉徹的表姐陳阿嬌：「那，阿嬌姐姐好不好？」

劉徹天眞又認眞的說：「要娶到阿嬌，我要築一座金屋讓她住！」

館陶公主大樂，想方設法的離間栗姬與漢景帝的感情，使她失寵；也導致劉榮的「太子」被廢，改封爲「臨江王」，並改立了七歲的劉徹爲太子！劉徹登基之後，當然陳阿嬌也就被封爲皇后了。但她原本就比漢武帝的年齡大，漢武帝又等於是她的母親館陶公主一手「擁立」的。而且她從小嬌生慣養，奢華驕縱。不太可能對這個從小當「弟弟」的皇帝溫柔婉順。婚後多年而無子；甚至連朝臣都擔心漢武帝可能沒有皇子繼位了！這一點，更使他們夫婦失和。

漢武帝有個親姐姐，因嫁開國功臣曹參的曾孫平陽侯曹壽，因此被稱爲「平陽公主」。漢武帝跟姐姐的感情很好。平陽公主因陳阿嬌無子，心裡也很擔憂劉武帝無後。就選了一些出身名門，又青春美貌的「良家子」養在家中。當漢武帝到她家探望她的時候，她讓這些美人裝扮得花枝招展，列隊而出，讓他選擇。無奈，他一個也看不上。

平陽公主沒有辦法，只好讓這些人下去，設宴款待他，並命自己家中的歌姬衛子夫當筵獻唱。沒想到漢武帝卻看上了衛子夫！平陽公主非常精明，冷眼旁觀，馬上看出了弟弟的心思。當他要「更衣」（上廁所）的時候，平陽公主就讓衛子夫跟去「侍候」，而得到了「臨幸」。漢武帝很高興，奉贈黃金千斤給姐姐當謝禮。並帶衛子夫入宮。臨行，平陽公主撫著衛子夫的背，說：「去吧！努力加餐，保養身體。等到你富貴了，不要忘了我！」

衛子夫入宮後，漢武帝一則太忙，二則「熱頭」過了，好像也就忘了她，並沒有再臨幸她。一年後，他覺得宮中閒散的宮女太多，要把這些多餘的宮女放出宮去，衛子夫也在其內。他見到衛子夫，想起前情，不覺依依不捨的留戀起來。衛子夫卻流淚請求：放她出宮。他心中對這一年多竟冷落了她，以致列入「放出」的宮女名單，有些抱歉。一時情難自禁，就將她留下，並且臨幸了她。不久，她就懷孕了；這一下，漢武帝大為喜悅；可見他並不是沒有生育能力的！衛子夫也因此得到專寵。她在生了三個女兒之後，終於生了漢武帝的長子劉據。而陳阿嬌既無子，又已年老色衰。更因失寵，妒嫉衛子夫，竟請女巫在宮中做法詛咒；這一行為，在皇家是最犯忌的，因而被廢。於是，漢武帝立了衛子夫為皇后。

對一個皇帝而言，永遠是貪求「美色」的。衛子夫連生了四個孩子，也漸入中年，年老色衰，漸漸失寵。他宮中雖然還有幾位寵妃，可是還覺得不滿足。

漢武帝喜歡音樂。宮中有位樂師李延年，曾經因罪受過腐刑，成為替皇帝養狗的太監。但他出身於樂工世家，能歌善舞，又善創新聲，讓聽到的人感動。漢武帝發現了他的音樂才華，就命他為宮中的樂師，相當受寵。有一次他在漢武帝面前表演歌舞，邊舞邊唱了一首他作的新歌：

得。

北方有佳人，絕世而獨立。一顧傾人城，再顧傾人國。寧不知傾城與傾國，佳人難再

漢武帝聽了，很喜歡。說：「好歌！可是，天下有這樣的『佳人』嗎？」

當時，他的姐姐平陽公主正坐在他身旁，陪他一起欣賞李延年的歌舞。笑著對漢武帝說：

「他所唱的那位『佳人』，就是他的小妹妹呀！」

李延年本來就想藉著這首歌，引起漢武帝的好奇；讓他能歌善舞，又青春美貌，風華絕代的小妹妹「飛上枝頭做鳳凰」。果然，因著他這一唱，又加上平陽公主的吹噓推薦，他的妹妹很快被召到宮中。漢武帝發現：她果然是位絕代「佳人」，大為欣喜，當即納入後宮，封為「李夫人」。

李夫人出身寒微；跟她的哥哥李延年，都是在樂工世家長大的。從她能歌擅舞來看，她應該也是歌姬舞妓一類的出身。《前漢書》直接說她是「本以倡進」；「倡」，也就是出身青樓的「娼妓」。又形容李夫人：「妙麗善舞」。由於她出身寒微，必然比一般出身大家閨秀們更婉嫕溫柔，善體人意。試想，在曾經歷過陳阿嬌那樣嬌蠻善妒，可能還仗著媽媽「擁立」的功勞，處處壓抑他的「皇后姐姐」之後，見到這樣柔順婉約，又「妙麗善舞」的絕代

佳人，怎麼會不喜歡？因此，漢武帝自從李夫人入宮之後，愛若至寶。

後來，她又為漢武帝生下了一個兒子，更令漢武帝喜心翻倒。封這男孩子為「昌邑王」。

可惜的是，李夫人的身體十分纖弱。生了孩子之後，就經常生病。而且病勢越來越沉重。漢武帝聽說她已病危，非常憂急，親臨探望。她自知因長年臥病，容癯顏悴，已無復當年的青春美貌。聽到漢武帝來了，就用被子蒙著頭，不肯露出臉來。她對漢武帝說：「妾因長久臥病，形貌已損。感念陛下垂愛，只可惜，臣妾命薄，恐怕不久於人世了！如今，只能把昌邑王和我的兄弟們，託付給陛下，求陛下看在臣妾的薄面上，多加照看，善待他們！」

漢武帝說：「聽說夫人病篤，恐將不起。為什麼不見我一面，當面把昌邑王和你的兄弟們託付給我，讓我能因面見夫人，而釋懷呢？」

李夫人說：「臣妾身為婦人，豈能貌不修飾，蓬頭亂髮的面見人主？那是『大不敬』的！臣妾也不敢以這樣未加修飾的容顏面見陛下！」

漢武帝不死心：「夫人只要肯見我一面，我將賜以黃金千斤，而且封你的兄弟為高官！」

李夫人嘆息：「封不封官，都在於陛下恩典。不在見不見面。」

漢武帝一再懇求，她為了表示堅決不見，反身向內，不再說話。漢武帝見她如此堅決，又聽到她欷歔哽咽之聲。也不忍勉強。無可奈何，只能一臉遺憾的離座而去。

漢武帝走了之後，入宮來照顧她的姐妹們，對她抵死不肯見漢武帝的做法，很不諒解。責備她：「陛下這麼寵愛你，你爲什麼就不能讓皇帝見你一面，當面把兄弟們託付給他？而讓陛下這麼遺憾的離去；你就這麼恨陛下嗎？」

李夫人幽幽地嘆口氣說：「我所以不見陛下，正爲了能讓他好好的照顧我的兄弟們！我以一個身分微賤，出身青樓的娼女，而蒙受陛下這樣的寵幸，只是因爲我的美色。像我這樣『以色事人』的女子，色衰則愛弛，愛弛則恩絕。陛下對我的眷念，只不過是因愛我的青春美貌；難道還有別的原因嗎？他一旦見到我如今因爲長久臥病，已憔悴損毀的容貌，必然非常失望。並且會引起他的厭棄之心，永遠也不會再愛我了！還會爲我而照顧我的兄弟嗎？」

李夫人眞可說是「冰雪聰明」的女子！而且非常了解漢武帝因爲「重美色」才愛她的心態！果然，因爲她不肯以不復當年美貌的容顏見漢武帝，留在漢武帝心中，就永遠是她最美好的印象；也使他一輩子都念念不忘！

李夫人從入侍到去世，前後不過三、四年。史書上稱她「少而蚤卒」應該二十歲都不到。她去世之後，漢武帝因爲忘不了李夫人，一直鬱鬱寡歡。有一個姓齊的方士，自稱可以「做法」，接引李夫人的芳魂，讓他隔帳一見。

他大喜，就照著方士的要求，搭了帳幔，陳設燈燭，而讓他留在另一個帳幔裡遙遙相望。在方士「做法」之後，他果然看到帳幔中出現了一個美麗的身影。遠遠望去，那身影眞的很像他朝思暮想的李夫人！可是，方士警告他：決不能過去驚動李夫人的芳魂。所以，他也無法知道：是不是李夫人眞的來了？

因此，他對李夫人的思念更深，並作〈李夫人歌〉紀念此事：

是耶？非耶？立而望之，奈何姍姍其來遲！

又作了一首〈落葉哀蟬曲〉：

羅袂兮無聲，玉墀兮塵生。虛房冷而寂寞，落葉依於重扃。望彼美之女兮，安得感餘心之未寧？

在《前漢書》中，他還有一篇爲傷悼李夫人而作的長賦，從略。

漢武帝實在是個非常有文學才華的皇帝。他早先在元鼎四年，率領群臣到河東郡汾陽縣祭祀后土。正値鴻雁南飛的秋天，他在汾河上的樓船中大宴群臣。在歡樂中，卻因著秋風蕭瑟，忽然「悲從中來」；感覺時序入秋，他也漸漸老了的無奈。作了一首〈秋風辭〉：

秋風起兮白雲飛，草木黃落兮雁南歸。蘭有秀兮菊有芳，懷佳人兮不能忘。泛樓船兮濟汾河，橫中流兮揚素波。簫鼓鳴兮發棹歌，歡樂極兮哀情多。少壯幾時兮奈老何！

漢武帝作這首〈秋風辭〉時，李夫人還未入侍；當然不是爲她作的。因此，「懷佳人兮未能忘」，被解釋爲對賢才的渴慕。但也由此詩，可以了解：漢武帝的詩實在作得很好！而這首詩，也成爲中國詩詞中描寫「悲秋」之情最有名的作品！

在漢蘇武節（蘇武、李陵）

「在漢蘇武節」，是文天祥〈正氣歌〉中的詩句。

中國歷代，北方遊牧民族的邊患威脅，從來沒有止息過！想想：在「強秦」一統天下時，還要修築長城以防胡人入侵，就可知道這些遊牧民族的剽悍！

漢朝時期，活躍在塞北，勢力日趨強大的遊牧民族，是「匈奴」。匈奴一直威脅著漢王朝；遊牧民族的生活是「逐水草而居」，不論男女，幾乎從小就生長在馬背上。他們的財產牛、馬、羊、駝等，本來就是跟著他們生活而移動的。不像漢人是鄉村、城鎮「聚居」的形態的農業社會。而且除了耕種的農人，大多人是「四體不勤」，不勞動的。相形之下，當然遠遠比不上匈奴的強悍。而且，遊牧民族打仗時候，也不像漢人，首先就要面對糧草輸運的「後勤」問題，所以歷代對遊牧民族的入侵，都很頭痛。

因爲漢人生活富庶安定，而且擁有各種遊牧民族所無法生產，又非常羨慕的精致生活物資，像綢緞布帛、手工藝品等。因此，不時的受遊牧民族入侵邊疆騷擾搶掠。漢朝建立，礙於現勢，對匈奴也一直以「懷柔」的方式包容。

漢武帝即位，他雄才大略，反守爲攻，經常派兵反擊他們，各有勝負。雙方因而反目。在這樣的情況之下，被派出的使節，就常有被扣留的危險；當漢使被匈奴扣留的時候，漢朝也把他們派到漢朝的使節扣留，以爲報復。

漢武帝天漢元年，匈奴的單于去世，他的弟弟繼位。在政治領袖更替之初，往往內部政局不穩。爲了怕漢朝在此時「趁人之危」進攻，於是匈奴奉表，自稱是大漢天子的晚輩，派遣使節向漢朝朝貢。並送回過去所扣留不肯投降的漢朝使節，表達善意，以彌補兩國間長久以來對峙爭戰的關係。

漢武帝見匈奴送回扣留的使節，顯然對改善兩國關係頗有誠意，十分欣慰。便派出了蘇武爲使節，出使匈奴。帶著大量的禮物，也送回歷年來所扣留的匈奴使節，以表示兩國之間罷兵言和。蘇武手持長長的「漢節」，帶著豐厚的禮物，及一百多名隨從，浩浩蕩蕩向匈奴進發。經過長時間的跋涉，終於平安抵達匈奴。而一切也都按計畫順利進行著。

這本來是一趟「和平之旅」，但不幸的事卻發生了！原來，先前一個漢朝使節名叫衛律，他出使匈奴被扣留後，變節投降。單于十分高興的封他爲「王」。衛律有個手下叫虞常，他是蘇武此行的副使張勝的朋友。他對衛律投降，害得他也無法回到故鄉，非常不滿。因此他私下跟張勝商量：「我知道，漢天子非常痛恨衛律。我願意設法射殺了他。我的母親、弟弟都還在漢地。請陛下把我這功勞應得的賞賜，賞給他們就好了！」

張勝聽了，同意他的辦法，還私下贈他禮物。過了一個月，單于外出打獵，虞常對張勝說：「機會來了！我們不但能殺衛律，還能劫持單于的母親，然後一起逃回漢地去！」

但因爲有人告密，不幸消息走漏，被單于發現了，很快的抓到了主謀虞常。單于命衛律審判，並主持追究這件事。張勝想：這件事瞞不住了！才把前後的情由告訴蘇武。蘇武原以爲是匈奴國中的內亂，沒想到張勝也牽連在其中。十分驚恐：「這件事，一定會牽連到我。我若被他們羞辱侵犯的話，只有一死殉國！」

當然，虞常的供辭牽連到了副使張勝。單于大怒，本來準備把這些使節都殺了。他的臣子建議：「與其殺他了他們，不如讓他們歸降，讓漢天子面上無光！」

單于很贊成這個做法，就派衛律召蘇武，嚴詞責備。蘇武說：「使臣屈節受辱，有什麼面目歸漢去見陛下？」

他拔出隨身的佩刀刎頸自殺。衛律大驚，緊緊抱住他，馬上命人搶救。蘇武昏迷了半天，才悠悠轉醒。單于命他的屬下常惠將他送回營地養傷。他高尚的氣節深受單于敬佩，也因此，想讓他投降的心更爲熱切。天天派出官員探視，改用高官厚祿、榮華富貴來誘降。希望他也像衛律一樣歸順匈奴，爲自己效命。並派衛律去遊說他，蘇武一聽變節的衛律是來勸降的，就厲聲對他說：「我是身負使命、奉派爲大漢使節的人。若忘恩負義，背叛朝廷，縱使能苟活，還有何顏面見人！」

衛律以自身爲例，說：「你看！我降了單于之後，馬上就受封爲王。如果你願意降，一定也能跟我一樣封王。你我以兄弟相稱，一起享受榮華富貴，是多麼好的事！你若不降，恐怕以後想再見我一面都難了！」

蘇武罵道：「像你這樣無恥變節的人，不見最好！」

因此激怒了單于，下令把他關進地窖裡，也不給他食物，想以此逼他屈服。

塞北的天氣十分寒冷，蘇武在地窖裡饑寒交迫，渴了飲雪水，餓了就呑食漢節上附的氈毛，幾天過去了，他仍然不肯投降。

單于敬佩他的志節，對勸他歸降的事更不肯死心，當然也更不肯放他回國。爲了以身心的折磨逼他投降，將他放逐到冰天雪地荒蕪的北海（現今俄羅斯的貝加爾湖）去牧羊。對蘇武說：「等你養的公羊生了小羊，就放你回去。」

當然，公羊是不可能生小羊的。目的是希望他受不了這種與世隔絕，又飢寒交迫的痛苦而降歸。蘇武到了北海，沒有東西可吃，就挖草根、捕野鼠充饑。沒有禦寒的衣物，夜裡，就擠在羊群堆中保暖；忠於朝廷的氣節，支持著他不肯屈節，希望終有一天能活著回中原。

這期間，漢朝的將軍李陵，以五千步兵，對抗八萬匈奴騎兵，在沒有後援的情況之下，因兵敗被俘。李陵，是軍人世家出身。他的祖父，是有「飛將軍」之稱的李廣，爲漢朝建立了無數的戰功。但他的祖父，因爲與大將軍——漢武帝第二個皇后衛子夫的弟弟衛青不和，一直被衛青壓制，沒有得到應得的封賞，最後還被迫自殺。李陵這次出征，以寡擊眾。而且，在被比他多十幾倍的匈奴騎兵包圍，又沒有後援的情況下，還殺了數萬匈奴兵。最後因兵敗援絕被俘，不得先假意投降。

也許是「愛之深，責之切」。漢武帝原本非常器重他，還大加讚美他以寡敵眾的勇氣。聽說他兵敗，寧可他在沙場戰死，也不希望他被俘；聽說他被俘，又希望他寧死不屈。那時，爲這件事，朝廷上分成兩派，一派支持李陵是忠義男兒。另一派認爲他一定會投降。

後來，又有使者到匈奴去；半路上聽說：有位「姓李」的降將，正在以中國的兵法，爲匈奴訓練兵馬！漢武帝聽使節報告這件事，不問青紅皂白，一怒之下，就殺了李陵全家。冤枉的是：事實上，爲匈奴訓練兵馬的降將是李緒，並不是李陵！

李陵原本是假意投降，希望找到機會，有所作爲，逃回漢地的。也因漢武帝不分青紅皂白殺了他全家，使原本假意投降的李陵悲痛之下，死心絕念；不再有重回漢地的念頭。單于大喜，把女兒嫁給他爲妻。

爲這件事，漢朝的廟堂上吵翻了天。甚至連累了曾爲他辯護，認爲他不可能眞的投降，而是有所圖謀的「太史公」司馬遷。因被牽累，而受到非常殘忍，割除生殖器的「腐刑」。

蘇武一直不肯投降，也就一直在北海牧羊。李陵跟他是好朋友，雖然知道這件事，但有點羞見故人，不想主動提起去探望他。後來，單于聽說他認識蘇武，就派李陵去勸降蘇武。

他是蘇武早年的同事，又是好朋友。他知道，榮華富貴是說不動蘇武這種人的。就帶著美酒佳餚，以「老朋友話舊」的心情去探望他。誠摯地告訴他：「在我出征之前，聽說令堂已經仙逝了。而尊夫人太年輕，又不知道你的生死存亡，因此也已經改嫁。現在你家裡，就只有兩個妹妹和一兒、兩女，我沒聽說他們的消息，也無法告訴你。」

他又告訴蘇武一些朝中的消息；有好幾位大家都知道的忠貞官員，因漢武帝年老昏憒，猜忌疑慮，或被政敵誣告，就被皇帝殺了。李陵也傾訴他的委屈：「我當初並不是眞的投降；只希望假意投降，留下這條命，再找機會報效國家。可是……陛下並不了解我的委屈和苦心，也不念我以五千步兵對敵八萬騎兵打仗的艱苦；在沒有糧食、沒有後援之下，忠勇殺敵的功勞、苦勞。一聽別人誣告我投降，還為匈奴訓練兵馬，就把我全家殺了！是有人在爲匈奴訓練兵馬，但那並不是我！是李緒！」

他激動的說：「皇帝沒有給我留餘地呀！讓我原本的假意投降，弄假成眞！你想，在這人煙罕至的不毛之地，你能跟誰講志節？又有誰看得到你的忠貞呢？再說，你根本沒有回到漢朝的希望！人生苦短，這是何苦呢？」

蘇武仰頭長嘆了口氣，說：「爲人臣，忠於君王，就像爲人子女孝順父母一樣，是天經地義的事！就算爲了國家和陛下，我死了也無所謂。這些折磨苦難，根本算不了什麼！我和家父受恩於朝廷，朝廷曾給予我們非常優渥的待遇和照顧。現在就算要赴湯蹈火、為國捐軀，我都心甘情願。所以請你別再勸我了！你再說，我就死在你面前！」

李陵聽完，既感慨，又愧對這位好友，也為自己苟活降敵而悲傷痛哭。回去後，就用自己妻子；那位匈奴公主的名義，派人送了幾十頭牛羊給蘇武，以改善蘇武艱苦的生活。

到了漢武帝駕崩，昭帝即位。有人把蘇武被囚北海的事稟報他，昭帝就派人向匈奴要求放回蘇武。但匈奴不肯放人，還謊稱蘇武已經死了。後來漢朝再派使節出使匈奴，與蘇武同時出使、被囚在另一個地方的屬下常惠，與看守他的匈奴官員相處得很好。以思念家鄉，想見見中國使節以解鄉愁的理由，說服了這位匈奴官員，讓他見到了漢使。

常惠找到機會，偷偷告訴漢使：蘇武為了忠於皇帝和國家，被放逐在北海牧羊，並沒有死！並教了漢使一番說詞。漢使照著他的話，對單于說：「漢天子在御花園打獵時，射下了一隻大雁。大雁腳上，繫著布條。上面寫著：蘇武在北海牧羊，人還活著。」

匈奴單于信以為真，不得已，才答應放人。臨別，李陵設宴為蘇武送別，兩個人都知道：這一別，永無重逢之日了！感慨萬千，揮淚而別。他們各自留下了詩篇；雖然也有後世人懷疑是後人偽託的，但的確也寫出了他們之間深厚的情誼。

〈李陵與蘇武詩〉：

良時不再至，離別在須臾。屏營衢路側，執手野踟躕。仰視浮雲馳，奄忽互相逾。風波一失所，各在天一隅。長當從此別，且複立斯須。欲因晨風發，送子以賤軀。

嘉會難再遇，三載為千秋。臨河濯長纓，念子悵悠悠。遠望悲風至，對酒不能酬。行人懷往路，何以慰我愁。獨有盈觴酒，與子結綢繆。

攜手上河梁，遊子暮何之。徘徊蹊路側，悢悢不得辭。行人難久留，各言長相思。安知非日月，弦望自有時。努力崇明德，皓首以為期。

〈漢蘇武別李陵詩〉：

雙鳧俱北飛，一鳧獨南翔，子當留斯館，我當歸故鄉，一別如秦胡，會見何詎央，愴恨切中懷，不覺淚霑裳，原子長努力，言笑莫相忘。

征夫懷往路，起視夜何其，參辰皆已沒，去去從此辭，行役在戰場，相見未有期，握手一長嘆，淚為生別滋，努力愛春華，莫忘歡樂時，生當復來歸，死當長相思。

蘇武壯年出使匈奴，受了十九年折磨。回到漢地，已鬚髮全白。他手持著光禿的旌節，一身襤褸，滿臉滄桑，悽楚蒼涼的回到長安。看到他的人，沒有不受感動的。朝廷爲了感念他的忠誠，賞賜了許多財物給他。但蘇武的妻子已改嫁。第二年，他的兒子蘇元，又因參與燕王劉旦謀反的事件，因犯罪被處死。他雖然回到了故國，卻可以說：依然是孤身一人，一無所有。

又過了一些時日，漢宣帝即位，賜爵「關內侯」，和三百戶的「食邑」。

當時的重臣都很敬愛蘇武，皇帝也很尊敬他的志節。因他久居匈奴，遇到與匈奴相關的事務，常召見他，徵詢他的意見，也常賜金帛財物給他。但他已沒有親人了，就把這些賞賜，分給親屬鄉鄰，自己什麼也不留。

偶然，皇帝想起蘇武年老，又這麼孤苦伶仃，心中很不忍。問身邊的平恩侯許廣漢：「蘇武在胡地停留了那麼久，不知道他在匈奴有沒有兒女？」

平恩侯在見到蘇武時，就問蘇武這件事。蘇武感慨地說：「唉……在我回來之前，我在胡地所納的胡婦，爲我生了一個兒子。我爲他取名叫『通國』，現在彼此偶爾還有音訊。如果……陛下能把我的孩兒通國贖回來，我就死而無憾了！」

這個他所納的「胡婦」，或許也是李陵爲他安排，給在北海牧羊，生活孤單寂寞的他作伴的吧？皇帝聽說他在匈奴有兒子，又感傷、又喜悅。再次通使的時候，就向匈奴單于提出要求：贖回蘇武的兒子蘇通國。匈奴單于答應了，蘇通國就隨著漢使一起回到了京師長安，與父親蘇武團聚。

蘇武死的時候，已經八十歲。到漢宣帝晚年，匈奴來朝。皇帝想起蘇武當年出使匈奴的功勞、苦勞，命人在麒麟閣上畫了蘇武的畫像；讓他在漢朝的歷史上，永垂不朽。

獨留青塚向黃昏（王昭君）

杜甫有一組非常有名的詩：五首《詠懷古跡》，詠五個歷史人物的事蹟。其中唯一的女子，就是被稱為「漢明妃」的王昭君：

群山萬壑赴荊門，生長明妃尚有村。一去紫台連朔漠，獨留青塚向黃昏。畫圖省識春風面，環佩空歸夜月魂。千載琵琶作胡語，分明怨恨曲中論。

講到王昭君，中國人都知道，她是歷史上的「四大美人」之一，而且是被認為對中國最有貢獻，而沒有人格瑕疵的美人！

她是湖北秭歸人，漢元帝時，以「良家子」（家世清白的女孩子）選入宮中，待命掖庭；後宮中宮女們集中居住的地方，以備皇帝看中了誰，隨時召幸。

皇帝後宮佳麗多得數不過來，無法一個個都見面選擇。就命畫工毛延壽給這些美人們畫像，來「按圖索美」的召幸。這些後宮的宮女都千方百計的用錢財賄賂畫工，把自己畫得美一點，以便入選。只有王昭君，一則自負美貌，二則心性高潔，不屑作假，用這種手段去討好畫工。畫工毛延壽懷恨在心，故意把她畫醜（一說是她自己雅擅丹青，自己畫了。毛延壽懷恨，就在她臉上點了不祥的「亡國痣」，使她因而無法出頭）。當然，她也就因此埋沒在後宮，眼見著貌不如她的，都受皇帝召幸了，她卻只能數著日出日落，過著寂寞幽怨的日子。

漢朝與匈奴，時戰時和。那一陣子，匈奴單于來朝，表示願爲「漢家女婿」，求漢朝公主爲閼氏（相當於匈奴的「皇后」）。皇帝當然不願意眞的把自己的女兒嫁給他，就想在後宮選一個宮女，以「公主」的名義嫁到匈奴去「和親」。

後宮的宮女們聽了這消息，都非常恐懼，擔心自己被選中了。這時，王昭君已入宮好幾年了，連皇帝的面都沒見到過。心想：與其這樣埋沒了珠顏玉貌，老死在漢宮，不如嫁到胡地，還可以爲漢胡的和平做點貢獻。因此主動去見「掖庭令」，自請和親！這毅然決然的行動，可以說明她性情的剛烈，與心境的悲怨。

此舉震動了後宮。當然，她的身分馬上就不一樣了；原本只是後宮默默無聞等待召幸的宮女，如今，卻是待嫁爲匈奴「閼氏」，身分尊貴的「公主」了！有人同情，有人憐憫，也有人幸災樂禍。她卻淡然地面對這一切；這麼多年無望的宮禁生活，她已經心灰意冷。除了捨不得父母家人，她已經什麼都不在乎了。

漢元帝知道有人自請和親，非常高興；這還眞爲他解決了他不知怎麼選擇的難題！特別安排，在早朝時，讓匈奴單于當殿見見他的「準新娘」。平時淡裝素服的昭君，在刻意的裝扮，再穿戴著「公主」華美高貴的服飾出現時，彷彿讓整個宮殿都亮了起來。漢元帝這才發現：這個在畫像上看著不起眼的宮女，原來是豔冠群芳、後宮第一的美人！他馬上就後悔了！他不想讓這絕世的美人嫁到匈奴去！

但是……一切都來不及了！滿臉喜色的單于，怎麼可能容許他反悔？他又怎麼能失信於好不容易才來朝的匈奴單于！那可能會引發戰爭的！他畢竟還算是個明君，不願爲了一個美人，造成兵禍連結的嚴重後果。

到昭君臨行的那天，漢元帝親自率領著滿朝文武送行。昭君爲了遠行而穿著戎服，騎著馬，手中抱著一面她心愛的琵琶。臨別時，對皇帝說：「臣妾幸得選入後宮，本來想從此陪侍陛下，承受恩寵。沒想到，爲丹青所誤，以致於今日遠竄漠北異域。爲了漢胡的和平，捐軀尚且不惜，又怎敢自憐？只可惜，陛下竟把後宮升騰、貶抑的權利，交給了低賤的畫工，以致於此！今日北行，南望漢闕，也只有徒增悲愴！我也沒有其他的願望，只能把老父、幼弟託付給陛下，請陛下善待，多加照顧！」

昭君走了之後，漢元帝一想起，就爲之心痛。因此把爲了索賄不成、醜化昭君的毛延壽殺了。

後世人以王昭君「出塞」的故事為題材，寫出了許多詩。其實《古詩源》中，有一首署名王昭君的「四言」〈怨詩〉傳世：

秋葉萋萋，其葉萎黃。有鳥處山，集於苞桑。養育毛羽，形容生光。既得升雲，上遊曲房。
離宮絕曠，身體摧藏。志念抑沉，不得頡頏。雖得委食，心有徊徨。我獨伊何，來往變常。
翩翩之燕，遠集西羌。高山峨峨，河水泱泱。父兮母兮，道悠且長。嗚呼哀哉，憂心惻傷。

詩中敘述了她不幸的遭遇，也寫出了她對父母家人的眷念。但並沒有一言半句寫到她對漢朝皇帝的依戀；想來，她出塞的時候，心已經死了。王昭君的和親，為漢胡之間帶來了相當長的一段和平。她死了之後，葬在現在的內蒙古呼和浩特附近。相傳：草原上的草色都是枯黃的，只有昭君墓上的草色青青。被認為是她的精魂不泯，特蒙上天憐惜。因此，「昭君墓」又稱「青塚」。

後世許多人以此為題，為她寫詩。為王昭君寫詩的詩人，大多是寫毛延壽的可恨，寫她對漢皇的思念，和她下嫁異族的幽怨。晉朝的石崇，有一首〈王明君〉詩（因為避晉朝皇帝司馬昭之諱，而改「昭君」為「明君」）：

我本漢家子，將適單于庭。辭訣未及終，前驅已抗旌。僕御涕流離，轅馬為悲鳴。哀鬱傷五內，泣淚沾朱纓。行行日已遠，遂造匈奴城。延我於穹廬，加我閼氏名。殊類非所安，雖貴非所榮。父子見陵辱，對之慚且驚。殺身良不易，默默以苟生。苟生亦何聊，積思常憤盈。願假飛鴻翼，棄之以遐征。飛鴻不我顧，佇立以屏營。昔為匣中玉，今為糞上英。朝華不足歡，甘與秋草並。傳語後世人，遠嫁難為情。

宋朝的名臣也是著名詩人，「唐宋八大家」之一的王安石，則作了兩首〈明妃曲〉。

其一：

明妃初出漢宮時，淚濕春風鬢腳垂。低徊顧影無顏色，尚得君王不自持。歸來卻怪丹青手，入眼平生幾曾有；意態由來畫不成，當時枉殺毛延壽。一去心知更不歸，可憐著盡漢宮衣；寄聲欲問塞南事，只有年年鴻雁飛。家人萬里傳消息，好在氈城莫相憶；君不見咫尺長門閉阿嬌，人生失意無南北。

其二

明妃初嫁與胡兒，氈車百輛皆胡姬。含情欲語獨無處，傳與琵琶心自知。黃金桿撥春風手，彈看飛鴻勸胡酒。漢宮侍女暗垂淚，沙上行人卻回首。漢恩自淺胡恩深，人生樂在相知心。可憐青塚已蕪沒，尚有哀弦留至今。

他做了翻案文章：「意態由來畫不成，當時枉殺毛延壽」；認為不能怪毛延壽，而是王昭君太美了，美到根本畫不出她的神韻來。「漢恩自淺胡恩深，人生樂在相知心。」這兩句引發了漢人不少的爭議，覺得簡直有辱漢人的自尊。但仔細想想：眞正「愛」她的，並不是漢朝的皇帝，而是匈奴的單于呀！

她下嫁匈奴和親，到底是幸還是不幸呢？如果王昭君沒有爲畫工所誤，頂多也不過成爲漢元帝的一個寵妃；歷史上，這樣的後宮寵妃太多了！除了極少數有特別事蹟的，也都隨著時間湮沒，再也沒人知道了。而王昭君的美名，卻永遠的留存在青史上，爲後世稱頌、讚嘆呢！

漢

玉顏不及寒鴉色（班婕妤）

金井梧桐秋葉黃，珠簾不卷夜來霜。熏籠玉枕無顏色，臥聽南宮清漏長。

高殿秋砧響夜闌，霜深猶憶御衣寒。銀燈青瑣裁縫歇，還向金城明主看。

奉帚平明金殿開，且將團扇暫徘徊。玉顏不及寒鴉色，猶帶昭陽日影來。

真成薄命久尋思，夢見君王覺後疑。火照西宮知夜飲，分明複道奉恩時。

長信宮中秋月明，昭陽殿下擣衣聲。白露堂中細草跡，紅羅帳裡不勝情。

這是唐朝王昌齡寫的的《長信秋詞》五首，表面上，他表面寫的是漢代班婕妤的故事。其實是以古諷今，為後宮失寵，甚至連皇帝的面都沒見過，卻只能老死宮中的宮女鳴不平。最著名的是第三首：「玉顏不及寒鴉色，猶帶昭陽日影來」，寫盡了後宮宮女的寂寞幽怨。

班婕妤在漢成帝時，選入後宮。她不但美貌，而且舉止溫文嫻雅，知書達禮。很快的為漢成帝寵幸而封為婕妤：位次皇后的妃嬪。

一般後宮妃子，常恃寵而驕，不守禮法。班婕妤卻不一樣。歷史記載，漢成帝曾要她同輦遊御苑。這在其他人，豈不是求不到的榮寵？班婕妤卻拜謝婉辭了，對皇帝說：「臣妾從古書和畫圖中知道：古代明君身側陪同的，都是賢臣。無道的君工身旁陪侍的，才是嬖妾。皇上令我同輦，難道不怕讓後人誤解嗎？」

皇帝聽了，對她大加讚賞，並加厚賜。皇太后知道這件事，也非常讚許。對她另眼相看。

可惜好景不常。漢成帝微行，駕臨河陽公主家。河陽公主命家中的歌姬舞妓表演歌舞。其中一人，姓趙，名飛燕。長得嬌小玲瓏，身輕如燕。姿容絕世，舞姿曼妙，十分嬌媚。漢成帝宮中的宮人，大都是「良家子」出身，受過良好的教養，溫柔端淑，卻不懂媚惑之術。而趙飛燕卻因著出身寒微，從小習於察言觀色，諂媚迎合。讓他覺得在宮中，從沒見過這樣嬌媚可愛，又懂得處處迎合，討他歡心的女子，因而對趙飛燕一見鍾情。就將這出身寒微的舞妓趙飛燕，和她的妹妹趙合德，一起迎入宮中，封爲婕妤和貴嬪，飛上枝頭做鳳凰。

她們從小在低下階層的環境中長大，完全談不上教養，更不受禮法檢束。卻擅長許多名門淑女們既不懂、不會，也不屑的媚惑邀寵手段。因而姐妹雙雙承恩受寵。從此，漢成帝眼裡再也看不到別人了。

她們因受寵，懷著野心，不擇手段的往上爬，想方設法的排擠後宮其他的妃嬪。甚至連許皇后都在他們的設計之下，先被廢去后位，後被賜死。許皇后廢後，漢成帝就要立趙飛燕爲皇后。起初太后認爲她出身寒微，不能「母儀天下」，不肯答應。但「兒大不由娘」，在皇帝的堅持之下，最後，趙飛燕還是達到了目的，登上了皇后的寶座。

趙飛燕當了皇后，妹妹則封爲婕妤。姐妹倆全無容人之量，對付了許皇后之後，又以班婕妤爲目標，向皇帝進讒，說她詛咒後宮后妃。但班婕妤是一個非常守禮又正派的人，查不出證據來。皇帝親自審問時，她說：「臣妾聽說：『死生有命，富貴在天』。一個人修德都還未必蒙福，做邪惡的事，難道會有什麼指望？如果鬼神有知，不會接受不合理的要求。如果鬼神無知，做這種事有什麼好處？所以這種事我是不做的！」

皇帝聽她這麼說，十分感動，賜她黃金百斤來安慰她。但經過這樣的誣告，班婕妤心裡明白：這樣下去，自己遲早會步許后的後塵被害。爲了明哲保身，就上書：自請到「長信宮」去侍奉太后，遠離後宮是非。這對趙飛燕姐妹而言，等於拔掉了眼中釘，也就樂得「成全」她了。

《古樂府》歌辭中有一首〈怨歌行〉，就是班婕妤作的：

新裂齊紈素，皎潔如霜雪。裁為合歡扇，團團似明月。出入君懷袖，動搖微風發。常恐秋節至，涼飆奪炎熱。棄捐篋笥中，恩情中道絕。

她以團扇爲喻，感嘆：用絲絹製成的團扇，是那麼潔白美麗。在夏天的時候，君王常隨身攜帶著。輕搖團扇，團扇就發出清涼的微風爲他消暑。可是，好景不長。當秋風起時，天氣涼爽了，團扇也就被丟棄遺忘在箱子裡。過去的一切恩情，也就此終結了。

趙飛燕姐妹在後宮橫行，爲了固寵，也爲了希望自己能懷孕，生子繼位，而設計讒害了許多的後宮妃嬪與皇子。因此，後世人以「燕啄王孫」形容她殘害皇家子孫的狠毒。

爲了求孕，她們姐妹讓漢成帝吃壯陽藥。這種藥非常燥熱傷身，是不能亂吃的。後來，漢成帝大概因吃壯陽藥過量，暴死宮中。這一下風波鬧大了！朝野都認爲皇帝的死因可疑。太后下令澈查，當時主持調查這一件皇家疑案的人，就是後來篡漢的王莽。因爲，藥是趙婕好進獻給皇帝吃的，在追查之下，她因心中害怕而自殺了。後來。趙飛燕也因此案被廢爲「庶人」（平民），平日仗著皇后的名位，欺壓後宮妃嬪宮女。一旦失去了名位，受到反撲是正常的。而且，這件事鬧大了，她又怎麼可能脫得了干係？在王莽主持的密追嚴審之下，她的結局將會是什麼？她不會不知道。因此，也因憂懼自殺而亡。

這轟轟烈烈的事件發生時，班婕妤因已到「長信宮」侍奉太后，而置身事外。但在漢成帝死後，他的後宮妃嬪、宮女，包括班婕妤在內，都被送到陵園去陪伴亡靈，她也在那兒抑鬱而死。

照中國的說法：「善有善報，惡有惡報，不是不報，時候未到。」趙飛燕姐妹得意之際，迫害甚至逼死了多少后、妃、皇子。事發之後，不但她們自己受到惡報，被廢爲庶人，畏罪自殺，成爲「千古罪人」。唐代的「詩仙」李白，只因一時失檢，在〈清平調〉裡寫了「借問漢宮誰得似，可憐飛燕倚新妝」兩句詩，導致楊貴妃在高力士搧火：「把貴妃比趙飛燕」，爲之大怒。李白也因而一下從有「天上謫仙人」之譽的「翰林學士」，被打下了青雲，一世不遇！可知「趙飛燕」在中國歷史上眞的是「遺臭萬年」！

而修德之人，也總是會有善報的，不報在己身，也福蔭後代。

班婕妤家族後代，可出了不少頂天立地的人物！她的侄子班彪，是歷史學家。讀了《史記》後，立志修《漢書》。限於天年，修史之志未竟就死了。由兒子班固接手。全書未完，班固又死了。皇帝命入宮爲后妃「女師」，備受皇家尊敬禮遇的「曹大家」——嫁到曹家的妹妹班昭繼續修史，終於完成了《漢書》。因爲王莽篡漢，漢光武帝劉秀復國之後，遷都洛陽。史稱「東漢」，又稱「後漢」。因此，這一部由班家父子兄妹合力完成的「漢書」，史稱《前漢書》，寫東漢歷史的稱《後漢書》。

班彪的另一個兒子班超，則「投筆從戎」，繼張騫之後，通使西域，萬里封侯！一門父子、兄妹四人，都大大的光耀了班氏門楣，也眞爲當年受屈的班婕妤揚眉吐氣！

三國

對酒當歌，人生幾何（曹操）

對酒當歌，人生幾何？譬如朝露，去日苦多。
慨當以慷，憂思難忘。何以解憂？唯有杜康。
青青子衿，悠悠我心。但為君故，沉吟至今。
呦呦鹿鳴，食野之苹。我有嘉賓，鼓瑟吹笙。
明明如月，何時可掇？憂從中來，不可斷絕。
越陌度阡，枉用相存。契闊談讌，心念舊恩。
月明星稀，烏鵲南飛。繞樹三匝，何枝可依？
山不厭高，海不厭深。周公吐哺，天下歸心。

這一首〈短歌行〉是三國魏武帝曹操最爲人熟知的作品。

曹操，本姓應該不是姓曹，而是姓「夏侯」。在漢桓帝時，有一個很有勢力的宦官曹騰。因爲曹操的父親爲曹騰收爲養子，後代就跟著姓曹了。

他年輕的時代，非常聰明機變，不拘小節。在一般人眼裡，是個放蕩不羈的人，因此，一般傳統保守的「士大夫」對他的風評都不好。但有一位橋公，別具慧眼，看出他的不平凡，而給了他：「治世之能臣，亂世之奸雄」的評價。

他從小喜歡文學，也喜好武藝，可以說是個「文武雙全」的人材。又喜歡研究兵書，還下過功夫，曾註解《孫子兵法》。當然也就頗有韜略，有勇有謀了。在三國時代，魏國被形容爲「戰將如雲，謀臣如雨」，也可知他的知能善任。

他爲世人所知，是在「董卓之亂」之後。那時，整個天下都在動亂之中，民不聊生。漢獻帝劉協被董卓部將挾持著到處流離，直到曹操奉迎，遷都許昌，才得以安居。

自此，「貴」爲「皇帝」的劉協，可以說：是處於曹操的「卵翼」之下生存的。我們可以相信：曹操絕不可能給他實際的「政權」，對他的態度，也可能不那麼「恭順」。但曹操何等聰明的人？對他生活上的物質「供養」，一定豐厚！絕不會讓他像以前，被各地「軍閥」們爭來奪去時，那樣「衣食不周」；《後漢書．獻帝紀》中記載：

秋七月車駕至洛陽，是時宮室燒盡，百官披荊棘，依牆壁間。州郡各擁重兵，而委輸不至……或饑死壁間，或為兵士所殺。

他這個「皇帝」，連讓周邊「觀望」的地方官員或軍閥，供應飲食、日用品的「能力」都沒有！而他的皇后伏壽，當時又是什麼情況？

初平元年，從大駕西遷長安，后時入掖庭為貴人。興平二年，立為皇后……李傕、郭汜等追敗乘輿於曹陽，帝乃潛夜度河走，六宮皆步行出營。后手持縑數匹，董承使符節令孫徽以刃脅奪之，殺傍侍者，血濺后衣。既至安邑，御服穿敝，唯以棗栗為糧。

身爲皇后，連手中拿著的幾匹縑（絲絹）都保不住！沾血的衣服穿破了，都沒得更換。也沒飯吃，只能以棗栗（可能是荒野中野生的）充饑！流離失所，饑乏逼人，幾至「嗷嗷待哺」的悲慘際遇，到曹操迎駕到許昌之後，一定得以大幅改善！

當時，各擁重兵，也都心懷「異志」的各方軍閥，認爲曹操「自爲司空」，又自封爲「魏王」，太過專權跋扈，都稱他爲「漢賊」！但，可別忽略了《後漢書·獻帝紀》的記載：另一個曾與曹操「勢均力敵」的袁術，在建安二年，已「自稱『天子』」，而袁紹則「自爲大將軍」！若論「不臣」，豈不更甚？反而是曹操，直到他死，也還只是「魏王」，並未篡漢自立（以當時的局面，他眞「想」，那是易如反掌）！而就當時的情況，我們可以相信：劉協落到任何一家「軍閥」手中，際遇也未必好過他在曹操那裡！

劉協從董卓廢了他哥哥，立他爲皇帝以來，就是個「傀儡」皇帝，從來沒有眞正掌過政權。到了許昌，掌權的，當然是「魏王」曹操。就事論事：別說曹操當然不可能讓他掌權。就算肯讓他掌權，以他的才能，又如何應付當時「軍閥」割據各擁兵力、各自爲政的局面？《三國演義》對曹操口誅筆伐的一大關鍵，說他「挾天子以令諸侯」。實際上，眞正能「令」諸侯的，是曹操本身的實力。而絕不是若非曹操「收留」，當時已淪落如乞兒，徒有天子「虛銜」的漢獻帝！

事實上，在董卓之亂後，「漢室」已名存實亡了。考查歷史記載，漢朝桓帝、靈帝時代，宦官專橫，把持朝政。忠良被害，朝中正人無立足之地，政治的腐敗糜爛，眞令人恨得咬牙切齒。那時的漢朝，可說已到：「不亡沒天理」的地步了！諸葛亮〈出師表〉寫得明白：

> 親賢臣，遠小人，此先漢所以興隆也；親小人，遠賢臣，此後漢所以傾頹也。先帝在時，每與臣論此事，未嘗不歎息痛恨於桓、靈也。

作爲「劉漢子孫」的劉備尚且「歎息痛恨」，那個時代還有救嗎？

三國鼎立，曹魏的領土，可不是得自漢獻帝所「賜」，而是曹操一兵一卒、一刀一槍打下來的！聰明一世的曹操，一生做的最大的「蠢事」，莫過於迎奉漢獻帝，擔待了「挾天子」之名，做了「狐假虎威」的那隻笨老虎！

而且，因此成爲各方軍閥的「箭靶」。如果他當時採取袖手「觀望」的態度，而不是迎奉這位「天子」，在那樣生活艱困、戰亂頻仍的亂象中，劉協能「熬」多久？還眞難說！如果等他死了，曹操再出面收拾殘局，以他本身已擁有的各種政治、軍事、經濟資源，得「天下」豈是難事？

說曹操對劉協不曾「禮遇」？恐怕也未必。《後漢書．伏皇后紀》：

> 操後以事入見殿中，帝不任其憤，因曰：「君若能相輔，則厚；不爾，幸垂恩相捨。」操失色，俛仰求出。舊儀，三公領兵朝見，令虎賁執刃挾之。操出，顧左右，汗流浹背，自後不敢復朝請。

劉協「不任其憤」，恐怕不是曹操對他眞有什麼「欺壓霸凌」；老實說，曹操「犯不上」。而是飯吃飽了，衣穿暖了，欲望也高了；認爲自己是「皇帝」，曹操應該讓他「親政掌權」了！從上面的記載可知，一開始，曹操還曾遵從「舊儀」；「執刃挾之」上殿的！

據後人的考證：所謂「執刃挾之」，是領兵的「三公」（曹操當時是「司空」；正是「三公」之一）覲見天子，要由兩個衛士，一左一右，用刀架在脖子上進殿！由這一段看來，就曹操這方而言，是幸好：「自帝都許，守位而已。宿衛兵侍，莫非曹氏黨舊姻戚。」若不是他把劉協身邊的衛士，都換成了他自己的親信。劉協因「不任其憤」，下令要衛士殺他，他早因守「臣下之禮」的「舊儀」，而死在劉協之手了！經過這一件事，他：「不『敢』復朝請」；也就是：因爲擔心，而不再行「執刃挾之」的「朝見之禮」！當然，朝政他更是以「丞相」的名位一手總攬，不再爲表示「尊重皇帝」的「虛禮」而「請示」了。

由此可想，一開始，劉協至少還是能坐在「寶座」上「接見大臣」的「傀儡皇帝」。此後，曹操知道劉協並不是那麼「認命」，「安份守己」當「富貴閒人」的。在聽政上，也排除了對劉協原本可能有的「尊重」（如一般「幼主」登基，不論是「太后垂簾」，或是「大臣輔政」的情況；至少皇帝還能「臨朝」）。但對他日常生活照顧不可能差；曹操不會不顧自己的聲譽，也犯不上貽人口實。

而在劉協生活改善之後，他又如何「回報」曹操的？歷史上有一段「衣帶詔」的「疑案」；他的岳父董承，在建安五年「受密詔，誅曹操，事洩。壬午，曹操殺董承等，夷三族。」同時被殺的，還有董承的女兒，劉協的妃子：已懷孕的「董貴人」。

說「疑案」，因爲就歷史記載，董承向人「自稱」他有皇帝親筆血書，交給他的「衣帶詔」。但從歷史記載，這似乎都是他「放話」告訴別人的，而並沒有人眞的看過！他到底是眞的「受詔」，還是自己「矯詔」，就沒人知道了。這件事，劉備也曾參與其事，曹操在建安五年發兵追趕他，也是爲這件。而董承到底是「忠臣」，想幫助劉協當「眞正掌權」的皇帝；還是「野心家」，想把曹操殺了「取而代之」，由自己掌權？也備受質疑。

到了建安十九年，另一件事發生了。原來，劉協的皇后伏壽，因爲董承一案，心中又怕又恨。寫信給她的父親伏完，要伏完想辦法殺曹操。《後漢書》記載：

后自是懷懼，乃與父完書，言曹操殘逼之狀，令密圖之。完不敢發。至十九年，事乃露泄。操大怒，遂逼帝廢后……又以尚書令華歆為郗慮副，勒兵入宮收后。閉戶藏壁中，歆就牽后出。時帝在外殿，引慮於坐。后被髮徒跣行泣過訣曰：「不能復相活邪？」帝曰：「我亦不知命在何時！」顧謂慮曰：「郗公，天下寧有是邪？」遂將后下暴室，以幽崩。所生二皇子，皆酖殺之。

歷史記載，她被「搜捕」後，遭到幽禁，最後死在冷宮。她被抓出來時，披頭散髮，連鞋子都沒穿，向劉協求救。而劉協的答覆是：「我自己也不知道什麼時候死！」似乎，當時劉協認爲：曹操既然已經拿到「證據」捉拿伏皇后了，牽連到他，也是意料中的事！

這一段歷史，也許讓很多人覺得劉協和伏皇后好可憐！覺得曹操好殘忍！但以客觀的角度來看：這兩件事，都因爲他們「密謀」在先，只是沒有「得逞」。曹操知情之後，因而大怒反撲。不然，被誅殺、奪權，而且一定會羅織一堆的罪名，打下「十八層地獄」的人，就是曹操了！他們若眞「得逞」的奪了權，對曹操的家屬，是否會不「夷」他三族、九族？也眞難說！換言之，他們對曹操也未必心慈手軟！「誅曹操」，「誅」字何解？

歷史沒有假設，但曹操也許是「利用」劉協這個「天子」當棋子，加上自己的實力爲後盾，以「號令天下」，但他並不「恨」劉協。他之所以殺董承、殺董貴人，幽伏后，酖皇子，是因爲發現自己的生命受到了威脅的反撲。而他們對曹操，卻是「懷恨」的！若眞「得逞」，會用什麼手段對付曹操及其家屬？會比曹操對他們更「仁慈」？老實說，我不信！以曹操的角度來說，認爲劉協和伏皇后「忘恩負義」，也是人的正常心理反應！甚至可以說：他是出於「自衛」吧？畢竟，曹操是被受過他「救命之恩」的人「圖」謀「誅」他在先，而且還不僅一次！所以平心而論：伏皇后的際遇也許「可憐」，卻非「無辜」，也很難讓人「同情」。

這兩件事，劉協都並未受株連。但應該說：自此完全失去「自由」了；曹操先後把三個女兒「嫁」給他爲后妃，也就是：他完全沒有「隱私」空間了。當然，他的一言一動，也完全掌握在曹操手中了！他們兩家（劉、曹）的「恩怨情仇」還眞難說；後來，他還有兩個女兒嫁給曹丕，當了曹丕的岳父。

匈奴一直是漢朝的邊患。董卓亂後，南匈奴趁亂南侵，更爲已經兵荒馬亂的局面雪上加霜。直到曹操東征西討，使整個亂局大致穩定了，百姓才得以休養生息。

他因著武力強大，與接壤的南匈奴，保持著相安無事的和平局面。甚至匈奴遣使南來通好。

曹操自覺身量短小，其貌不揚，對自己的外貌，缺乏信心。恐怕匈奴使者因而輕視，有損國威。因此，派眉目疏朗，相貌堂皇，身材修偉，儀表威重的崔琰，冒名頂替。以「魏王」的身分，接見匈奴使者。自己則假扮成魏王駕前侍衛，捉刀立於坐榻旁。

匈奴使者朝見後，曹操派人打聽匈奴使者對這次朝見的觀感。匈奴使者說：「魏王（實際上是崔琰）果然雅望不凡！可是，眞正的英雄豪傑，卻是捉刀站在坐榻一旁的那位！」

曹操聽了大驚，連忙派人殺了匈奴使，以免洩露。

「民以食爲天」，是深植中國人心中的觀念。曹操非常重視民生，關注農民的生活。也非常注重法紀，所以，曹操嚴令部屬：不得毀損百姓的莊稼。若有人損壞田中的農作物，必以「軍法」從事！兵士們都知道曹丞相「令出如山」，果然無人敢犯。過去亂兵踐踏農田的事，因而絕跡。

一天，曹操騎馬經過一片麥田旁，馬忽然受驚，發了劣性。他控制不住，馬橫衝直闖的在麥田裡狂奔，把田中的麥苗，踐踏損壞了一大片。

自令自犯，何以自處？他當即向部屬認罪，便拔刀自刎；當然立刻被屬下攔阻了。爲了維護軍令威嚴，任何人不能例外。即使是他，也必須接受懲罰。於是，他採取了一個折中的辦法：割下頭髮，以代首級。在我們現代人看來，「割髮」不痛不癢的，好像沒什麼了不起。但在古代，「割髮」是「罪犯」的標幟。而且一般人都有「身體髮膚受之父母，不可毀傷」的觀念，絕對不會無故割髮。他「割髮代首」之舉，更贏得了文臣武將的信服。

雖然，也有人批評他故作姿態「假仙」。但，身爲一個實際上的軍政領袖，能爲自己所犯的軍令負責，也令人不能不佩服他的氣度和守法精神了。

三國之中，曹魏文風最盛。原因無他：「上有所好」而已。曹氏父子都負文才，「才高八斗」的曹植，固然是出類拔萃。曹操的〈短歌行〉、曹丕的〈典論論文〉，也同樣是傳世不朽之作。因此，各方文士，紛紛投效。而創造了文學史上「建安」時代的鼎盛文風。「建安七子」更是文學史上重要的人物。

而曹操以金璧贖歸「文姬歸漢」之舉，更表現出政治、軍事嚴肅面目之外的人情味。

蔡琰（文姬）是以文學、書法、音樂聞名當世的學者蔡邕的獨女。在董卓之亂時，被亂兵所擄，獻給了南匈奴的左賢王（相當於漢人的太子）。無奈下嫁左賢王後的蔡文姬，居於胡地十二年，並爲左賢王生了兩個「胡兒」。

政局穩定後，曹操聽說了蔡文姬流落匈奴的消息。想起老朋友蔡邕無後，只有文姬一脈血胤。便派了使者周近到匈奴去，以黃金白璧，贖回了蔡文姬。

說「贖」是表面文章；文姬並不是女奴，她在匈奴的身分相當於「太子妃」，豈能以「金璧贖歸」？匈奴不敢不接受這可說是「無理要求」，乖乖放文姬「歸漢」的原因，還是在於曹操有武力爲後盾，相形之下，當時的南匈奴武力處於劣勢，不敢不從！

就文姬而言，心中的矛盾和痛苦，自不待言。在胡地所生的二子，被迫割捨，更是人倫慘劇。但，因著「文姬歸漢」，蔡邕遺留的圖書，得以整理；散佚的作品，得以流傳。文姬更因〈悲憤詩〉和〈胡笳十八拍〉，爲中國文學史增添了一頁璀璨，傳世不朽。也算是另一番收穫吧。

但就「私情」而言，文姬是可以「恨」曹操多事的！無論如何，卻不能不說他是出於善意呢！

曹操在《三國演義》的蓄意醜化扭曲下，集凶殘奸惡，陰狠狡詐於一身。事實上，在那滔滔亂世中，他實在是一位雄才大略的政治家兼軍事家。也因爲有了他，董卓之亂後土崩瓦解，百姓在戰亂中流離失所的社會秩序與國家元氣，才得以逐漸恢復。而他與兒子曹丕、曹植，更領導「建安七子」，開創了文學史上光輝燦爛的「建安時代」。三國「鼎立」，其他的方面，三國各有千秋。而這一方面，吳、蜀卻不得不讓他專美呢！

三國

大江東去，浪淘盡，千古風流人物（周瑜）

就中國詩詞知名度「排行榜」來說，蘇軾的〈念奴嬌．赤壁懷古〉，應該是「名列前茅」的。這闋詞，作於他因「烏臺詩案」貶謫黃州時。在黃州附近，有一個當地人傳說，是三國時代周瑜火燒曹軍連環船的「赤壁」遺跡。他泛舟到附近遊賞，感慨歲月就像大江東流一樣，在轉眼間，多少轟轟烈烈的歷史事件、英雄豪傑，都在時光的長流中，像浪花一樣消散了。因而寫下了這一闋傳頌千古的詞：

大江東去，浪淘盡，千古風流人物。故壘西邊，人道是，三國周郎赤壁。亂石崩雲，驚濤裂岸，捲起千堆雪。江山如畫，一時多少豪傑。

遙想公瑾當年，小喬初嫁了，雄姿英發。羽扇綸巾，談笑間，強虜飛灰煙滅。故國神遊，多情應笑我，早生華髮。人生如夢，一尊還酹江月。

從詞意中，讓我們覺得：他其實並沒有對「此地就是當年的赤壁」之說深信不疑；因此，他才會說「人道是」；只是「聽說」而已（事實上也不是）。但這倒並不妨礙他就著「赤壁」這個主題來「懷古」；我們都知道，除了〈念奴嬌〉，他還寫過前、後兩篇文章、書法都冠絕古今的〈赤壁賦〉呢！可知他對那一段歷史是有很深的感慨的。

現代的人對「三國」的了解，大多得自《三國演義》。但那是「小說」，而不是「正史」！那部小說，當然有其文學價值。但也有其寫作背景；作者是以曹操來隱喻、批判當時的權相張居正。所以基本上，就是有偏頗的「主觀」立場和角度的；對所謂「正統」的「蜀漢」過於美化，而對魏、吳君臣，就不惜編造故事的醜化了。因此，諸葛亮成爲最幸運的「歷史人物」；幾乎可以說被「神化」了。而東吳的周瑜，則被列爲「對照組」，被「醜化」爲「心狹量窄」的人，後來還活活被氣死！連魯肅說服孫權抗曹，和周瑜在赤壁「火燒曹兵」的功勞，也硬要歸給諸葛亮的遊說與「借東風」；這是被小說作者牽著鼻子走，而沒有眞正的探索了解歷史眞相。

在「正史」《三國志》中，記載得很清楚：當曹操率軍南下時，荊州刺史劉表死了，魯肅自請以東吳代表的身分去弔唁。魯肅到達後，卻聽說繼劉表刺史之位的次子劉琮，已投降了曹操。這對另兩方的勢力：孫權和劉備都是非常不利的。其實就當時的現實情況來說，東吳的孫權，無論如何還擁有相當大的國土，有相對穩定的政權，而且中間還隔著長江天險。

劉備則原本就依附十分疑忌他的劉表。劉表死了，繼承人劉琮降曹，曹兵又在後方追趕他，可說眞是「進退失據」。正當他驚惶失措的時候，魯肅來了；他很擔心劉備一旦沒有了退路，也會投降曹操，對東吳不利。而在這進退兩難的當口，劉備見到了魯肅來談合作，當然喜出望外。在這雙方已有了「默契」的基礎上，才有派諸葛亮去見孫權討論合作的「後續」事件，雙方也正式的達成「合作」協議！

劉琮投降，江北失守。曹兵繼續南下，威脅東吳，雙方隔著長江對峙。吳國的文臣武將分成了主戰、主和兩派；當時，大多數人因雙方兵力太過懸殊，是主張迎降的。只有有兩個人堅決反對投降，主張對抗曹操；一個是周瑜，一個是魯肅。而當時周瑜正在鄱陽督軍，不在朝中。孫權對迎降或抗曹兩端，舉棋不定。魯肅說了一番話；才是眞正扭轉了局面的關鍵，他說：「我魯肅是可以迎降的！因爲，我迎降，曹操會先打聽我的名聲地位，大小給我個官做。照樣出入有車，隨從有人，往來交遊都是當朝的士大夫。以我的才幹，慢慢向上升遷，做個州郡長官，應該是沒有問題的！主公您呢？您現在已經是一方霸主了。您若降了曹操，他能怎樣安置您？官小了，您能接受嗎？官大了，他能放心嗎？所以，您千萬不能聽他們七嘴八舌的話，他們都是爲自己身家富貴，不是爲您！未來如何，主意還得您自己拿！您現在要做的，是馬上把公瑾召回來，聽聽他的說法。」

孫權聽了他的話，立刻召回周瑜。周瑜縱觀全局，詳細分析了敵我情勢：「曹軍以北軍南征，遠路而來，必然人疲馬乏，加上水土不服。而且北軍長於陸戰，不長於水戰。新近迎降的劉琮，屬下雖有水軍，但這些劉表的舊部，未必眞正歸心，曹操又怎敢放心重用？而且關西還有馬超、韓遂，在後方虎視眈眈，也使他不能沒有後顧之憂。整個局面，對曹操並不是那麼有利，東吳還是大有可爲的！」

孫權因此決定對抗曹操；可不是被諸葛亮說服的！更沒有什麼「銅雀春深鎖二喬」激得孫權和周瑜要抗曹的事！在《三國志．吳志．周瑜傳》裡，詳述了雙方決定合作之後，孫權派周瑜等去會合劉備，合兵抗曹。對周瑜如何在「赤壁」用火攻大破曹兵的事，在周瑜的傳中有詳細的記載：「權遂遣瑜及程普等，與備併力逆曹。遇於赤壁，時曹公軍衆，已有疾病（水土不服）。初一交戰，公（曹）軍敗退，引次江北。瑜等在南岸，瑜部將黃蓋曰：「今寇衆我寡，難與持久。然觀操軍，方連船艦，首尾相接，可燒而走也。」（由此可知，建議火攻的是老將黃蓋，跟諸葛亮一點關係也沒有。）乃取蒙衝鬥艦數十艘，實以薪草，膏油灌其中。裹以帷幕，上建牙旗。先報書曹公，欺以欲降。又豫備走舸，各繫大船後，因引次俱前。曹公軍吏士，皆引頸觀望，指言蓋降。蓋放諸船，同時發火，時風盛猛，悉延燒岸上營落。頃之，煙炎漲天，人馬燒溺，死者甚衆，軍遂敗。退還保南郡，備與瑜等復共追（這時候，劉備才出來撿便宜；也完全沒有提到諸葛亮在幹什麼）。」

而在《三國志．蜀志》的〈諸葛亮〉傳中，寫「赤壁之戰」的這一段，只用了六個字：

「曹公敗於赤壁。」（只是敘述當時發生了這件事；如果諸葛亮在「赤壁之戰」中，有那麼大的功勞，會在他的傳中一字不提？）

至於什麼「周瑜妙計安天下，賠了夫人又折兵」，和「三氣周瑜」的故事，也「於史無據」！在正史中，周瑜不但不小氣，還是以「雅量」著稱的軍事家！西晉虞溥曾寫過一本記錄東吳歷史的書《江表傳》，其中一段，寫劉備曾想要離間孫權與周瑜君臣，對孫權說：「周公瑾文武籌略，萬人之英。器量廣大，恐不久為人臣耳！」器量寬大可是出於「對頭」劉備之口！周瑜會是「小氣鬼」嗎？從這件事上，我們卻看出了劉備的「存心不良」；暗指周瑜器量大，又「功高震主」，不會肯久屈於人下；也就是說：具備他這樣條件的人，怎會甘心居於人下爲臣？存心挑撥，指出：周瑜既有如此器量和才幹，是會背叛孫權的！他所不了解的是：孫、周兩家的交誼與彼此的信任、了解，不是他能離間的！

歷史記載：周瑜與孫權的哥哥孫策是好朋友。當董卓之亂時，孫家避亂，逃到朋友周瑜的家鄉廬江舒城。周家是當地家財富厚的官宦人家，周瑜見他們投奔而來，馬上騰出一座大宅來安置孫家老小。並「升堂拜母，有無共通」。當時，孫策的母親，就命孫權「以兄奉之」：要孫權把跟孫策同年的周瑜當成哥哥一樣尊敬！可知他跟孫家兄弟關係之友好。後來，他跟孫策「得橋公二女，皆國色也。策自納大橋，瑜納小橋」（不是「喬」；自此二人成爲連襟）。歷史上對「小喬」的著墨僅只於此。當然，他們兩人必然稱得「郎才女貌」，伉儷之情，也就可想而知了。

孫策死於刺客突襲，傷重而亡。在死前，把印信交給弟弟孫權，要他繼位。孫權還年輕；孫策死的時候也才二十六歲，孫權更不過是二十出頭的大孩子，一下就慌亂得只會哭。他哥哥手下的文臣武將，對他也未必心服。可想而知，事出突然，在群龍無首的情況下，吳的「政局」是很是危急的。當此危疑之際，周瑜若想要怎樣，豈不易如反掌？但當時，首先表示尊孫權爲「君」的，一個是老臣張昭，另一個就是周瑜；因爲連周瑜這樣手握兵權的重臣，都表示奉孫權爲君，並以臣下自居了。其他人才跟進，接受了他的「領導權」。

先了解這些，我們才能讀〈念奴嬌．赤壁懷古〉。也才能了解：爲什麼蘇軾在「赤壁懷古」時，寫的是「遙想公瑾當年，小喬初嫁了，雄姿英發，羽扇綸巾，談笑間，強虜灰飛煙滅」，對諸葛亮卻一字不提！因爲那時還沒有《三國演義》，蘇軾讀的是「正史」《三國志》！寫《三國演義》的羅貫中，不但掠奪了周瑜火攻赤壁之功，竟把周公瑾指揮若定，閒雅瀟灑的「羽扇綸巾」，都掠奪給諸葛孔明了！

周瑜除了文韜武略之外，還精通音樂。在酒席間，雖然已酒過三巡，有了醉意，若有人彈奏音樂出了錯，他還是馬上就能聽出來，立刻反應；回頭去看那個演奏者。所以當時的人就傳出一句「順口溜」：「曲有誤，周郎顧」。當時，東吳的人因爲他年輕俊美，爲人又謙和親切，引以爲榮。都親切的稱他爲「周郎」，十分崇慕。

至於周瑜之死，也與諸葛亮或「三氣周瑜」無關。當時，劉璋爲益州牧，本身沒有才幹，又有張魯不時侵擾。周瑜建議孫權進取益州（四川）。拿到益州，就沒有後顧之憂，進可攻，退可守，可以專心對付曹操。孫權同意了。周瑜回江陵準備行裝時，半路上在巴丘得病，不久就病死了，得年三十六歲。臨終推薦魯肅當他的「接班人」。而魯肅也不負期望，的確爲東吳建立了不少功勳。後來爲東吳屢建奇功，讓關羽敗走麥城而死的呂蒙，也曾受過周瑜的賞識與提拔；由這一點看，周瑜不但有「雅量」。而且目光如炬，能發掘、並破格提拔任用青年才俊。可知「瑜」對東吳之功，絕不在「亮」對蜀漢之下，甚至還有過之呢！

若說得到「主公」信任的這一點，恐怕也是「亮」不如「瑜」的。周瑜一直到死，孫權於「公」，把他視爲最親信的股肱之臣。於「私」，更「以兄事之」。而劉備取得西川自立爲帝之後，雖然讓諸葛亮當了丞相，但那時他最信任、倚重的人，卻並不是諸葛亮，而是法正（字孝直）。因此，在他要討伐東吳時，諸葛亮明知沒有勝算，也阻止不了他，以致於落得一敗塗地。諸葛亮因而感嘆：「如果法孝直還在世，一定能阻止主公伐吳！就算伐吳，也不至於落到這樣傾危的地步！」

而劉備最後對諸葛亮說：如果劉禪（阿斗）不能輔佐，不妨「取而代之」的話，也是用了「心機」的。更由此看出他的城府有多深；就因爲這句話，逼得諸葛亮只能說：「鞠躬盡瘁，死而後已」。又那是對他不存疑忌，真正信了他的忠誠？

三國

或爲遼東帽，清操厲冰雪（管寧）

「或為遼東帽，清操厲冰雪」出於文天祥的〈正氣歌〉，所寫的主角，是「管寧」。

管寧，字幼安，北海朱虛人（今山東省臨朐縣）。他是春秋時齊國名相管仲的後人，也是東漢末代的高士。

管寧的高潔，是從小就表現出來的。他十六歲時喪父，親戚們可憐他孤苦無依，而且家境貧寒。就送了許多喪葬物品給他，想幫助他殮葬父親。但管寧都婉辭了，不肯接受別人的憐憫贈賜。堅持自己量力而爲，處理父親的後事。

史載管寧身高八尺（約爲一八四公分），美鬚眉，可說是個「美男子」。管寧的妻子早死，有人勸他再娶，但管寧卻拒絕了，不肯作違背本心的事。

管寧從小非常好學，年少時與華歆、邴原一起，四處遊學。曾經與華歆同在園中鋤菜。有一次，地上不知誰遺失了一塊黃金，管寧照樣揮鋤，視黃金如瓦石。華歆看見了，卻放下鋤頭，拿起來看了一下，才擲到一旁去。他們又曾同席讀書，有坐著高大軒車，穿著華麗冕服的人經過。管寧不加理會，繼續讀書。華歆卻放下書本，跑出去看熱鬧。管寧用刀，把席子從中分割成兩塊，與華歆分坐。說：「你不是我的朋友！」

這就是「割席斷交」的典故。

東漢末代，經歷黃巾之亂和州牧割據，天下大亂。許多人逃向南方避亂，管寧卻決意向北，以示不離北方故土之意。他與邴原等人，一起到了遼東。因為他們都是當代的知名之士，遼東太守公孫度為了表示歡迎，特別騰出館驛來，請他們安心居住。但管寧見過公孫度後，就離開了館驛，自己在山谷中，蓋了一座草廬居住。他雖是當代名士，又是太守貴客。但日常身上穿著布衣、頭上戴著黑色的布帽，與庶民百姓的穿著無異，並不擺「高人一等」的名士架子。在當地與人結交，只談學問、經典，而不問世情俗事。

因為他的謙下隨和，吸引了許多避亂的人，都到他住家的附近建屋居住。後來，因為他的吸引力，竟使這偏遠的山區成了市鎮。許多讀書人懇求他，想追隨他讀書。於是管寧設了學塾，為他們講解《詩經》、《書經》。談祭禮、整治威儀、陳明禮讓等教化工作。他態度謙和，人品高潔，因此，遠近的人們都很樂意接受管寧的教導。

他並不僅只用言語教化，也用行為感化。他家附近有一口井，許多人常為了爭著汲水而爭鬧。他就暗中買了許多水桶，在夜裡汲了水，裝在桶子裡，放在井邊。清晨人們又來汲水時，看到這些已裝滿了水，放在井邊等他們拿的水桶，非常驚訝。當他們知道，是管寧為了解決他們的爭執而放的，深受感動。從此大家都安靜禮讓的排隊汲水，再也不爭搶吵鬧了。就因爲他的言行感化，深受人們愛戴，影響所及，教化了整個遼東。

後任的遼東太守公孫康，想任命管寧爲官，幫助自己脫離東漢獨立，但因爲對管寧的敬重而不敢提出。

董卓之亂後，曹操迎漢獻帝到許昌，自任司空，曾下令徵召管寧入朝爲官。但遼東太守公孫康，不想讓管寧這樣的「標竿人物」離開遼東，私自攔下了詔令，根本不告知管寧。不過從後來他一再謝絕魏文帝和魏明帝的徵召，可想而知：大概他就算是收到詔令，也不會赴任的。

後來，中原因爲有曹操坐鎮，社會漸漸安定了。到遼東躲避兵禍的人們也紛紛返鄉。惟獨管寧還留在遼東，沒有離開的打算。黃初四年，經司徒華歆推薦，魏文帝曹丕下詔召還。管寧見當時的遼東太守公孫恭心性懦弱，而他的侄子公孫淵卻很有才幹又有野心，預見將來公孫淵會奪權作亂，遼東也會陷於紛亂之中，才帶著家屬返回故鄉。

公孫恭當時贈送了許多禮物給他，又親自送他上船渡過遼河。但船渡過遼河到對岸後，他卻連過去公孫度、公孫康和現在公孫恭贈送給他的禮物，全部原船送還。可知他的廉潔；當初接受餽贈，只是不想讓人爲難，也省得推來推去，好像以此「沽名釣譽」。

他回到故鄉後，曹丕又下詔以管寧爲太中大夫，管寧固辭不受。太和元年，魏明帝即位。他的老朋友太尉華歆，以患病爲由，請求致仕（退休），並推薦管寧來接他的官位。明帝不讓華歆退休，但接受他的推薦，下詔任命管寧爲光祿勳。下令青州刺史，派屬官親自到管寧家宣詔，並準備車輛、侍從迎接他上任。但管寧卻上書皇帝，委婉陳情，說自己德、功、才學都不夠，又加上年老身弱，不能擔負「棟樑之任」。直至青龍年間，明帝多次徵召，管寧都沒有應命。

自從管寧回到故土後，都坐在木榻上（古人所謂的「坐」，相當於我們現代的「跪」；雙膝著地，臀部壓在腳跟上，下方是木榻或席子。跪，則上身直立，身體不坐在腳跟上，是一種比較正式而尊敬的方式），五十餘年都沒有箕踞而坐過（箕踞是臀部坐在榻或席上，兩腿開張如箕，這種姿勢，是被視爲失禮的）。因此，他坐時膝頭的位置，木榻都因多年受重壓磨擦而穿洞。由此可見他對自己道德要求多麼高。

魏正始二年，太僕陶丘一、永寧衛尉孟觀、侍中孫邕、中書侍郎王基等人，向當時在位的曹芳推薦管寧。曹芳下詔：以「安車蒲輪，束帛加璧」的最隆重禮節去迎接他。結果正當此時管寧病故，時年八十四歲。著有《氏性論》。

三國

人生倏忽兮如白駒之過隙（蔡琰）

一匹白馬，跨過一道縫隙，需要多少時間？恐怕一眨眼都用不到吧？蔡文姬在她的《胡笳十八拍》，用這樣的字句，來形容人生的短促。這兩句，出於她的《胡笳十八拍》：

我生之初尚無為，我生之後漢祚衰。天不仁兮降亂離，地不仁兮使我逢此時。干戈日尋兮道路危，民卒流亡兮共哀悲。煙塵蔽野兮胡虜盛，志意乖兮節義虧。對殊俗兮非我宜，遭惡辱兮當告誰？笳一會兮琴一拍，心憤怨兮無人知。

戎羯逼我兮為室家，將我行兮向天涯。雲山萬重兮歸路遐，疾風千里兮揚塵沙。人多暴猛兮如虺蛇，控弦被甲兮為驕奢。兩拍張弦兮弦欲絕，志摧心折兮自悲嗟。

越漢國兮入胡城，亡家失身兮不如無生。氈裘為裳兮骨肉震驚，羯羶為味兮枉遏我情。鞞鼓喧兮從夜達明。胡風浩浩兮暗塞營。傷今感昔兮三拍成，銜悲畜恨兮何時平。

無日無夜兮不思我鄉土，禀氣含生兮莫過我最苦。天災國亂兮人無主，唯我薄命兮沒戎虜。殊俗心異兮身難處，嗜欲不同兮誰可與語。尋思涉歷兮多艱阻，四拍成兮益淒楚。

雁南征兮欲寄邊聲，雁北歸兮為得漢音。雁飛高兮邈難尋，空斷腸兮思愔愔。攢眉向月兮撫雅琴，五拍冷冷兮意彌深。

冰霜凜凜兮身苦寒，飢對肉酪兮不能餐。夜聞隴水兮聲嗚咽，朝見長城兮路杳漫。追思往日兮行李難，六拍悲來兮欲罷彈。

日暮風悲兮邊聲四起，不知愁心兮說向誰是！原野蕭條兮烽戍萬里，俗賤老弱兮少壯為美。逐有水草兮安家葺壘，牛羊滿野兮聚如蜂蟻。草盡水竭兮羊馬皆徙，七拍流恨兮惡居於此。

為天有眼兮，何不見我獨漂流？為神有靈兮，何事處我天南海北頭？我不負天兮，天何使我殊配儔？我不負神兮，神何殛我越荒洲。制玆八拍兮擬排憂。何知曲成兮心轉愁。

天無涯兮地無邊，我心愁兮亦復然。人生倏忽兮如白駒之過隙，然不得歡樂兮當我之盛年。怨兮欲問天，天蒼蒼兮上無緣。舉頭仰望兮空雲煙，九拍懷情兮誰與傳。

城頭烽火不曾滅，疆場征戰何時歇？殺氣朝朝沖塞門，胡風夜夜吹邊月。故鄉隔兮音塵絕，哭無聲兮氣將咽，一生辛苦兮緣別離，十拍悲深兮淚成血。

我非貪生而惡死，不能捐身兮心有以。生仍冀得兮歸桑梓，死當埋骨兮長已矣。日居月諸兮在戎壘，胡人寵我兮有二子。鞠之育之兮不羞恥。愍之念之兮生長邊鄙。十有一拍兮因茲起，哀響纏綿兮徹心髓。

東風應律兮暖氣多，知是漢家天子兮布陽和。羌胡蹈舞兮共謳歌，兩國交懽兮罷兵戎。忽遇漢使兮稱近詔，遺千金兮贖妾身。喜得生還兮逢聖君，嗟別稚子兮會無因。十有二拍兮哀樂均，去住兩情兮難具陳。

不謂殘生兮卻得旋歸，撫抱胡兒兮泣下沾衣。漢使迎我兮四牡騑騑，號失聲兮誰得知？與我生死兮逢此時，愁為子兮日無光輝，焉得羽翼兮將汝歸。一步一遠兮足難移，魂消影絕兮恩愛遺。十有三拍兮弦急調悲，肝腸攪刺兮人莫我知。

身歸國兮兒莫之隨，心懸懸兮長如飢。四時萬物兮有盛衰，唯我愁苦兮不暫移。山高地闊兮見汝無期，更深夜闌兮夢汝來斯。夢中執手兮一喜一悲，覺後痛吾心兮無休歇時。十有四拍兮涕淚交垂，河水東流兮心是思。

十五拍兮節調促，氣填胸兮誰識曲？處穹廬兮偶殊俗。願得歸來兮天從欲，再還漢國兮歡心足。心有懷兮愁轉深，日明無私兮曾不照臨。子母分離兮意難任。同天隔月兮如商參，生死不相知兮何處尋。

十六拍兮思茫茫，我與兒兮各一方。日東月西兮徒相望，不得相隨兮空斷腸。對萱草兮憂不忘，彈鳴琴兮情何傷。今別子兮歸故鄉，舊怨平兮新怨長。泣血仰頭兮訴蒼蒼，胡為生我兮獨罹此殃。

十七拍兮心鼻酸，關山阻修兮行路難。去時懷土兮心無緒，來時別兒兮思漫漫。塞上黃蒿兮枝枯葉乾，沙場白骨兮刀痕箭瘢。風霜凜凜兮春夏寒，人馬飢尫兮筋力單。豈知重得兮入長安，嘆息欲絕兮淚欄杆。

胡笳本自出胡中，緣琴翻出音律同。十八拍兮曲雖終，響有餘兮思無窮。是知絲竹微妙兮，均造化之功。哀樂各隨人心兮，有變則通。胡與漢兮異域殊風，天與地隔兮子西母東。苦我怨氣兮浩於長空，六合雖廣兮受之應不容。

文字中的沉痛與悲怨，讓人非常同情。事實上，她所有的作品：五言的〈悲憤詩〉、楚辭體的〈悲憤詩〉，也都充滿了沉痛悲怨之情。這實在不能怪她，因爲她的身世也太悲慘了！

在中國的「才女」中，她的才學與藝術（書法、音樂）造詣，應該是數一數二的。因爲她的父親蔡邕，本身就是一位身兼文學、史學、音樂、書法的大家。而這些才華與學問，顯然都傳給了他的女兒蔡琰。

蔡琰，字文姬，陳留人（河南開封）。出身在這樣充滿了文藝氣氛的家庭，蔡邕是當代非常受尊敬的學者，她又傳承了她父親的文章、書法、音樂的基礎，照理來說，她應該是得天獨厚、一生幸福的。然而，所謂「寧爲太平犬，不作亂離人」；當一個人生當亂世，一切都是身不由己的！

她小時候，漢朝的氣數已到尾聲。最後的兩個皇帝：漢桓帝、漢靈帝，都是不但昏庸，而且無能的皇帝。他們寵信宦官，而使得朝中綱紀弛廢，正人一空；所有的生殺大權，都掌握到了宦官手中。蔡邕因爲爲人正直，實在看不下去了，就寫了一封奏章放在皀囊裡；奏章放在皀囊的意思，有如「最密件」，除了皇帝，誰都不能看！但因爲宦官已被寵慣到無法無天，就偷看了內容。看到蔡邕指出許多朝政的缺失，都跟任用宦官有關，當下大怒，差點把他殺了。還好有位正直的宦官出面營救，就把他一家人當成罪犯，剃了頭髮，披枷帶鎖流放到五原（內蒙包頭）去。好不容易等到赦免，蔡邕又因爲剛直的性情，得罪了掌握大權的地方官員，受到追殺，而不得不到處流亡。

在這樣的處境之下，幼年的文姬也只能跟著她的父親顛沛流離。也在這段長成的過程中，她跟著父親讀書、習字、彈琴，使她自己也學得這些才藝。

相傳，她小時候，父親在屋裡彈琴，偶然斷了一根絃。她走進來說：「第二絃斷了。」她父親不相信她有辨別琴絃的本領，認爲她是「矇」對的。要她出去，自己繼續彈時，故意掐斷了一根絃。她又進來說：「這一回是第四絃。」

可知她對音樂的敏銳。當然，琴藝也得自她父親的眞傳。

好不容易，各種的事件都平靜了，他們回到了陳留故鄉。她也在那兒嫁給名門世家出身的衛仲道爲妻。滿心以爲，可以過平安幸福的日子了。不料，結婚不久，她的丈夫死了。她因沒有子女，而不容於夫家。只好歸寧，回到娘家守寡。

這還只是她個人的不幸。更不幸的是：漢朝的氣數盡了！朝中的內戚和宦官的鬥爭，引爆了「董卓之亂」。竟讓董卓揀到了便宜，掌握了政權，廢立由心。他粗魯不文，凶暴而跋扈，爲了裝點門面，博「禮賢下士」之名，徵召天下的知名之士入朝當官。蔡邕被「點名」了，董卓還威脅蔡邕，如果你不來，你的一家老小就給你陪葬！蔡邕無可奈何，將蔡琰留在陳留家裡，自己去洛陽。

蔡邕這一去，他們父女再沒有見過面；他後來被嫉妒他才學與人望的司徒王允，以「附董卓」的罪名入獄冤死。因此，激反了許多本來就因王允不肯頒大赦，而心存疑慮的董卓部眾。提兵入京殺了王允，挾持皇帝（漢獻帝）出走。各方人馬擁兵自重，使整個中國，陷入了動盪不安戰亂的局面中；漢朝到這時，已經名存實亡了。後來的「三國」，就是在這個背景之下產生的。

留在陳留的蔡琰，也在劫難逃。因著董卓之亂，南匈奴趁機南下，趁火打劫，到處搶掠。胡人兵馬席捲陳留，她成了南匈奴的俘虜。被逼迫跟著南匈奴的大隊人馬回到北方去。

應該是她的家世、美貌、才藝都十分出眾，顯然與眾不同吧？她被南匈奴的左賢王看上了，不由分說的「娶」了她。「左賢王」，在匈奴的地位，相當於漢人的「皇太子」，於是，她成了「左賢王妃」。後來還爲左賢王生了兩個「胡兒」。她留傳於後世的兩首〈悲憤詩〉與〈胡笳十八拍〉都建立在這個基礎上，述說她遭遇的不幸與痛苦。

她是個漢人的名門閨秀，因家學淵源，更屬於「高級知識份子」。竟然在世亂中「失身」於胡人！這對她來說，是極難面對與認同、卻不能不接受的命運。語言的隔閡、風俗的歧異、居住環境，與飲食的懸殊，都讓她椎心泣血。她擅長音樂，會彈古琴。在胡地，她的文章、書法都無用武之地。因而，只能把自己的痛苦寄託於琴聲中，用胡笳的聲調譜成了〈胡笳十八拍〉，從第一拍到第七拍，一拍拍的都唱出了她的痛苦；從當初被虜的種種不適應，她思土懷鄉的痛苦，到第八拍，她痛苦到對上天提出激烈而淒厲的質疑：「為天有眼兮，何不見我獨漂流？為神有靈兮，何事處我天南海北頭？我不負天兮，天何配我殊匹？我不負神兮，神何殛我越荒州？」

又在第九拍中，寫下了人生的無奈：「天無涯兮地無邊，我心愁兮亦復然。人生倏忽兮如白駒之過隙，然不得歡樂兮當我之盛年。」

她懷孕生子了！生了個「胡兒」！第十拍，她寫下她心中充滿的矛盾：「日居月諸兮在戎壘，胡人寵我兮有二子。鞠之育之兮不羞恥。愍之念之兮生長邊鄙。十有一拍兮因茲起，哀響纏綿兮徹心髓。」

我們從她說「鞠之育之兮不羞恥」，就可知道，她曾感覺多麼的「羞恥」！在有了孩子之後，她認命了！慢慢的接受了現實，只能把這地方，當成她這一生安身立命的所在了！事實上，她在胡地前後住了十二年，再怎麼不適應，也「磨合」得差不多了。何況她有了兩個孩子，成爲她感情的寄託，讓她認命，不再有什麼歸國還鄉的期待了。然而，命運又開了她的玩笑：漢朝派來了使節，聲稱要「贖」她歸漢！

原來，這十二年中，中原的動亂已漸平息；這實在要歸功於曹操的，他以強勢的武力，消滅了許多地方勢力，使中原地區回復了平靖；說他「挾天子以令諸侯」是個「笑話」！當亂軍挾持漢獻帝出走的時候，皇帝連個乞兒都不如！有誰聽從這既無政權、又無武力「天子」的話？曹操將他迎到許昌，至少他不必像過去流離失所如喪家之犬了。仗是曹操打的，亂是曹操平的，這些能靠他這「皇帝」的「空銜」達成？諸侯聽命是因他天子的虛銜，還是曹操的武力？

當天下逐漸恢復了元氣，曹操聽說：蔡邕的女兒文姬流落在南匈奴！他跟蔡邕是老朋友，一向欽佩他的才學。而且知道蔡邕無後；在這樣的情況之下，他覺得不能任由文姬終老胡地。因此派出使節，帶著「金璧」聲稱要「贖」文姬歸漢！

用「贖歸」是一種「外交辭令」；蔡琰又不是女奴，她貴爲「左賢王妃」！只是不這麼說，不好開口。事實上，眞正能讓「文姬歸漢」的，當然不是「金璧」，而是曹操的武力！曹操等於是「前列金璧，後陳兵馬」的讓南匈奴王選擇：你是讓文姬歸漢，還是跟我打仗？

當時南匈奴因承平太久，武力已經不比當年了。眞正要打，南匈奴也打不起了；在這樣的情況之下，南匈奴王只能選擇了讓「文姬歸漢」！

這消息傳來時，文姬一開始是大喜過望，她早已不敢再有生還故國的期待了！因此，第十二拍一開始是：「東風應律兮暖氣多，知是漢家天子兮布陽和。羌胡蹈舞兮共謳歌，兩國交懽兮罷兵戎。忽遇漢使兮稱近詔，遺千金兮贖妾身。」整個《胡笳十八拍》中，歡愉的句子，也只有這六句！接下來，她要面對的卻是與胡兒的生離死別！所以，第十二拍的感情，是先喜後悲：「喜得生還兮逢聖君，嗟別稚子兮會無因。十有二拍兮哀樂均，去住兩情兮難具陳。」

文姬歸漢了！她的心境，卻是另一種的愁苦；過去，是思土懷鄉。現在是拋夫別子！十三拍一開始就是：「不謂殘生兮卻得旋歸，撫抱胡兒兮泣下沾衣。」

這一段在她的五言悲憤詩中，寫得更直白慘切：「兒前抱我頭，問母：『欲何之？人言母當去，豈復有還時？阿母常仁側，今何更不慈？我尚未成人，奈何不顧思。』」眞問得身爲人母的文姬無言可對！而只能：「見此崩五內，恍惚生狂癡。號泣手撫摩，當發復回疑。」

在《胡笳十八拍》中，則是：「焉得羽翼兮將汝歸。一步一還兮足難移！魂消影絕兮恩愛遺。十有三拍兮弦急調悲，肝腸攪刺兮人莫我知。」一步一回頭的難以割捨母子親情，她依然是「身不由己」；對來自她父親好友的「好意」，她一樣的不能「抗命」。

她在胡地住了十二年，而且明明白白的寫過「胡人寵我兮有二子」，人非木石，能在相處並受寵了十二年後，一旦分離而無動於衷？那又豈是人情之常？更何況她是個知書達禮，擅長詩文、音樂的人。從她的詩中，我們也能感受到她感情的熱烈深摯；否則也寫不出這些感人的詩篇了。因此，她歸漢後，雖然想念的對象主要是她兩個「胡兒」，但其中若沒有左賢王，也是既不合情，也不合理的！

她在第十四拍中，雖然一開始就寫：「身歸國兮兒莫之隨，心懸懸兮長如飢。」但寫到「山高地闊兮見汝無期，更深夜闌兮夢汝來斯。夢中執手兮一喜一悲，覺後痛吾心兮無休歇時」，應該已包含了對左賢王的懷念；因爲「執手」二字，讓人聯想的是《詩經．擊鼓》：「執子之手，與子偕老」！從她的詩中，寫對兒子的感情，一直用的是：「撫抱」、「撫摸」，而不是「執手」！由此我們能斷定，至此，她對一直寵愛她的左賢王，也是不能無情，也是念念不忘的！

十五、十六直到十七拍，都反覆訴說著她一路歸漢心中的矛盾。十五拍：「願得歸來兮天從欲，再還漢國兮歡心足。心有懷兮愁轉深，日明無私兮曾不照臨。子母分離兮意難任。」十六拍：「我與兒兮各一方。日東月西兮徒相望，不得相隨兮空斷腸。」、「今別子兮歸故鄉，舊怨平兮新怨長。泣血仰頭兮訴蒼蒼，胡為生我兮獨罹此殃。」。十七拍：「去時懷土兮心無緒，來時別兒兮思漫漫。」甚至回到了故國都沒有讓她展現歡顏：「豈知重得兮入長安，嘆息欲絕兮淚欄杆」。讓人懷疑，曹操的善意，她是否眞能由衷感謝？對一個母親來說，與兒子生生拆離，可能永無相見之日的椎心之痛，是否眞比她已逐漸適應了的胡地風霜之苦，和對故國的思念淺呢？

一直到十八拍，她也無法給我們答案：「胡與漢兮異域殊風，天與地隔兮子西母東。苦我怨氣兮浩於長空，六合雖廣兮受之應不容」。

她回到漢地之後，因為曹操憐她「既至家人盡，又復無中外」的孤苦伶仃，將她嫁給了一個手下的小官員，與她同鄉的董祀；所以《後漢書》蔡文姬傳的標題是〈董祀妻傳〉。她的心境是悲苦而悽惶的，她在五言的〈悲憤詩〉中寫著：「托命於新人，竭心自勖勵。流離成鄙賤，常恐復捐廢。人生幾何時，懷憂終年歲」。她終其一生，都沒有眞正解脫過心中的愁苦。

在她再嫁之後，還有一段插曲。董祀犯罪當死。她聽說了消息，顧不得一切，直奔曹操府中。到達時，曹操正在宴客，聽說她來了，告訴賓客說：「是蔡伯喈的女兒，大家見見吧。」

到見到她衣巾散亂，鞋襪不整的樣子，嚇了一跳；這完全不是她這端莊的大家閨秀應有的形象了。她哭著為董祀辯解，又向曹操求情。使曹操這樣執法如山的人也為之心軟。說：

「我非常同情，只是文書已發出，來不及了！」

她哭著說：「丞相手下有的是健卒駿馬，就不能派出，挽救一個人的生命嗎？」

曹操爲之動容；可能也想到：殺了董祀，文姬怎麼辦？於是派人追回前命，寬赦了董祀。讓文姬到後面整裝之後，再與眾人相見。問起蔡邕生前豐富的藏書何在？文姬說，她的父親曾賜給她四千卷書。經過戰亂，都佚失了。正當曹操表示失望的時候，她說：她還記得四百卷。如果曹操想要，她可以背出來。

曹操大喜，說要派十名書吏，請她背誦，由這些書吏抄寫。她答說：男女有別，還是讓她自己默寫吧！

事實上，蔡邕本來就是個大書法家，文姬從小跟著父親，當然是得其眞傳的！於是，她默寫了四百卷書獻給曹操。事後查對，完全沒有錯漏。由此可知她的博學與擅長書法。

事實上，就書法的傳承淵源：蔡邕傳文姬，文姬傳鍾繇，鍾繇傳衛夫人，衛夫人傳王羲之；當然，王羲之的成就，在於他對書法的創新。但就行輩來說，蔡文姬是王羲之的「曾師祖」，而王羲之是蔡文姬的「曾徒孫」呢！

三國

願爲西南風，長逝入君懷（曹植）

明月照高樓，流光正徘徊。上有愁思婦，悲嘆有餘哀。借問嘆者誰？云是宕子妻。君行逾十年，孤妾常獨棲。君若清路塵，妾若濁水泥。浮沉各異勢，會合何時諧？願為西南風，長逝入君懷。君懷良不開。賤妾當何依？

這首〈七哀詩〉的作者，是三國時代的「第一才子」曹植。

曹植是三國時代的「魏王」曹操的兒子。曹操不但是一代梟雄，而且是中國文學史上的重要人物。他自己和兩個兒子曹丕、曹植，都是當代文壇「重量級」的人物。而且「上有所好，下必甚焉」，因此「三國」文風，薈萃於魏；文學史上的「建安七子」都出於魏國。講到曹植的文采，是誰都不會否認，也都欽佩他的才華與文學成就。晉朝的謝靈運就曾說：「天下才共一石，子建獨得八斗。我得一斗，天下共分一斗。」

這是何等的稱許讚美！而且，出於心高氣傲，目無餘子的謝靈運之口！

〈七哀詩〉就「文本」來解釋，是一首「棄婦詩」，詩裡描述的婦人哀怨的自訴深情，希望得到丈夫的了解與容納。她卑微地用「清路塵」與「濁水泥」來比喻雙方高下的差距，而希望能化作一陣清風，吹到丈夫的懷裡。而最後兩句，卻令人感傷：「君懷良不開，賤妾當何依？」如果丈夫拒絕接納呢？她又能奈何？

因爲從中國古代起，中國文學就有用「夫婦」以喻「君臣」的傳統。以當時的背景來說，這首詩，寫的恐怕就不是深閨自憐的棄婦，而是向君王乞恩的「逐臣」了。曹植以這樣一首詩，以棄婦自喻，來向他的哥哥曹丕表白：希望能得到哥哥的同情與接納。

而中國人更熟悉的，是曹植的「七步詩」。他的哥哥曹丕對他心存疑忌，想要害他。命他在七步之內要完成一首詩，否則處死。他立時就寫下了：

煮豆持作羹，漉豉以為汁。萁在釜下燃，豆在釜中泣；本是同根生，相煎何太急！

據說，這首詩曾令曹丕面現愧色。而讀到這首詩的人，更會被這首詩引發對他的同情，和對曹丕的不滿；可恨的曹丕！爲什麼要這樣迫害欺壓這個才華出眾的同胞手足呢？

然而，史不絕書：生在帝王家，特別有資格彼此爭位的人，其實是誰也不會對「對手」仁慈的！當他們明爭暗鬥的時候，彼此之間的傾軋、告發、陷害，曹植對哥哥曹丕也並不曾心慈手軟。而且，當初他是佔上風的！因爲他過人的才華，使他的父母都非常「偏心」他。對長子曹丕，並沒有那麼重視。

因此，曹操受封「魏王」後，沒有按慣例馬上建儲立「世子」——王位繼承人。大家都心裡有數：是因爲他太偏愛曹植了，想捨長立幼！但這不大合於傳統的宗法制度；而且，曹操心知肚明：不論外朝的文臣武將，或後宮的妃嬪宮女，都是支持曹丕的！爲什麼會這樣？顯然曹植一定有他自己的性格缺點，或爲人處世上的問題。曹操既知道臣子們都反對立曹植，又擔心受朝野非議，承受著相當的心理壓力，因而躊躇。否則，立長子曹丕爲「世子」，是順理成章的事，又何必猶豫？

在這件事懸而未決的時候，曹丕、曹植心裡都很著急。加上身邊各有「黨羽」推波助瀾；當然，這些已經「選邊站」的幕僚們，都希望自己的「主子」繼位，以建「擁立」之功。雙方明爭暗鬥，十分激烈的「較勁」。在這段期間，曹植也不是沒有「陷害」過他哥哥。只是被曹丕的智囊化解了危機。後來曹丕「迫害」曹植，迫令「七步成詩」，其實也有報復的成份。「冰凍三尺，非一日之寒」；彼此間結怨太深了。

後世人都同情曹植，因著他的文采，也因爲他在曹丕即位之後，是「弱勢」被迫害的一方。但，逆向思考：如果繼「魏王」之位的人是他，他又將如何對待他的哥哥？是否會比曹丕對待他更仁慈？我們眞的不知道！因爲，歷史是不允許「假設」的。

曹丕才華不及弟弟，又處於劣勢的情況之下，怎麼會反敗爲勝呢？也是有原因的：

一則，他聽從了他父親的心腹賈詡的教導：不必刻意表現，要深自砥礪，務守本份。低調處事，寬厚待人。要進德修業，表現恢宏的氣度。要努力讀書，並善盡人子之道。而他的智囊吳質，更熟諳人情世故。勸他：文才既比不上弟弟曹植，就不要硬比了。用別的方式表現對父王的「忠愛之心」。

有一次，曹操率軍出征。曹植洋洋灑灑，馬上就寫了一篇歌功頌德的文章送行。曹丕見父親一邊聽，一邊頷首微笑，臣子們也都紛紛讚美稱揚，令他爲之沮喪。這一方面，他如何與曹植爭勝？吳質卻悄悄附耳教他：「哭！」

到臨別時，曹丕一言不發，只依依不捨的伏地流淚。令曹操與群臣也不禁欷歔。認爲他至情流露，而曹植「文勝於情」，比不上哥哥眞摯。這也是自負才華的曹植始料不及的吧？

二則，還得說是曹植自己的不檢點，才讓自己「反勝爲敗」，「成全」了哥哥曹丕！當然，曹丕並不是沒有讓曹操不滿的缺點，卻沒有曹植的情節嚴重。

曹植個性率眞，一向自負才華，不拘小節，可說是個帶著浪漫氣質的「名士派」。他是否適合當政治領袖，是否有治國的才能？因爲他沒得到機會，我們也無法斷定。但以他的性格，仗著父母親的寵愛，縱情任性，又飲酒無節，實在讓人存疑。事實上，他的儲位就丟在「酒」上。

他第一次飲酒誤事，是曹操以他爲南中郎將，征虜將軍，派他去救援被關羽用水圍困在樊城的曹仁。臨行，命人召見他，面授機宜。而曹植大醉到無法上馬受命，只好臨陣走馬換將。「救兵如救火」，而他竟因酒醉「貽誤軍機」！曹操一向軍令森嚴，連自己「馬踏青苗」，都要「割髮代首」處罰自己的！換了別人，當場推出殺了，都沒人會喊冤！

第二次，他喝醉了，駕車在皇帝專用的馳道上「飆車」不說，還擅自逼迫守門人打開了只有皇帝車駕才能進出的「司馬門」。這是連曹操這樣手握軍政大權的一代梟雄，都會因爲怕引人非議側目，一定「避嫌」唯恐不及，絕對不會做的事！他卻駕車從「司馬門」奔馳而出。這個禍闖大了！而且犯了曹操的大忌。

就因爲這件事，使曹操對曹植徹底灰心絕望了。賈詡又一再以袁紹、劉表都因廢長立幼，而至敗亡的「前車之鑑」提醒曹操。曹操終於下了決心：立曹丕爲嗣。宣布之後，他自己並不開心。後宮身爲曹丕生母的卞后，在大家向她道賀時，也只淡淡的表示：曹丕只因佔了是長子的便宜，理所當然！面對魏王立儲的喜事，而且立的是她親生的兒子，她竟是面無喜色。

曹操在死前的幾個月，殺了曹植的「黨羽」楊修。後人都認爲曹操爲了門上「活」爲「闊」字、「一人一口酥」事，及「曹娥碑」才智不及楊修，忌才而殺楊修。那恐怕那是小看曹操了。他殺楊修的原因之一，很可能是爲了保全曹植，親自剪了他的羽翼，向曹丕求情！

到曹操死，曹丕繼位，當然曹植的日子就不好過了。對一個過去的政治對手「疑忌」，說來也是人之常情；這一點，即使現代政壇也一樣免不了。只是他的手段太直接又太殘刻了，引人注目非議。

曹植除了寫詩向哥哥曹丕表白，他也幾度向曹丕和他的侄子：後來的魏明帝曹叡上表「求自試」；也就是請求給他表現的機會，都沒有得到回應。不妨這麼說：他不是不曾有機會表現，他的父親曹操給了他機會的！如果當時命他領兵救曹仁時，能立下軍功，爲自己增加「籌碼」，或許情況就不一樣了。是他自己「自誤」，錯失了良機！實在也怪不了別人。

至於傳說他與嫂嫂甄宓之間的愛情故事，是沒有歷史根據的，當「八卦」聽聽就好。

三國

爲嚴將軍頭（嚴顏）

「為嚴將軍頭」，出於文天祥的〈正氣歌〉

嚴顏，字希伯，巴郡人。東漢末年的巴蜀名將；他本來是益州牧劉璋的部將。建安十七年，劉璋對北方曹操的威脅深覺恐懼，就遣法正到荊州（今湖北）與劉備結盟，並邀請劉備到益州（今四川）一起抵禦可能入侵的曹魏。

當時嚴顏正任巴郡太守，知道了劉璋派法正邀劉備入蜀的事，曾說：

「這就是所謂：人坐在深山裡，把老虎放出來，以爲老虎可以保護自己的行爲！」

他知道，法正是個嫌劉璋庸儒，別有圖謀的人。而劉備則既有才能，又具野心。讓法正去邀劉備入蜀，正好把這兩個居心叵測的人聯合到一起，後果不堪設想，是非常愚蠢的行爲！

果然如嚴顏所料：劉備存心「取而代之」，在法正的謀劃之下，一路北上，奪取劉璋的地盤，直取成都。建安十九年，諸葛亮也率領張飛等溯江而上，張飛攻破了江州，生擒守將嚴顏。

可是這個勝仗打得也不容易，嚴顏是位老將軍，忠心耿耿，又足智多謀，而且善射，曾一箭射中張飛的頭盔。經過彼此用智，還加一番廝殺；老將軍嚴顏又牽掛劉璋在成都的情況不明，不免心浮氣躁，這才敗給張飛，被俘。

當他被綑綁推入張飛的大帳時，張飛威嚴的坐在大帳正中。張飛的屬下吆喝著要嚴顏對張飛下跪。他還是直挺挺的站著，拒不屈膝下跪，當然更不求饒、投降。張飛非常神氣的對嚴顏說：「我率領大軍到了這兒，你何以不早點識相投降，還敢抗拒，與我為敵？」

嚴顏回答說：「你們的所做所為，無法無天！不守信義，侵奪我州！你以為我會因為怕你就投降？那可是看錯了我嚴顏！我州只有『斷頭將軍』，可沒有『降敵將軍』！」

張飛向來脾氣暴烈，聞言大怒，氣得怒髮衝冠。立即喝令屬下，將嚴顏推出斬首。嚴顏面不改色，對他冷笑，說：「賊匹夫！你要我的頭，我把頭給你就是了！要殺、要斬，悉聽尊便！你發的是什麼脾氣？是想用發脾氣來嚇我？」

張飛自己是個勇猛而又「吃硬不吃軟」的人。他自認英雄，也最重英雄。聽了嚴顏的話，反而被他感動，親自下位，為嚴顏鬆綁，釋放了嚴顏。

《三國演義》寫的下文，是張飛把嚴顏請入帳中，請他正位上坐，自己對他下跪，低頭便拜，向他請罪：「剛才言語冒犯，幸勿見責！我向來知道：老將軍乃是一位豪傑之士。」

接下來寫的是：嚴顏感於張飛之「義」而投降了他。而且嚴顏投降後，一路爲張飛爲前鋒開路。

是這樣嗎？正史《三國志．蜀志．張飛傳》在張飛「義釋嚴顏」之後，只有一句：張飛將他「引爲賓客」；正史上對嚴顏的記載到此爲止。下面寫的就是張飛「所過克戰」；也就是一路上打仗，攻克戰勝沿路的各州、郡，直到與劉備的軍隊在成都會合。

「引爲賓客」，是說以「賓客」之禮相待，可不表示嚴顏投降了他。事實上，在劉璋屬下，如果像嚴顏這樣的老將都投降了，張飛大可如《三國演義》所編的「故事」一路「傳檄而定」，不必辛苦的去「所過克戰」打仗了。因此，我們不能不對《三國演義》嚴顏投降之說存疑。

《三國志》中，劉璋屬下投降了劉備後，都獲封贈賞賜，並受重用；法正、許靖都是背叛了故主的，在《三國志．蜀志》中都有「傳」。而《蜀志》卻再沒有對這位老將軍「嚴顏」有隻字片語的記載。如果眞如《三國演義》所說，嚴顏眞投降了張飛，還爲他前導，就這一番「功勞」，絕對會成爲蜀漢除了所謂的「五虎將」之外，數一數二的名將，不可能不入《三國志．蜀志．列傳》。

讓我們懷疑：如果他只是「吃軟不吃硬」，爲了張飛兩句好話，還是投降了的話，文天祥是否會爲他寫下這一句：「爲嚴將軍『頭』」？若嚴顏在別人對他無禮的時候拒降，在別人待之以禮就可以投降，而且被文天祥肯定。那文天祥自己早就可以投降了；事實上，《宋史．列傳．文天祥》中也有他被俘之後，張弘範「左右令拜之，不拜。弘範遂以『賓客禮見』」；與當日張飛對嚴顏的情節相同，但文天祥並沒有降。被解入大都（今北京，當時元朝的京師）後，除了元朝當時的宰相、重臣，加上宋的降臣，降相，甚至早年投降被俘的小皇帝勸降，他都沒有答應。

後來，元世祖忽必烈也親自出馬勸降，並許以「丞相」的高位，對他還不夠禮遇嗎？文天祥因此降了嗎？他提出的要求是：要不就放他歸隱入道，要不就請早日行刑，全他忠節！

另一件可疑的是：嚴顏無論如何要算是當年「益州牧」劉璋屬下名重一時的將軍。其他原來不屬「蜀漢」劉備陣營，後來歸順的人物，如馬超原爲張魯部將；姜維、王平都原是魏將；魏延曾事劉表，又事韓玄，後歸蜀漢。「蜀中無大將，廖化作先鋒」的廖化，原是關羽部將，也曾降吳，後又歸蜀漢……在陳壽的《三國志．蜀志》裡都有傳或簡單的記載。這些人，在劉備登基稱帝，大封有功的名單裡，也都有名字。但兩者，都沒有這個雖然戰敗，卻也可說英勇不下於張飛的「嚴顏」！

比陳壽《三國志》時代還早，楊戲的《季漢輔臣贊》裡，也沒有提到「嚴顏」這個名字。不僅如此，在後來蜀漢的戰役中，也都沒有他的名字出現。這讓人不能不懷疑：沒有他名字的原因，是因爲他根本不能算是「蜀漢」的一員！換言之：他不曾投降！因此他根本不能算在劉備的「輔臣」之屬；《季漢輔臣傳》，是陳壽寫《三國志》的重要參考資料，寫的就是蜀漢開國重要的臣屬！

張飛並沒有殺他，他卻不列名「蜀漢」名將的原因，就只有一個可能：張飛既「義『釋』（釋也可解為「釋放」）」了他，又「待以賓客」，就沒有限制他自由的道理。或許，他就離開了當地，而回到了故鄉，或其他的地方隱居不出。

但這個說法，「為嚴將軍頭」的「頭」字還是沒有著落。所以，最有可能的是：劉璋「引狼入室」，在劉備攻陷成都之後投降（劉璋當時不論兵力、存糧都還是可以一戰的。他降的原因，是因為不忍百姓生靈塗炭。可知他個性庸懦，有性格上的缺點，在軍、政方面也許沒有智慧。但他拒絕用「焦土」的方式作戰，認為不能傷害百姓。投降也是因為不希望為了他的名位，造成百姓傷亡。不能不說他是「愛民如子」的仁厚父母官）。劉備沒有殺他，但他被迫離開原本屬於他的益州。劉璋離開時，歷史記載是：「群下莫不流涕。」可知他在益州是深得民心的。

相較之下，劉備還眞可說是「假仁假義」；如果，迎接漢獻帝的不是曹操，而是他，他會怎麼對待漢獻帝？會比曹操對他更好？還眞令人懷疑；他可以因劉璋庸懦「取而代之」，對無權無勢也沒有「作為」的劉協（漢獻帝），又有什麼不可以？

在劉璋投降的情況之下，嚴顏沒有了「效忠」的對象，就實踐了他對張飛所說的話（當

「斷頭將軍」）：自刎一死以報。這才符合「爲嚴將軍『頭』」列爲文天祥詩中的資格；別忘了：文天祥抗元不屈，那時宋室，連皇帝都已經「降」元了！

《正氣歌》裡共有三組歷史人物，每一組四人，都是有相關性的。以「爲嚴將軍頭」爲首的這一組，其他三位：嵇紹、張巡、段秀實，都是爲國捐軀，壯烈成仁的！嚴顏不斷頭、不死，何以列名其間？

《三國演義》是小說，《三國志》則是信史。後來的史書，比如宋代的《資治通鑑》，對張飛義釋嚴顏一段，也完全採用了《三國志》的說法。另有一些史書、方志，對嚴顏將軍有零星記載，也並沒有認同《三國演義》中「嚴顏投降了張飛」之說。比如《四川通志》記載：「漢將軍嚴顏墓，在（四川巴中）城西蒙外，有廟在墓後。」

請注意：記載的是「『漢』將軍」，而不是「『蜀漢』將軍」！

文天祥的《正氣歌》比《三國演義》成書的明代早很多，《三國志》更是寫於「三國」時代剛過去的晉代，當然也更令人信服。雖然，沒有明確的正史記載嚴顏是怎麼死的（《三國志》分《魏志》、《蜀志》、《吳志》，他卻只是「益州牧」劉璋的部將，還眞無以歸屬），但嚴顏沒有屈節投降，應是可以確定的！嚴顏將軍也因壯烈的言行，代表了巴蜀英雄不屈的氣節，才被後世所推崇。

唐貞觀八年，嚴顏被唐太宗李世民追謚爲「壯烈將軍」；若是嚴顏投降了，又何「壯烈」之有？

在「謚法」上來說，每個字都有不同的詮釋，有上、中、下之分；上，屬於「美謚」，有「表揚」的性質。中，是「平謚」；表示遺憾、惋惜。下，則屬於「惡謚」，帶有強烈的「批判」意味。唐太宗給嚴顏的謚是：「壯烈將軍」！謚法中，「壯」：威德剛武曰壯；赫圍克服曰壯；死於原野曰壯；勝敵克亂曰壯；好力致勇曰壯；屢行征伐曰壯；武而不遂曰壯；武德剛毅曰壯；非禮弗履曰壯。「烈」：有功安民曰烈；秉德遵業曰烈；聖功廣大曰烈；海外有截曰烈；業成無兢曰烈；光有大功曰烈；戎業有光曰烈；剛正曰烈；宏濟生民曰烈；莊以臨下曰烈。這兩個字，都屬於「美謚」。他的故鄉「巴郡」，還被唐太宗賜名爲「忠州」；「忠」這個字，會是爲了一個「投降」了的將軍？

而同一時代，被後世「神化」的關羽，他的侄子、蜀漢後主劉禪（阿斗），給他的謚號是「壯繆侯」。「繆」：名與實爽曰繆；傷人蔽賢曰繆；蔽仁傷善曰繆。在謚法中，算是「惡謚」！

「五虎將」中，蜀漢後主給其他「四虎」的謚號：

張飛謚「桓侯」。「桓」：闢土服遠曰桓；克敬勤民曰桓；闢土兼國曰桓；武定四方曰桓；克亟成功曰桓；克敵服遠曰桓；能成武志曰桓；壯以有力曰桓。

趙雲謚「順平侯」。「順」：慈和遍服曰順；慈仁和民曰順；柔質慈惠曰順；和比於理曰順；德合帝則曰順；受天百祿曰順；柔德承天曰順；德性寬柔曰順；淑慎其身曰順；德容如玉曰順；克將君美曰順；好惡公正曰順；德協自然曰順。「平」：治而無眚曰平；執事有製曰平；惠內無德曰平；治而清省曰平；布綱治紀曰平；克定禍亂曰平；理而無責曰平；布德均政曰平；無常無偏曰平；治道如砥曰平；分不求多曰平；政以行闢曰平；推心行恕曰平；慈和遍服曰順，執事有制曰平。

黃忠諡「剛侯」。「剛」：追補前過曰剛；強毅果敢曰剛；致果殺敵曰剛；強而能斷曰剛；自強不息曰剛；政刑明斷曰剛；威強不屈曰剛；強義果敢曰剛。

馬超諡「威侯」。「威」：猛以剛果曰威；強毅信正曰威；服叛懷遠曰威；強毅執政曰威；賞勸刑怒曰威；以刑服遠曰威；蠻夷率服曰威；信賞必罰曰威；德威可畏曰威；聲靈震疊曰威；莊以臨下曰威。

換言之，「五虎將」中，除了關羽，其他「四虎」得到的都是「美諡」！可知關羽在「蜀漢」本身，就不是十分被認同或推崇的！當然，原因之一，是因他的「大意失荊州」，造成的後果太嚴重！可說這一役，成爲「蜀漢」由盛而衰的轉捩點。他過去雖然爲劉備立過大功，但總的來說「功不抵過」（一般的情況下，後功可抵前過；後過不能抵前功），應是「蓋棺」之後的定論！

宋代詩人蘇軾、蘇轍兄弟是四川人，曾在遊歷忠州時，看到經歲月風霜，已模糊不清的

「嚴顏碑」，分別寫下了〈嚴顏碑〉詩。

蘇軾詩：

先主反劉璋，兵意頗不義。孔明古豪傑，何乃為此事？劉璋固庸主，誰為死不二。嚴子獨何賢，談笑傲碪幾。國亡君已執，嗟子死誰為？何人刻山石，使我空涕淚。吁嗟斷頭將，千古為病悸。

他非常明確的表達了劉備應劉璋之請結盟，還「騙」了劉璋的兵馬輜重，卻「忘恩負義」攻占益州的不以爲然與不齒。他認爲那是「不義」的事，還質疑諸葛亮也參與其事。事實上，孫權在魯肅勸說下，好意借周瑜拿下的荊州，給當時落魄的劉備與其部屬落腳。劉備卻據爲己有，還振振有辭，不肯歸還，也是同樣的「不義」。後來，呂蒙、陸遜設計攻佔荊州，安撫士民百姓和關羽部眾家屬，讓軍民都歸心東吳，無心再戰。逼得狂傲一世、違背了當時劉備陣營的既定「政策」：聯孫吳，抗曹魏，跟孫權翻臉，又喜「霸凌」僚屬的關羽敗走麥城，並在那兒被殺，也讓人不甚同情。

而「國亡君已執，嗟子死爲誰」兩句，更明明白白的指出：嚴顏在劉璋被執（降）之後「死」了；張飛沒有殺他，這「死」當然是自殺殉主；才讓蘇軾不禁感慨，在這種情況下，你是爲誰死呢（連你的君主都已經降了）？

蘇轍詩：

古碑殘缺不可讀，遠人愛惜未忍磨。相傳昔者嚴太守，刻石千歲字已訛。嚴顏平生吾不記，獨憶城破節最高。被擒不辱古亦有，吾愛善折張飛豪。軍中生死何足怪，乘勝使氣可若何。斫頭徐死子無怒，我豈畏死如兒曹！匹夫受戮或不避，所重壯氣吞黃河。臨危閒暇有如此，覽碑慷慨思橫戈。

蘇氏兄弟生長於四川，有些歷史上未必記載的事，在「本土」民間，卻可能流傳。因此，他們對嚴顏的事蹟，應該是有所了解的。兩首詩，都對嚴顏表達了萬分的敬佩。詩中，也只提到他的忠義慷慨，並沒有提到他「投降」；若他竟投降，成爲劉備的「幫兇」，還可能得到蘇氏兄弟這樣的評價嗎？若他「投降」，當地人還會爲他建廟立碑嗎？碑文又怎麼寫呢？因此，這兩首詩不僅不能視爲嚴顏投降的佐證，而且寫出嚴顏比其他許多「烈士」更了不起的原因：「嚴子獨何賢，談笑傲碪幾。國亡君已執，嗟子死誰為。」「被擒不辱古亦有，吾愛善折張飛豪。」「匹夫受戮或不避，所重壯氣吞黃河。臨危閒暇有如此，覽碑慷慨思橫戈。」

二蘇兄弟筆下的嚴將軍，會是投降將軍？讓唐太宗因他，而把他的故鄉，改名爲「忠州」的嚴將軍，會是投降將軍？

三國

或爲出師表，鬼神泣壯烈（諸葛亮）

「或為出師表，鬼神泣壯烈」，這兩句詩，出於文天祥的〈正氣歌〉。〈出師表〉是蜀漢丞相諸葛亮的「傳世」之作。有〈前出師表〉和〈後出師表〉兩篇，是他在兩次北伐曹魏前，上給後主劉禪的奏章。

〈前出師表〉作於蜀漢後主建興五年，全文收錄在《三國志．蜀志．諸葛亮傳》中。他認爲蜀國弱小，若想生存，必須要主動出擊。他先平定了南蠻，又與東吳修好，不再有後顧之憂。才決意率軍東進，征伐曹魏。在臨行之前，寫了〈出師表〉（前）的奏章給後主劉禪。文章情意眞切，感人肺腑，原文：

臣亮言：先帝創業未半，而中道崩殂。今天下三分，益州疲弊，此誠危急存亡之秋也。然侍衛之臣，不懈於內；忠志之士，忘身於外者，蓋追先帝之殊遇，欲報之於陛下也。誠宜開張聖聽，以光先帝遺德，恢弘志士之氣；不宜妄自菲薄，引喻失義，以塞忠諫之路也。宮中府中，俱為一體，陟罰臧否，不宜異同。若有作姦犯科，及為忠善者，宜付有司，論其刑賞，以昭陛下平明之治，不宜偏私，使內外異法也。

侍中、侍郎郭攸之、費禕、董允等，此皆良實，志慮忠純，是以先帝簡拔以遺陛下。愚以為宮中之事，事無大小，悉以咨之，然後施行，必能裨補闕漏，有所廣益。將軍向寵，性行淑均，曉暢軍事，試用於昔日，先帝稱之曰「能」，是以眾議舉寵為督。愚以為營中之事，悉以咨之，必能使行陣和睦，優劣得所。親賢臣，遠小人，此先漢所以興隆也；親小人，遠賢臣，此後漢所以傾頹也。先帝在時，每與臣論此事，未嘗不歎息痛恨於桓、靈也。侍中、尚書、長史；參軍，此悉貞良死節之臣也，願陛下親之信之，則漢室之隆，可計日而待也。

臣本布衣，躬耕於南陽，苟全性命於亂世，不求聞達於諸侯。先帝不以臣卑鄙，猥自枉屈，三顧臣於草廬之中，諮臣以當世之事，由是感激，遂許先帝以驅馳。後值傾覆，受任於敗軍之際，奉命於危難之間，爾來二十有一年矣！先帝知臣謹慎，故臨崩寄臣以大事也。受命以來，夙夜憂勤，恐託付不效，以傷先帝之明。故五月渡瀘，深入不毛。今南方已定，兵甲已足，當獎率三軍，北定中原，庶竭駑鈍，攘除奸凶，興復漢室，還於舊都；此臣所以報先帝而忠陛下之職分也。至於斟酌損益，進盡忠言，則攸之、禕、允之任也。

願陛下託臣以討賊興復之效；不效，則治臣之罪，以告先帝之靈。若無興德之言，則戮允等，以彰其慢。陛下亦宜自課，以諮諏善道，察納雅言，深追先帝遺詔，臣不勝受恩感激。今當遠離，臨表涕泣，不知所云。

他在〈出師表〉中，諄諄告誡後主要「親賢臣、遠小人」，並回憶自己在野時，與劉備的君臣遇合。蘇軾評《出師表》「簡而盡，直而不肆」。〈後出師表〉則作於第二年（建興六年），文章並未收錄於《三國志》。因此，後世人對這篇文章是否出自諸葛亮親筆，表示懷疑。但文章中，為了國家，他決定「鞠躬盡瘁，死而後已」的精神，也深刻地表現了諸葛亮對國家的忠心耿耿。甚至，使中國讀書人產生強烈的共鳴，認為：「讀諸葛亮〈出師表〉不哭者不忠；讀李密〈陳情表〉不哭者不孝；讀韓愈〈祭十二郎文〉不哭者不慈。」

我們必須承認：諸葛亮對蜀漢的忠忱，和〈出師表〉寫出一個老臣，對幼主的諄諄勸誡，的確非常感人。但事實上，由於《三國演義》以劉備為「漢室正統」的刻意誤導，對「三國」時代許多的人物，都寫得既不客觀，也不公平；有些被過份醜化，如曹操、周瑜，有些則被過份神化，如關羽、諸葛亮；史實中，這兩位被「神化」的人物，也未必眞的那麼「神聖」或值得「崇拜」。

諸葛亮，字孔明，東漢末期徐州瑯琊陽都（今山東省沂南縣）人。他早年喪父，由叔父豫章太守諸葛玄教養成人。他叔父去職之後，因爲跟荊州太守劉表是老朋友，就帶著侄子到荊州去投靠劉表。叔父去世後，諸葛亮曾耕讀於南陽郡，日常喜歡吟唱〈梁父吟〉。每每把自己比喻成管仲、樂毅那樣的古代賢臣。當時的鄉鄰，大多取笑他自不量力，妄擬古人！只有少數智者如司馬徽、徐庶，相信他的才幹。

諸葛亮與當時荊州的幾位名士司馬徽、龐德公、黃承彥等都爲忘年好友。黃承彥對適婚年齡，正在尋找婚姻對象的諸葛亮說：「聞君擇婦；身有醜女，黃頭（黃頭髮）黑色（黑皮膚），而才堪相配。」

諸葛亮答應了這門親事，當即迎娶了這位「黃氏醜女」，使當地的人，都當成個笑話。嘲笑他：「莫作孔明擇婦，正得阿承醜女。」可是，事實上，這位「黃氏醜女」，卻是才德兼備的賢婦。諸葛亮「發明」的許多東西，還是她傳授的！

當時，原先依附袁紹的劉備，因袁紹被曹操擊破，又追擊劉備，只得往荊州投靠劉表。劉表對他相當禮遇，給他兵馬，命他屯兵於新野。劉備當時自覺虎落平陽，曾拜訪名士司馬徽求教。司馬徽說：「儒生俗士，豈識時務？識時務者為俊傑。此間自有臥龍（諸葛亮）、鳳雛（龐統）。」

後來徐庶去拜訪劉備，深受他的器重。徐庶也向他推薦諸葛亮的才能，劉備因爲司馬徽已經提過這個名字了，希望徐庶引諸葛亮來見。徐庶卻說：「這個人心高氣傲，眼及於頂！

不能希望他折節前來拜見你。將軍想見，應該親自去拜訪！」

因此劉備親自去拜訪諸葛亮，還去了三次才見到面（史稱「三顧茅廬」）。劉備屏退從人，問諸葛亮：「漢室已然衰敗，奸臣（指曹操）又假借皇命做事，皇上已失去大權（事實上，漢獻帝劉協從九歲，董卓殺了他的哥哥少帝，挾持他登基起，就從來沒擁有過「政權」，曹操還是挾持他的各路人馬中，對他最客氣禮遇的一個）。我的德行與能力都有限，自不量力，想爲天下盡一份心力。然而學識淺薄，因此落魄至今。然則仍心懷大志，先生有什麼計謀，可以幫我？」

諸葛亮向他陳述了「三分天下」之計；分析了目前的局勢：曹操本身軍政兩權，都已經鞏固了，擁有百萬大軍，不可能取代。孫權則從父、兄起，在江東已經歷了三代經營，本身既賢明又有才幹（曹操和劉備都曾感嘆：「生子當如孫仲謀」；可知他的才能勝於曹丕和劉禪），又吸引了大批的青年才俊投效，也不能輕視圖謀；只能結好，引爲後援。以現今形勢，可以圖謀的，一是荊州；荊州具地利，但劉表才幹不足，不能成事。二是益州，益州太守劉璋本身庸懦，四川又是天府之國，是可以規劃爲立國根據地的。這兩州都因州牧懦弱，有機可乘。擁有此二州，才可與曹、孫鼎足三分，爭勝天下！

劉備對當時諸葛亮的看法，顯然是認同的；由此可知劉備實在是個「忘恩負義」的小人！劉表對他有恩，他卻居心叵測；認爲劉表懦弱，是可以設法「取而代之」的；只是當時曹操在一邊虎視眈眈，沒有給他「機會」。劉表又死得早。若是有機會，他也未必會因爲劉表對他有恩而「心慈手軟」。

受劉備「三顧茅廬」邀請出山時，諸葛亮是個才二十七歲的青年。但他一生最重要的功業，並不是開疆拓土，而是促成孫、劉聯盟。和後來協助蜀漢政權的建立與穩定。總的講起來，諸葛亮的重要性，在輔佐劉備時，並不明顯。想想：眞正能打仗的人是關羽、張飛、趙雲，乃至後來的黃忠、馬超等「五虎將」。他的主要任務，其實上只是後勤支援「足食足兵」，讓前線沒有後顧之憂（所以後世人把他比擬劉邦時代的蕭何，是有道理的）。在劉備死之前，他也談不上有什麼眞正偉大的功業。

造成三國鼎立，關鍵的一戰：「赤壁之戰」，其實跟他沒什麼關係。說是他去勸服孫權跟曹操作戰？其實，曹兵南下的當口，東吳有人主戰、有人主和是沒錯的。但當時魯肅對孫權說了一番話，已使孫權下定決心要戰了！魯肅說：「投不投降，對我來說是無所謂的。東吳降了曹操，再怎麼樣，他們也還是會給我個官職。我車照乘、官照做、朋友照交，慢慢的還能升官，有什麼關係？但東吳，從你父、兄兩代，費了多少心力經營，才有今天的局面！若投降了，主公你何以自處？」

孫權說：「那些人勸我投降，讓我非常失望！你想的，正與我相同，這是上天把你賜給我呀！」

魯肅又勸孫權，把正出使鄱陽的周瑜追回來；他確定：周瑜一定有「萬全之策」。《三國演義》上，諸葛亮勸孫權的那一番話，基本上周瑜全都先說過了，孫權也早已下定了決心要「戰」了。也因此，才有魯肅藉著給劉表弔喪，去見劉備，試探孫權與劉備結盟是否可行的事。《三國志・蜀志》上寫的是：諸葛亮「奉命『求救』於孫將軍」；這才是劉備派諸葛亮到東吳的目的！他頂多不過是個因魯肅到訪，禮貌上「回訪」的使節。而且還是以「求救」為主要「目的」的使節；那時，劉備原本依附的劉表已死，劉表幼子劉琮投降曹操。他還曾被曹軍一路追趕，惶惶如喪家之犬，情況遠不及固守江東的孫權。

孫權在周瑜、魯肅的勸說下，「抗曹」已是確定的方針了，那還需要諸葛亮「舌戰群儒」費口舌勸說才抗曹？諸葛亮倒是在孫權因劉備新敗，對他有什麼能力結盟存疑的時候，誇張了劉備的實力（還把劉表的長子劉琦，也算了一份）。而且，表示劉備是多麼的忠於漢室，絕不會迎降曹操；這中間多少也有點「激將」的意味。

孫權對曹操以數十萬（有兩個說法；一說是三十萬，一說是八十萬）精兵「水陸俱下」，原本雖然不甘迎降，多少還有點擔心。但周瑜告訴孫權：曹操誇張了兵力，以他估計，頂多也不過是十五、六萬而已！而且，曹操南征，本身有弱點：

一、北方並不穩定，曹操有後顧之憂。

二、他本人雖然戰功彪炳，但成長於北方，長於陸戰，沒有水戰的經驗與能力。雖然因劉琮投降，得到了劉表的水軍。畢竟這些「新附」的人心是浮動的；是否心悅誠服？還有問題。他也心存疑慮，不會放心重用。

三、時值隆冬，人的糧食、馬的草料，補給上都成問題。

四、曹軍從北方遠路而來，到了南方，已成「疲兵」，必然又倦又累。更何況，從北方到南方，水土、氣候各方面轉換的幅度太大。兵士必然「水土不服」，容易生病。而戰事已如箭在弦上，沒有時間給兵士從容適應了。

換言之，這四點都是「兵家大忌」，曹操全都犯了！所以周瑜說：這是曹操自己前來送死！

孫權問他要多少兵馬？周瑜只向孫權要了三萬精兵；這三萬精兵，實際上就是周瑜親自訓練出來，擅長於「水戰」的精銳部隊。他表示：不但要以三萬的東吳精兵，對抗號稱數十萬的曹兵，而且還保證戰勝！所以當時的周瑜是「胸有成竹」的；他也的的確確打了一場非常漂亮的「赤壁之戰」！成為歷史上「以寡擊眾」最著名的戰役之一。

但這跟諸葛亮一點關係也沒有！有人說笑話：「草船借箭」、「借東風」、和後來的「空城計」這些「仗」，都是「羅貫中」打的，不是諸葛亮！也就是說：是《三國演義》的作者，給諸葛亮在臉上貼金「製造」出來的！並非事實。那諸葛亮在「赤壁」一戰中，還有什麼貢獻？

赤壁戰後，劉備方面，不過是順勢撿了便宜；不但不再受曹兵追趕之苦，還趁機佔領了一些土地。後來劉備過江「晉見」孫權，請求孫權允許他：「都督荊州」。因爲，當時的荊州已被周瑜攻佔了，是屬於東吳的領土。還是魯肅勸說孫權，孫權才把把荊州「借」給如「喪家之犬」的劉備「團隊」落腳棲身的。周瑜其實並不贊成。但孫權認爲曹操雖敗，還是不能小看，應該要與劉備結盟，沒有採納他的意見。

孫權「借」荊州給劉備之舉，傳到曹操那裡，史書的記載是：「曹公聞權以土地業備，方作書，筆落於地」，可知此事對當時局勢的影響有多麼重大！因爲這表示孫、劉雙方結盟已成定局。而結盟的目的，當然是共同對抗他！

但孫權把荊州「借」給劉備後，因爲劉備「久借不還」，有意「賴帳」據爲己有，結果竟使「荊州」成爲孫、劉兩家難解的「心結」。

我們可以說：最後劉備就是死在關羽「大意失荊州」的事上！而就「東吳」來說：因爲我們借土地給你們，你們霸佔侵吞，據爲己有，不肯歸還。我們只好憑自己的本事，拿回原來就屬於我們的土地。而且，這件事的關鍵，還起於關羽的狂妄傲慢，違反了蜀漢「聯吳抗曹」的「既定國策」；先在孫權派使者爲兒子求娶關羽之女時「出言不遜」說什麼：「虎女焉嫁犬子。」與孫權翻臉成仇（在當時「政治婚姻」，是雙方友好的象徵）。又因爲他的傲慢，中了呂蒙、陸遜的計；這其間還加上他不能善待部屬（糜芳、傅士仁等；正史記載：

「素皆嫌羽輕己」；這是關羽因自己的傲慢所種下的禍根），讓部屬離心離德，對他又恨又怕，自願迎降。

甚至，荊州拿下之後，因爲呂蒙的「懷柔政策」，讓原本關羽屬下的軍、民都歸心東吳，根本不願意爲他打仗！這些都是關羽本身的「性格缺陷」造成的，東吳又有什麼錯？敵對的雙方打仗，失敗被擒、被殺，也就理所當然了。反過來說，假如不是他被東吳所擒，而是呂蒙被他所擒，難道他會「手軟心慈」不殺呂蒙？

再說劉備的另一件大事：拿下益州（四川），成就「蜀漢」帝業。說來跟諸葛亮也幾乎沒有關係。要論平定益州的「功勞」，那是法正跟龐統的。諸葛亮不過是跟著張飛、趙雲的部隊入蜀而已；仗也不是他打的。

許多人都認爲劉備對諸葛亮「言聽計從」。其實答案是：「錯」！有兩個非常明顯的例子，都取之於「正史」《三國志》：

法正協助劉備佔領了原屬他「本家」劉璋的地盤之後，得到劉備絕對的寵信重用；當即就讓他做了「蜀郡太守」+「揚武將軍」；「外統都畿，內為謀主」；那時候，劉備心目中眞正的「謀臣」，是法正，不是諸葛亮！到劉備自立爲「漢中王」時，諸葛亮不過是拜「軍師將軍」。法正則是拜「尚書令」+「護軍將軍」。誰輕誰重？一目了然！法正「得志」後，快意恩仇，賞罰循「私」，作威作福。「一食之德，睚眥之怨，無不報復。擅殺毀傷，已有數人」。許多人看不過去了，去跟諸葛亮說：「法正於蜀郡太縱橫！將軍（請注意：當時，蜀漢臣僚對諸葛亮的稱謂，只是「將軍」）宜啓主公，抑其威福。」

他們都認爲諸葛亮追隨劉備已久，是劉備的「老臣」了。在劉備面前，說話有份量，應該出面說話。但諸葛亮的答覆是：「主公在公安也，北畏曹公之彊，東憚孫權之逼，近則懼孫夫人生變於肘腋之下。當斯之時，進退狼跋。法孝直（法正）為之輔翼，令翻然翱翔，不可復制。如何禁止法正，使不得行其意邪？」

因爲是法正讓劉備「揚眉吐氣」的！劉備寵信、縱容法正，使諸葛亮明知法正作威作福是不對的，也「不敢」過問！

另一例，關羽死後，劉備以爲關羽復仇之名伐東吳。臣屬都非常憂慮，認爲不可，而誰也無法阻止他這冒失的行動；諸葛亮也只能受命擔任「後勤」。到劉備的「連營結寨」，被陸遜一把火，燒得蜀軍「屍骸漂流，塞江而下」，土崩瓦解；劉備幾乎僅以身免的逃往白帝城。諸葛亮嘆說：「法孝直若在，必能制主上，令不東行。就復東行，必不傾危矣！」

他自覺無法的事，但法正若在，可以阻止！回頭看：魏王曹丕篡位的第二年，群臣聽到誤傳漢獻帝劉協被殺害的消息，勸已自稱「漢中王」的劉備登基稱帝，劉備原先裝模作樣的不肯答應。諸葛亮勸劉備：大家跟著你，貪圖的是什麼？於是劉備才答應。劉備稱帝後，諸葛亮拜爲丞相，錄尚書事（這是劉備稱「漢中王」的時候，交給法正的權位；當時法正已死，才「輪到」諸葛亮）。由此可知：讓劉備「言聽計從」的人是法正，不是諸葛亮！

劉備伐東吳大敗後，在白帝病重，諸葛亮被召到永安宮聽遺命。劉備對諸葛亮說：「君才十倍曹丕，必能安國，終定大事。若嗣子（劉禪）可輔，輔之。如其不才，君可自取。」

諸葛亮涕泣說：「臣敢竭股肱之力，效忠貞之節，繼之以死。」

劉備又要劉禪：「汝與丞相從事，事之如父。」

劉備駕崩，十七歲劉禪繼位，改元「建興」。建興元年，封諸葛亮爲「武鄉侯」。諸葛亮開設相府，主持政務。不久，再領「益州牧」，蜀漢政治、軍事上的大小事務，都委由諸葛亮決定。本來南方地區因劉備大敗，乘機叛亂。諸葛亮因國君甫逝，新君初立，先不發兵，並且派官員赴東吳修好，以免除「後顧之憂」後，率軍南征，平定南方所有亂事。以南中的豐富資源充實國庫，訓練士兵，才準備向東征伐曹魏。

其實說起來，諸葛亮的「功」在「蜀漢」，是在劉備死後；安定四川，輔佐後主。劉備生前，他並沒有那麼受「重用」！他的「丞相」之職，是法正死了，曹丕逼漢獻帝「禪讓」，劉備自立爲皇帝之後才有的！

但請注意：曹丕並沒有殺漢獻帝！禪讓後，漢獻帝劉協被封爲「山陽公」，食邑萬戶，他讓出皇宮，帶著妻兒，到自己的封邑去住。可以說：得到了自由。他在山陽行醫濟世，甚得民心。自然死亡。而且，他死後，是以「天子禮」下葬的！在許多的「末代皇帝」中，他的「命」是數一數二的「好」！

漢獻帝劉協自九歲被董卓硬拱上帝位，到他禪讓，都只是個「虛銜」皇帝，從來沒有擁有過軍、政兩權；因此，說曹操「挾天子以令諸侯」是個「笑話」；當時他被亂軍挾持著到處逃跑的時候，誰把他當了「皇帝」？曹操可不是從他那兒「奪權」；當時各路人馬，眞正怕的，也是曹操的兵力，和他「戰將如雲，謀臣如雨」的實力；和政治才能。跟他是否「挾天子」幾乎沒有關係！反而漢獻帝劉協，是靠著曹操迎奉他，還承認他是漢朝的「皇帝」，才有了「安身立命」之處。若說「狐假虎威」，眞正的「虎」是曹操，而不是他這「虛銜」皇帝！也可以說：「皇帝」是他依靠著曹操支持保護，才得以繼續擁有的「虛銜」！

劉備佔的便宜，不過因爲他姓「劉」；而且，他還不是「近支宗室」，不過是「沾」了點劉家血緣的邊，以此號召而已。實際上，漢室劉家的「氣數」早已經在東漢的桓帝、靈帝兩代糟蹋盡了！諸葛亮〈出師表〉裡也不諱言：「先帝在時，每與臣論此事，未嘗不歎息痛恨於桓、靈也。」可以說：東漢末代的腐敗，已「天怒人怨」到「不亡沒天理」的地步了！

而令人懷疑的是：如果迎奉漢獻帝劉協的，不是曹操，而是「劉皇叔」劉備，他是否會比曹操更「善待」漢獻帝？畢竟，終曹操一生，手握無人可以比擬的軍政兩權，卻並未篡漢！曹丕也不過要他「禪讓」並沒有爲難他！

更進一步：若當時掌握了劉協的人是劉備，是否甘心輔佐，而不是「取而代之」？這一點可以從他給諸葛亮的「遺言」看出端倪；「若嗣子（劉禪）可輔，輔之。如其不才，君可自取。」雖然這可以說是「激」諸葛亮的話，但，他心中是存著「如其不才，君可自取」之心的！若「異地而處」，他是否甘心對實際上根本沒有任何軍政權力（當然也就沒有能力，眞稱得上是「不才」了）的劉協，不懷二心，盡忠至死，而不「取而代之」？別忘了：他是怎麼對待與他結盟，邀他入蜀的劉璋的！

劉備死後，諸葛亮以丞相身分掌握軍、政兩權。輔佐劉禪，成爲蜀漢政治、軍事上實際負責人。他眞正可以稱道的，其實並不是軍事才能，倒是政治才能；養民、牧民的工作，比他臨陣打仗強多了！他後來東征，號稱「六出祁山」，卻幾乎是每戰皆敗！敗的原因，因爲他以「一生謹愼」自許，也過於自信；不信任別人的才能，不能善用人才。他當丞相之後，讓蜀漢落得「蜀中無大將，廖化作先鋒」；其實並不是眞正無人可用，而是他不給人建功立業的機會！趙雲、魏延都可說是比他有軍事謀略，眞正的「將才」，卻並沒有受他重用。

他一直疑忌魏延，使魏延有志難伸還不說。趙雲曾跟他出兵東征，因爲兵微將寡，敵軍太強，戰事失利；還幸虧趙雲堅持固守，沒有大敗。退軍之後，趙雲由「鎭東將軍」貶爲「鎭軍將軍」。一年之後，趙雲就死了。關、張之外，被視爲劉備最信任的另一個「兄弟」趙雲，也並沒有被諸葛亮信任、重用；這一點，再怎麼說，他都無以辯解！趙雲是忠誠不如他？作戰能力不如他？還是軍事韜略不如他呢？他卻不能重用，還以「兵敗」重罰，讓趙雲齎志而歿！

也就因爲諸葛亮「心高氣傲」到：什麼事都要「事必躬親」才放心。所以，後來司馬懿跟他對陣時，堅持「固守不出」的戰略。他用激將法，送婦人衣物給司馬懿，想激司馬懿出戰的時候，司馬懿毫不在意。只閒閒地問來使：「諸葛丞相」的「起居」如何？得到的答覆是：「諸葛公夙興夜寐，罰二十以上，皆親攬焉；所噉食不至三升。」

罰「二十」何指？也許是「打二十棍」，也許是罰「二十錢」；總之，相對於軍國大事，這只能算是「雞毛蒜皮」吧？知道他吃不好、睡不好。對「罰二十以上」的事，都要親自處置（可知他對別人的忠誠與能力的不信任）。司馬懿說的話是：「食少事繁，其能久乎。」

司馬懿由來使的話中了解：以諸葛亮「事必躬親」，幾近於「完美主義」的個性，讓他把自己累死就好了，根本不用打仗！更堅持「固守不出」！果然如他所料；不久之後，諸葛亮就病死於五丈原。算起來，真正的「高人」是司馬懿！

諸葛亮死後的謚號是「忠武侯」。因此後人稱他爲「諸葛武侯」。他一生「鞠躬盡瘁、死而後已」的原則，是被視爲中國傳統文化中「忠臣」的表率。但他是不是「盡瘁」操勞得太超過？又是否有此必要？實在也讓人存疑。但他盡忠於蜀漢，則是無可置疑的；在劉備死後，他的確也治理並奠定了蜀漢的基礎。

後主劉禪十七歲繼位。可說：過了十二年，諸葛亮死後，他才得以「親政」。說他眞的是「扶不起的阿斗」？從諸葛亮死後歸政，到他降魏之間，長達二十九年！豈不證明：沒有諸葛亮，他表現的也沒眞的那麼差！

後人評論：魏、蜀、吳三國，各有一位智謀過人的「軍師」；曹魏是荀彧、蜀漢是諸葛亮、孫吳是周瑜。但三個人在他們「主公」心目中的份量，諸葛亮似乎也不是最受重視的；他不過在跟隨劉備之初，得了劉備一句「如魚得水」的形容。

對孫權而言，周瑜等於是他另一個哥哥；周瑜本來就是他哥哥孫策的至交好友。孫策死後，東吳老臣和將領們，對年輕，並從沒機會表現才幹的孫權心存疑慮，並不尊敬。是周瑜率先對他行「君臣之禮」，才讓其他的人跟進的！他的母親，也一再囑咐他：要把周瑜當成兄長尊敬。周瑜與他眞可說是「名爲君臣，實如骨肉」。爲他建功立業，並盡心盡力策劃籌謀。尤其再三的支持他對抗曹操的威脅；赤壁之戰前，曹操曾命孫權將兒子送去當人質。周瑜堅決反對，告訴孫權：人質送去，就將受制於人，不能不順服曹操了！孫權聽了他的話，拒絕了曹操的要求，使曹操懷恨在心；這也是後來曹兵南下準備併吞東吳的原因之一。

但曹操絕沒有料到：周瑜竟以三萬精兵，對抗他號稱八十萬的曹兵，在赤壁以一把火，燒得曹操只能退兵北返。因此，《三國志．吳志．周瑜傳》，聽說周瑜死了：「權流涕曰：『公瑾有王佐之資，今忽短命，孤何賴哉！』」後來，「權稱尊號（登基當皇帝），謂公卿曰：「『孤非周公瑾，不帝矣！』」他認爲：若不是有周瑜，他成不了大業！
而曹操則曾說，荀彧是「孤之子房也！」三人在他們「主公」心中「份量」由此可知。
而就推薦賢能給主公，第一名是魏的荀彧；他薦賢無數，只一個郭嘉，就抵得上無數謀臣。曹操稱他：「孤之子房也」，並不誇大。
第二名是周瑜；《三國演義》把他形容成心狹量窄的人，完全是無中生有的胡說！而且，他跟諸葛亮也並沒有什麼直接的接觸。諸葛亮對劉備所說的「隆中對」那一套，他也對孫權說過！而且身體力行；他是征蜀中途病死的，可不是被諸葛亮氣死的！他給孫權留下的「遺表」，其中不論文采、忠忱，絕不下於諸葛亮的〈出師表〉，只是沒有流傳而已！
至於孫夫人下嫁劉備的「美人計」，說穿了，就是「政治婚姻」。而事實上，劉備在東吳有如「贅婿」，對孫夫人的「敬畏」，幾乎是「低聲下氣」。這一點，從諸葛亮在法正擅權時，所說的那段話「進退狼跋」可知；這句話，是形容劉備有孫夫人在側，想向前，就會踩到下巴。要退後，又會踩到尾巴，簡直「進退失據」！也可以說，是畏妻如虎！算來「孫劉聯姻」佔便宜的是孫權；安了個棋子在劉備身邊，即使孫夫人不見得存心當東吳的「間諜」，劉備又如何能放心？可沒什麼「賠了夫人又折兵」的事！
而且，就年齡推算，周瑜比諸葛亮大六歲；「赤壁之戰」時，諸葛亮二十八歲，周瑜已三十四歲！如果周瑜沒有在三十六歲時病死，或許「三國」的歷史就將改寫了。他「謀定而後動」：照他的計劃是：拿下益州，先攻張魯，後伐曹魏，也跟「赤壁之戰」一樣，是「胸有成竹」的！

周瑜的器量之大，在當代是人人稱譽，在「正史」上也是被一再稱道的！包括了劉備；但，他的稱道，其實目的在於「離間」孫權與周瑜的君臣關係，卻沒有達到目的；孫權、周瑜之間親如骨肉，彼此的信任，絕不是他可以離間得了的！對周瑜的雅量，最可信的稱譽，出於東吳的老將程普；史書記載：「程普頗以年長，數陵侮瑜，瑜折節下之，終不與校。普後自敬服而親重之，乃告人曰：『與周公瑾交，若飲醇醪，不覺自醉。』」

周瑜也推薦了許多人才給孫權；魯肅、甘寧等東吳重臣，都是他推薦的。就一個魯肅，也已抵得無數人了。他薦賢時，常說「此人才過瑜十倍！」可知他的自信與雅量；唯有「才」能「識才」，也唯有對自己有自信的人，樂意薦才，而不擔心自己會被別人的光芒掩蓋！他臨終時，更推薦魯肅接他的位子。魯肅也不負他的推薦，而且的確也是個才量過人的；他非常欣賞呂蒙，以長官的身分「折節下交」。後來在呂蒙的策劃下，果然奪回了當初因他的建議出借，卻被劉備「有借無還」的荊州！

而諸葛亮，好像並沒有推薦過什麼才能過人的人給劉備；龐統，也是司馬徽推薦在先，魯肅推薦在後。他是自信？還是自負？由這一點看來，「心狹量窄，不能容人」的，恐怕是諸葛亮，而不是周瑜！

爲嵇侍中血（嵇紹）

「為嵇侍中血」，是文天祥〈正氣歌〉中的詩句。主角是嵇康之子嵇紹。嵇紹，字延祖，譙國銍縣人（今安徽）。其父爲「竹林七賢」之一，而且是其中最具聲望的嵇康。

嵇康是個心性淡薄，嚮往自然山林的人。他其實沒有政治野心，只想修仙得道。曾去拜訪一位隱居的高士孫登。孫登看著他，沉默良久，都沒有說話。直到他告辭的時候，才說了一句幾乎是「預言」的話：「你才華高卓，性情剛烈，恐怕很難免禍。」

他又跟一位名叫王烈的高士，一起遊山玩水，訪幽尋勝。王烈在山林中得到一些石髓，柔軟且甜美像軟糖一樣。他自己吃了一半，分一半給嵇康。而這些石髓，到了嵇康手上，馬上就變成硬硬的石頭了。王烈又在一個石室中看到一卷素書，讓嵇康去拿。他一走向前，這卷素書就不見了。王烈感嘆說：「叔夜（嵇康的字）深具天趣，可是沒有天緣，這也是天命！」

當代，有一個貴公子出身的名士鍾會，他是曹魏太傅鍾繇的小兒子。鍾繇的楷書，傳自蔡琰。當代與二王（王羲之、王獻之）齊名；世稱「鍾王楷書」。鍾會的父兄，都是魏國的重臣，自己也十分聰明，所以非常自命不凡。他曾很崇拜嵇康，特意去拜訪他。那時，嵇康正跟好朋友向秀在一棵柳樹下打鐵；打鐵，是他最喜愛的休閒娛樂。兩個人高高興興的打鐵，根本不理鍾會。鍾會出身名門，那受過這種冷落？覺得無趣，要走的時候，嵇康才問：「何所聞而來？何所見而去？」

鍾會說：「聞所聞而來，見所見而去！」

因爲懷恨嵇康對他的冷落，鍾會就向當時曹魏的權臣，封「晉王」的司馬昭進讒：「大家都說嵇康龍姿鳳章，儀表不凡，是條『臥龍』。不能讓他起身；他不起身，天下太平，晉王你也可以高枕無憂。他若起身，可就難說了。」

本來，嵇康在當代公論中，就是個言論放肆，不受禮法拘束的人（其實，當代的「竹林七賢」都是「狂士」）。鍾會又毀謗他：「這樣的人，言論有傷淳厚的風俗教化，不除掉他，是很危險的。」

後世有一句俗話：「司馬昭之心，路人皆知」！也就是說：當代人，都知道司馬家早存篡魏自立之心。對被形容爲「龍章鳳姿」的嵇康，本來就十分疑忌。且他存心篡魏，而嵇康還跟曹魏家族有姻親的關係。因此，司馬昭一心想殺害他。後來，找到一個理由：藉著別人的罪名牽連，嵇康被「連坐」處死。

當時士林都非常推崇嵇康，曾聯合了三千太學生，給司馬昭上書：願拜嵇康爲師，請求留下他的性命。司馬昭卻一意孤行；也許，因此更擔心他的聲望太高吧？終於還是殺了這位士林領袖嵇康。那時，他的兒子嵇紹才十歲。

嵇康死後，嵇紹與母親相依爲命，事母至孝。由於父親獲罪處死，他也失去了過去貴族的身分與富裕的生活，而靜居家中讀書。成年後，由嵇康好友，也是「竹林七賢」之一的山濤推薦入仕；篡了曹魏帝位的晉武帝司馬炎，任命他爲秘書丞。嵇紹後轉任汝陰郡太守，又調任豫章內史，但因母喪而離職居喪守孝；服喪後，上任徐州刺史。

當時假節監徐州諸軍事的「徵虜將軍」石崇，富可敵國，目中無人，性格驕橫暴虐而跋扈。但嵇紹爲人正直，常對他說之以理，令石崇佩服，對他甚爲尊重親近。嵇紹後來官至「侍中」，所以史稱「嵇侍中」。

司馬家從司馬懿開始，就是曹魏的重臣。後來他的兒子司馬師、司馬昭都掌握重權，司馬昭還被封爲「晉王」；因爲天子微弱，導致大權旁落，爲司馬家所掌控，也因此讓司馬昭存有篡位之心。

到他的兒子司馬炎，眞正篡魏自立了，國號「晉」（因爲他的祖父司馬懿被封爲「晉王」），史稱「晉武帝」。司馬炎生了個弱智的兒子司馬衷。他自己也知道這個「太子」弱智無能，爲了保障司馬家的權位，大封同姓諸侯爲「王」，一封，就封了二十七個！他沒想到，就因如此，造成「外重內輕」的政治局面。他死後，由太子司馬衷繼位；這是個在歷史上以「愚庸弱智」著稱的皇帝！他在位時，曾說了一句流傳千古的名言；在天下大饑荒的時候，大臣向他報告：「百姓都沒有飯吃了！」他問了一句天眞爛漫的話：「何不食肉糜。（沒飯吃，爲什麼不吃碎肉粥呢）？」

因他的愚庸，雖然當了皇帝，也無力處理朝政，因此大權旁落；先是被皇后賈南風把持國政。爲非作歹，殺太后、殺太子，重用賈姓外戚把持朝政。後來，司馬衷的叔祖趙王倫，知道賈南風的勢力擴張穩固之後，就會對付他們這些「司馬」家的宗室諸王了。先下手爲強，矯詔殺了皇后賈南風，和當時主政的司空張華。並篡位自立；把原本是他侄孫輩的司馬衷尊爲「太上皇」；反正這個皇帝，也只是被他當個手中的「棋子」用的。其他諸王不服，而引發了一連串造成晉朝嚴重危機的「八王之亂」。這個皇帝，就被諸王搶來搶去；誰搶到了誰掌權。而其他諸王也虎視眈眈的，找機會參加搶奪的行列。

晉惠帝元康初年，嵇紹任給事黃門侍郎。永康元年，趙王司馬倫誅除賈后。在賈后掌權時，其宗族黨羽賈謐權傾一時，甚至無行文人如石崇、潘岳竟有「望車塵而拜」的無恥行徑。此時失勢，亦被殺。嵇紹因心性高潔，當賈謐得勢時，拒絕與賈謐交往，而獲封弋陽子，後遷散騎常侍，領國子博士。

永康二年，趙王司馬倫篡位，任命嵇紹爲侍中；同年四月司馬倫被齊王司馬冏等擊敗，惠帝復位，但嵇紹仍居其職。上疏請惠帝、大司馬司馬冏和大將軍成都王司馬穎三人撥亂反正，盡心重建社稷，不要讓亂事再次發生。

司馬冏輔政後，大建府第，嵇紹上書諫止。但司馬冏不聽從。又一次嵇紹有政事諮詢司馬冏，司馬冏碰巧在此時舉行宴會，想羞辱他。他的心腹董艾提出嵇紹的音樂造詣很好，建議讓他在宴會上演奏樂器（應該是古琴；他的父親以古琴聞名於世）。嵇紹堅決拒絕，表示自己身爲皇帝近臣，執行公事時，不應在宴會上像伶人般演奏樂器娛賓；更指司馬冏作爲輔政重臣，應以身作則。司馬冏聽得極爲慚愧。不久司馬冏被長沙王司馬乂誅殺。嵇紹免官後，返回滎陽舊居。

嵇紹不久被徵任爲御史中丞，未上任即再轉任侍中。太安二年，司馬穎與河間王司馬顒舉兵討伐司馬乂，進攻洛陽，司馬乂領兵抵抗，兵士推舉嵇紹爲都督，於是嵇紹獲任命爲使持節、平西將軍。次年，司馬乂被東海王司馬越等所逮捕並殺害，嵇紹復任侍中。

戰後王公以下，都到司馬穎所駐的鄴城謝罪，嵇紹被司馬穎免職爲庶人。但同年，因司馬穎掌權後目無君上，驕奢日甚，安插親信，大失眾望。右衛將軍陳眕和司馬越等，又舉兵討伐司馬穎，更帶著晉惠帝親征。

嵇紹在此行中亦被徵召，因此恢復其爵位。後來討伐軍與司馬穎所派的石超軍大戰，兵敗。惠帝身邊的官員和侍衛，全部因而潰散逃命，但嵇紹卻在亂兵和如雨的飛箭之下，捨身到乘輦前捍衛惠帝。當時有士兵追斬嵇紹到乘輦邊，惠帝試圖阻止，但士兵說：「奉皇太弟（司馬穎）命令，只不許傷害陛下一人而已。」

於是嵇紹就在惠帝面前遇害，鮮血飛濺在惠帝的衣服上。大戰以後，惠帝被留下在草地上，被石超所俘，隨後被送往司馬穎根據地鄴城。入鄴後，僕人爲惠帝更衣，並打算清洗染血的衣服。惠帝卻阻止，說：「這上面染的是嵇侍中的血，不要洗去！」

宋朝忠臣文天祥正氣歌中的「爲嵇侍中血」一句，即歌詠此事。

同年，司馬穎因受王濬等人討伐，而帶惠帝逃回被張方控制的洛陽，張方不久便脅逼惠帝西遷，到司馬顒所駐的長安。期間，司馬顒打算追贈嵇紹司空，進爵爲公。但在永興三年，司馬越等人討伐司馬顒成功，並迎惠帝回洛陽。後來司馬越路經嵇紹在滎陽的墓，爲他悲哭並刊石立碑，又表贈官爵，晉懷帝於是冊贈侍中、光祿大夫，加金章紫綬，進爵爲侯，又賜墓田一頃、客十戶並祠以少牢。建興元年，琅邪王司馬睿升任左丞相，以嵇紹死節事重而獲贈謚不足，追贈太尉，祠以太牢。太興元年（三一八年），司馬睿稱帝，賜嵇紹謚忠穆侯。

嵇紹有知人之明。當時嵇紹的侄兒嵇含與戴晞交好，戴晞因少有才智，而獲很多人稱美結交。但嵇紹卻認爲此人心術不端，必不成器。後來戴晞任司州主簿時，因品行惡劣而被黜免，州人於是稱頌嵇紹有「知人之明」。當代的尚書左僕射裴頠亦曾說過：「若嵇紹任吏部尚書，天下就不會有人才被埋沒的事了！」

嵇紹十分忠義，在嵇紹起行與惠帝征伐司馬穎時，侍中秦准說：「今日赴難，你有沒有良馬？」

意思是：有匹好馬，可以在戰敗時方便逃走。嵇紹卻嚴肅地說：「御駕親征，就是討伐逆臣，理應有徵無戰。一旦皇師兵敗，臣下亦要守臣節，那用得著駿馬！」

表明決心：一旦戰事失利，他就準備要爲皇帝死節，不打算逃走。

嵇紹爲人像他父親一樣率眞放誕，但只是不拘小節，還有他的分際，並不胡作非爲。與侄兒嵇含等五人同住，撫卹照顧有如己子。

嵇紹，因在八王之亂中，捨身保護晉惠帝而被殺身亡，因此被晉朝當作「忠臣」的表率而頌揚，位列《晉書．忠義傳》之首。然而因他本身經歷的特殊性，當時與後世對於他的評價，卻存在著褒貶不一的兩極爭議。

第一，「晉」朝的司馬氏天下，本是篡逆曹魏得來的，已爲當代士人不齒。而且嵇紹的父親嵇康，更是因得罪了鍾會，被司馬氏冤殺。

就中國的倫理來說：「殺父之仇不共戴天」。更何況，當年嵇康隱居，山濤曾推薦他出來做官，嵇康寫了一封〈與山巨源絕交書〉，堅絕不肯出仕於晉。嵇紹無論是遵照父親遺志，還是表明氣節，都不應當出仕與他有「殺父之仇」、司馬氏建立的晉朝。尤其，當時被冤殺的人，不僅一個嵇康，而與他有相似遭遇的人，如諸葛靚、王裒等，都堅持氣節「不仕」仇敵。對照之下，嵇紹在他父親爲此絕交的山濤推薦之下出仕，是違反父親意志，當然是「不孝」的。

可是，事實上，嵇康雖然「宣稱」跟山濤絕交，在他心中，還是把山濤當成最知己、最可靠的朋友。甚至臨刑之前，還跟才十歲的兒子嵇紹說：「有山巨源在，你是不會寂寞，沒人照應的！」

也可以說：他還是把山濤視爲可以「托孤」的朋友，並不像一般人認爲的那樣仇視山濤。他應該也可能想得到，當山濤把他的兒子照顧成人，也會推薦入仕吧？

然而他仕晉以後忠正爲國，最後捨身護主，血濺帝衣，在作爲一個「臣子」來說，不能不說他是「忠臣」的楷模。爲子或「不孝」，爲臣卻「大忠」，眞是很難評斷是非。

另一個讓人評論的是：晉惠帝是個昏懦愚庸的皇帝，根本不值得爲他去死！眞正的說：中國歷史上兩個最糟的朝代，一個是晉，一個是明。晉朝；特別是西晉，幾乎從頭亂到底。晉惠帝的確是個有點「智能不足」的皇帝。當初，晉武帝也有這種憂慮，還曾對他進行過「智能測驗」。但當時的大臣和太子妃賈南風爲他「惡補」作弊，讓他順利過關。所以，他登基後，先是被皇后賈南風玩弄於股掌之上，後來趙王司馬倫殺了賈南風自立，諸王不服，紛紛加入「戰線」，造成了「八王（汝南王司馬亮、楚王司馬瑋、趙王司馬倫、齊王司馬冏、長沙王司馬乂、成都王司馬穎、河間王司馬顒、東海王司馬越）之亂」。

八王間彼此征伐、殘殺，諸王爲了權勢，都爭著「搶皇帝」；誰搶到了，都拿他當傀儡。事實上，他雖然是「皇帝」，因爲他的「弱智」，其實並沒有決策的能力，也不能爲晉朝的政治混亂，或「八王之亂」負責！但比起許多昏庸而殘暴的皇帝，他並不算太「壞」。

他說的「何不食肉糜」，當然極爲可笑。但又豈僅是他？任何出生在富貴之家，含著「金湯匙」出身的人，除非家道中落，又有誰知道民間疾苦，或「食」了「人間煙火」？只是他把話說出來了而已。

嵇紹爲他濺血而死，就某方面說，當然是不値得的。但，至少他還知道這個人是個忠臣，是爲維護他死的，而不願意洗去衣服上被濺的「嵇侍中血」。有許多皇帝，也許比他「英明能幹」，卻因著爲他建立功勳的重臣「功高震主」，而想方設法誣陷入罪，甚至殺害。比起那些無情無義誅殺功臣的皇帝，他還算是有人性，有眞情吧？比起那些無辜被誣陷、殺害的忠臣來說，嵇紹豈不是幸運的？

晉

落花猶似墜樓人（綠珠）

杜牧有一首非常有名的七言絕句〈金谷園〉：

繁華事散逐香塵，流水無情草自春。日暮東風怨啼鳥，落花猶似墜樓人。

詩中的「墜樓人」，指的是晉朝石崇的愛妾「綠珠」。在中國歷史上「美人」排行榜中，綠珠不算是十分出名的。她的一生，非常短暫，而且死得悲慘壯烈；就如詩中所寫：「落花猶似墜樓人」，綠珠是墜樓自殺的！

相傳，她本姓梁，白州人（位於今廣西省），是一位南方佳麗。當地以珍珠爲至寶，長得美麗的女孩，常以「珠娘」命名。因爲她長得非常美麗，而被命名爲「綠珠」。

當時以奢侈豪華出名的石崇，爲交趾採訪使。也因此得以來到綠珠的故鄉。一見綠珠，驚爲天人。以珍珠三斛，聘綠珠爲妾。將綠珠帶回洛陽，安置在他著名的「金谷園」別墅中。

綠珠本擅吹笛，石崇更刻意聘請一流的名師教她歌舞。並爲她作了一首〈王明君〈昭君〉〉曲：

> 我本漢家子，將適單于庭。辭訣未及終，前驅已抗旌。僕御涕流離，轅馬為悲鳴。哀鬱傷五內，泣淚沾朱纓。行行日已遠，遂造匈奴城。
>
> 延我於穹廬，加我閼氏名。殊類非所安，雖貴非所榮。父子見陵辱，對之慚且驚。殺身良不易，默默以苟生。苟生亦何聊，積思常憤盈。
>
> 願假飛鴻翼，棄之以遐征。飛鴻不我顧，佇立以屏營。昔為匣中玉，今為糞上英。朝華不足歡，甘與秋草並。傳語後世人，遠嫁難為情。

他認爲，自己的詩，加上綠珠的絕世姿容，眞是珠聯璧合。在輕歌曼舞中的綠珠，有如當年的王昭君復活。時常在他廣邀賓朋，豪飲歡宴時，就表演這個節目。卻不知道，他在炫耀的同時，也爲自己種下了殺身之禍。

晉朝當時正處於「八王之亂」的亂局中。趙王倫篡位登基。協助他篡位的孫秀，正掌著生殺大權。聽說綠珠的美貌和能歌善舞，就派人到「金谷園」去，指名要石崇把綠珠獻給他。石崇把金谷園中所有的美人都召集到一處，對使者說：這些美人，要誰都行！但綠珠是我最心愛的，不能送人！

使者勸他三思；不要爲了一個美人招禍。他還是斷然拒絕。使者回報孫秀，孫秀當然大怒。就向趙王倫誣告「石崇謀反」，判了他滅族的罪名。

當收押他的兵馬包圍「金谷園」時，他正在樓上與綠珠飲酒作樂。見到這些兵馬，對綠珠說：「就是爲了你，才使我獲罪的！」

綠珠垂淚說：「我願意死在你面前，以報答你的恩寵。」

他還沒來得及阻攔，綠珠已當著他的面，從高樓上跳了下去……

有人說綠珠是爲石崇殉情而死。可是石崇眞不是一個值得「殉情」的人！他是當代第一富豪，眞可謂「富可敵國」。但他的錢卻「來路不明」；是他在外當官的時候，劫殺過往行商搶來的！

最可惡的是：他殘酷好殺。他常以豪宴招待當代的官員、名士。每個人身邊都配置一個美人勸酒，非把人灌得爛醉不可！不喝可不可以？他就當場殺了勸酒的美人給你看；罪名是她「勸酒不力」！像這樣的人，若能「善終」還眞是沒天理！果然，他的報應很快就到了。

綠珠墜樓而死之後，石崇也以「謀逆」的罪名，被綁上了法場，滿門抄斬。而害他的孫秀，結果也好不到那裡去。甚至比他還慘；只過了十天，趙王倫勢敗，被囚賜死。孫秀則被恨他的軍士殺了，而且剖心食之！

在古樂府中，有一首〈懊惱歌〉。相傳，是石崇爲綠珠作的：

絲布澀難縫，令儂十指穿。黃牛細犢車，遊戲出孟津。

另一個說法，說是綠珠的作品。就內容看來，說是綠珠作的，還比較可信；像石崇那種奢豪又揮霍無度的男人，那能理解貧女縫衣之苦？

比較有趣的是：《唐傳奇》中，有一篇〈周秦行紀〉；據考證，這是牛李黨爭時，李德裕想陷害牛僧孺，要他的門客韋瓘，用牛僧孺的名義寫的。以一個「牛秀才」爲「第一人稱」（暗示這個秀才就是牛僧孺），晚上迷了路，無意中闖進了一座豪華府邸，因爲天黑了，他又迷路，就扣門，請求主人收留他住宿。女主人出面接待了他，這位高貴的女主人，竟然是漢朝的薄太后。

薄太后對他十分禮遇，特別爲他設宴，還邀請了許多的陪客來陪席。所邀請來參加的陪客，都是歷史上著名的美人。有：漢高祖的戚夫人、漢元帝時下嫁匈奴和親的王昭君、南朝齊國東昏侯蕭寶卷「步步生蓮花」的潘淑妃、唐明皇的楊貴妃。綠珠也來了；比起這些后妃們，她的地位比較低，是以潘淑妃「養妹」的身分參加的。在酒宴上，這些美人各自賦詩言志。綠珠也作了一首七言絕句：

此日人非昔日人，笛聲空怨趙王倫。珠殘翠碎花樓下，金谷千年更不春。

這當然是「小說家言」，倒不能不說：還眞爲綠珠作了「代言」，寫出了她的心聲！

故事的最後，是這位秀才由王昭君陪侍住了一夜。天亮了，薄太后要他趕快離開，並派人送他回到大路上。他到了大路上，送他的使者，和那一座豪華的建築都不見了。他後來問當地人，才知道他所去的那個地方，有一座早已殘破的「薄太后廟」；原來他闖進了「幽靈世界」。

而在這故事中，還「羅織」了一個「大不敬」的罪名：薄太后問他現在的天子是誰？楊貴妃聽說是「唐德宗」時，說了一句：「『沈婆兒』作天子也，大奇！」

唐德宗的生母是代宗後宮的宮人沈氏；在「天寶之亂」後失蹤。因德宗當了皇帝，而追封爲「睿貞皇后」。在德宗時代，她的身分就是「太后」了。而在文章中，代宗竟被稱爲「沈婆兒」！這一句話，在那個時代，是可以害人「滿門抄斬」的！還不僅於此；有署名李德裕寫的〈周秦行記論〉，推波助瀾；文中指斥牛僧孺寫這樣的文章是無君無父，心懷異志。還明說「為人臣，陰懷逆節，不獨人得誅之，鬼得誅矣！」全文中充滿了刻毒的言論，分明不置牛僧孺於死，誓不罷休！

幸好當時的皇帝非常明理，聽說了這事，笑著說：「他怎麼可能會寫這樣的文章，說這樣的話？一定是別人陷害他的！」才使這事不了了之。

黨爭到最後，牛僧孺兩個兒子都做了大官，一家人開枝散葉，家族榮盛。而李德裕的晚年卻非常悲慘，甚至被貶到海南島去了。後世的人感嘆說：

「牛僧孺寫的傳奇故事《玄怪錄》，沒有片詞隻字傷害李德裕。而李德裕竟用這種手段，想害牛氏家破人亡，萬劫不復！到後來，牛的子孫繁盛，都做了大官。而李本身具有很高的才幹，最後淪落到流放海島。這也算是他處心積慮陷害人的果報吧！」

從綠珠故事，石崇和孫秀的結局。牛李黨爭，李德裕後來所嘗的苦果來看，人真是不能作惡！所謂「人在做，天在看」，「不是不報，時候未到」，等時候到了，再後悔也來不及了！

或爲渡江楫，慷慨吞胡羯（祖逖）

「或為渡江楫，慷慨吞胡羯」是文天祥〈正氣歌〉中詩句。主角是祖逖。

祖逖，字士稚，范陽郡遒縣（今河北省保定市淶水縣）人，東晉初期著名的北伐名將。

祖逖性格豁達豪放，不拘小節，十四、五歲，都還未曾讀書，令他的眾兄長憂心；這樣出身世家的子弟，不讀書，是很讓人看不起的。但他爲人輕財好義，慷慨大方，又有志節。每到鄉村田野間，都以兄長們的名義，分贈米穀、布帛救濟貧困的人。鄉里宗族因而對他改變看法；原來他樂善好施，並不是一般遊手好閒的紈褲子弟，因此轉而看重他。

他再長大些，忽然發現讀書的樂趣。於是一改過去不喜讀書的習性，博覽群籍，涉獵古今。使當時往來洛陽的人，都稱美他有「濟世之才」。他僑居在陽平時，曾被推舉爲孝廉和秀才，但他都不應命，後來被任命爲司州主簿。

著名的「聞雞起舞」成語，就是他和劉琨的故事。他跟劉琨是好朋友，常在一起研究學問、學習武藝。天亮雞叫的時候，他就踢劉琨起來。說：「雞鳴不是惡聲，是爲了讓我們清早覺醒！」

起身之後，兩人就一起在院子裡舞劍，鍛練體魄。他們都具英雄氣慨，常一起談論國事。說：「如今四海不平靜。英雄豪傑各具野心，群雄並起。我們應以復興中原爲己任！」

他曾先後擔任大司馬齊王司馬冏，和驃騎將軍長沙王司馬乂的屬官，最終升任太子中舍人、豫章王司馬熾的從事中郎。曾於永安元年隨晉惠帝北征鄴城，兵敗後逃回洛陽。

祖逖眼見西晉一片混亂，決心要振興晉朝。爲此，他對那些被視爲暴桀勇武的「野武士」們，十分禮遇甚至縱容。在他們被官府抓到的時候，就去營救他們，並讓他們成爲自己家的門客。當時很多人因此看不起他。但他卻認爲：他們其實都是有用之才，只因亂世，才淪落爲小偷、強盜。希望他們能改過遷善，日後，能以自己的才能，爲國家作出貢獻。

永嘉五年，匈奴劉曜率漢軍攻陷洛陽，晉懷帝被俘，中原大亂。祖逖率鄉鄰親友幾百家避難南下，與他們甘苦與共。他富有謀略，於是被推爲他們南下之行的首領——行主。祖逖到泗口（今江蘇淮陰北），鎮東大將軍司馬睿任命他爲徐州刺史，不久徵召爲軍諮祭酒，移居京口（今江蘇鎮江）。

建興元年，司馬睿以祖逖爲奮威將軍、豫州刺史，他上書司馬睿，力請北伐。

但因司馬睿一心鞏固初建的江東政權，無心北伐，只給他一千人的糧食和三千匹布，作爲北伐物資。隨他自募戰士，自造兵器。但祖逖仍帶著隨他南下的部曲百餘家，和那些小偷、強盜的門客，北渡長江。他在江中敲打著船槳說：「祖逖不能清中原而復濟者，有如大江！」

他是表示：此行渡江，若不能恢復中原，是不準備再次渡江南歸了。

祖逖的言辭神色都非常慷慨激昂，眾人無不感慨嘆息。到淮陰駐紮，他建造熔爐冶煉澆鑄兵器，又招募了二千多人然後繼續前進。

當時，流民的塢主張平、樊雅兩人，表面臣服於東晉，實際是在譙郡「擁兵自重」觀望風色。祖逖北屯蘆州後，曾派參軍殷乂去拜訪二人。但因殷乂態度傲慢輕蔑，張平不服而勒兵固守，使祖逖進攻了一年多也不能成功。後來利誘張平部將謝浮藉機殺死張平，祖逖才能進據太丘。但樊雅和張平餘眾仍固守譙城，對抗祖逖，彼此相持不下。祖逖因得其他地方部隊的支援，才成功的擊敗並勸降樊雅，得以進據譙城（今安徽亳州）。隨即又擊敗前來討伐的石虎。

自命陳留太守的陳川，派部下李頭幫祖逖討伐樊雅有功。李頭看到祖逖得到了樊雅的駿馬，非常羨慕。祖逖知道他愛這匹馬，就慷慨的以馬相贈，使李頭非常感動，仰慕祖逖，說：「能得此人爲主，我死也不遺憾了。」

不料，卻因此惹來李頭長官陳川的憤恨。派人殺了李頭，並大掠豫州諸郡，被祖逖派兵擊潰。並將陳川所掠奪的子女財物各歸原主，因而深得民心。陳川因此十分畏懼，於太興二年改投石勒。

祖逖率軍討伐陳川，石勒則遣石虎領兵五萬救援，祖逖因連番失利而退回淮南。石虎收兵大掠豫州後，留將領桃豹等，留守陳川故城西台。太興三年祖逖派韓潛守東台，相持四十日後，祖逖設計：令胡兵以爲晉軍兵糧充足，其實，當時他們已飢餓乏食幾乎失去士氣了。後來又派兵攔截掠奪了石勒運給桃豹的軍糧，逼令桃豹退守東燕城。祖逖因而盡得二台，並派韓潛進占封丘，壓逼桃豹，自己則進屯雍丘（今河南杞縣）。

祖逖之後多次出兵邀截石勒軍，令屯駐當地的石勒部眾都漸感困逼。後來石勒所派的精銳騎兵，又被祖逖擊破，很多駐守當地的石勒部眾，紛紛向祖逖歸降。同時祖逖也因厚待捕獲的濮陽人，而獲他所領的鄉里歸降，同時遣使，讓當時經常互相討伐的晉室將領李矩、郭默、上官巳、趙固等和解，都聽從祖逖指揮節制。於是祖逖成功收復黃河以南，中原地區的大部分土地。

祖逖軍紀嚴明，自奉儉約，不蓄資產。農時親自勸督農桑，子弟們也帶頭參與生產。又收葬枯骨並祭祀，深得百姓愛戴。黃河北岸塢壁群眾，都感激和愛戴祖逖，每每向祖逖密報石勒的活動。因此，東晉升祖逖爲鎮西將軍。

石勒見祖逖勢力強盛，不敢南侵。爲了示好，在成皋縣和范陽，營修祖逖母親及祖父、父親的墳墓，又遣書請求通商。祖逖雖然沒回信，卻任憑雙方通商貿易；更因此收利十倍。

石勒又殺了叛晉歸降的祖逖部將，表示友好。祖逖也與石勒修好，禁止邊將進侵後趙，於是邊境暫得和平。但同時祖逖卻知道：這並不是長久之計。營繕虎牢（今河南滎陽汜水鎮），秣馬厲兵，積蓄力量，隨時準備向北岸推進。

大興四年，晉元帝因祖逖的軍功而疑忌他，司馬睿派遣戴淵爲征西將軍、都督司、兗、豫、並、雍、冀六州諸軍事、司州刺史，以監督祖逖。祖逖認爲戴淵雖有才望，但並無遠大的志向和識見，無助於北伐。而且自己既收復黃河以南大片土地，突然朝廷卻派出如此不通武略的文臣前來統領。知道他一心盡忠，朝廷卻還疑忌他！同時，祖逖觀察朝廷情勢，憂慮權臣王敦和寵臣劉隗等對立，內亂必將爆發。既遭朝廷疑忌，又心憂國事的他，因心中激憤患病。

祖逖雖然患病，但仍然用心修繕虎牢城，北臨黃河，西接成皋，四望甚遠；同時亦派人修築營壘，作爲南方部隊的據點，以防後趙進行侵略。但營壘尚未建成，祖逖就病死於雍丘，享年五十六歲。東晉追贈他爲「車騎將軍」。他預測得不錯：次年王敦果然發動變亂，接手豫州。祖逖的弟弟祖約，無力抵抗乘機來攻的石勒，不得不向南退；原本已收復的土地，又被石勒攻占。祖逖曾一度收復黃河以南大片土地，但後因朝廷內亂，在他死後，北伐功敗垂成，想來他眞死不瞑目！

祖逖是位極受人民愛戴的將領，他死後，所轄的豫州，人人都好像父母離世那樣悲傷！

南北朝

同行十二年，不知木蘭是女郎（花木蘭）

提起「巾幗英雄」，大概百分之八十以上的中國人，頭一個想起的名字，就是「花木蘭」！對她「代父從軍」的故事，更是耳熟能詳。

木蘭的故事，出於民間流傳的樂府詩〈木蘭詩〉（或作〈木蘭辭〉）。樂府詩，常是官方所採集民間流傳的歌謠，因此，並不一定知道作者是誰。此詩最早收錄曾於梁武帝時任樂官的僧人釋智匠，他收在入「陳」後，所編的《古今樂錄》中。宋代的郭茂倩收錄於《樂府詩集》。清康熙朝的沈德潛，收錄於他編選的《古詩源》中後，更廣爲流傳。一般相信，是南北朝時代「北魏」的作品。

詩中既沒有提出明確的時代，也並沒有提「木蘭」姓什麼。關於她的姓氏，有幾個說法，除了姓「花」之外，也有人說她姓魏、姓朱。但流傳最廣的說法，也最爲人習知的，還是姓「花」。

〈木蘭詩〉是一首敘事長詩，完整寫出這個名叫「木蘭」的女子「代父從軍」的故事：

唧唧復唧唧，木蘭當户織。不聞機杼聲，唯聞女嘆息。問女何所思？問女何所憶？女亦無所思，女亦無所憶。昨夜見軍帖，可汗大點兵。軍書十二卷，卷卷有爺名。阿爺無大兒，木蘭無長兄。願為市鞍馬，從此替爺征。

東市買駿馬，西市買鞍韉；南市買轡頭，北市買長鞭。朝辭爺孃去，暮宿黃河邊。不聞爺孃喚女聲，但聞黃河流水鳴濺濺。旦辭黃河去，暮至黑山頭。不聞爺孃喚女聲，但聞燕山胡騎聲啾啾。

萬里赴戎機，關山度若飛。朔氣傳金柝，寒光照鐵衣。將軍百戰死，壯士十年歸。歸來見天子，天子坐明堂。策勳十二轉，賞賜百千強。可汗問所欲？木蘭不用尚書郎，願借明駝千里足，送兒還故鄉。

爺孃聞女來，出郭相扶將；阿姐聞妹來，當户理紅妝；阿弟聞姐來，磨刀霍霍向豬羊。開我東閣門，坐我西閣床。脱我戰時袍，著我舊時裳。當窗理雲鬢，對鏡貼花黃。出門見伙伴，伙伴皆驚惶；同行十二年，不知木蘭是女郎。

雄兔腳撲朔，雌兔眼迷離，兩兔傍地走，安能辨我是雄雌！

詩一開始，就讓「女主角」出場了；她正在織布。而織著織著，聽不到織布的聲音了，傳來的是木蘭一陣陣的嘆息聲。

她的嘆息，引起了家人；應該是她父親的注意。問她「何所思，何所憶」，也就是問她有什麼「心事」。後人認爲，這首詩應該是南北朝時「北魏」的詩。那木蘭不但生長於北方，甚至還可能有胡人的血統。北方民族對感情的表達，也是非常直接明快的，沒有那麼多漢人禮教的束縛。所以她的父親想到的，可能是女孩子長大了，是不是有什麼感情困擾了？由此，我們可以了解：她父親的開明與對她的關心疼愛。

然而，她父親猜錯了！她給她父親的回答是：她無所「思」，也無所「憶」；無關於她個人的感情問題。她的嘆息，是因爲「可汗大點兵」，「可汗」是北方民族對皇帝的敬稱；也由這一點，可以確認這是北方的民歌。朝廷發出了「徵召令」，要打仗了！而「軍書十二卷，卷卷有爺名」；徵召令的名冊中，有她父親的名字，必須應召出征！可是，她的父親年老多病，她又沒有哥哥（從後文看，我們知道她只有一個姐姐、一個弟弟）可以替父親去從軍。所以她毅然要求：「願為市鞍馬，從此替爺征」；幫我買匹戰馬，配好鞍轡，讓我代替父親從軍去！

詩寫到這裡，馬上接「東市買駿馬……」；爲她準備出征用的馬匹了。這當中，省略了許多情節；顯然，她一個女孩子提出「代父從軍」的請求，是非常突兀的；女孩子從軍，自古不曾有過。從軍後，她以一個女孩子夾雜在男人堆裡，可能會遇到的各種問題，如何面對？因此，家裡不可能毫不考慮的就接受她的要求。一定會有爭辯、討論，然後才達成「共識」。而能達成共識的必要條件，必然是她的個性就很像個男孩子。並且有相當高強的「武藝」，又不怕苦、不怕難，能夠去從軍打仗！

北方，尤其是有胡人血統的女孩子，不會像漢人女孩子那麼柔弱。木蘭這個出身「軍人家庭」的女孩子，如果具有男孩子的個性，很可能從小就跟著父親習武，也參與狩獵等屬於男孩子的活動，已具備了一身騎射的本領。也因此，她才能說服她的父親和家人答應她的要求，並去爲她準備戰馬和必要的配備。一切都準備好了，她也隨軍出征了。下面接著寫的，是她離家後的心情；再怎麼樣說，她也還是個女孩子，在聽到黃河流水聲、燕山胡騎聲時，她心中想念的是父母，渴望聽到的是父母呼喚她的聲音。

這裡有一點很有趣：「燕山胡騎聲啾啾」，北魏本身就是鮮卑族的「胡人」。但自從北魏孝文帝「漢化」之後，顯然也以「漢人」自居了。「燕山」，在河北靠山海關的地方，也就是靠近現在的內蒙古的地區。黑山頭，則在內蒙古境內。這一次打仗的對象，必然是其他的北方民族。所以用「胡騎」來指敵方。

詩人用非常簡捷的三十個字，就帶過了木蘭軍中的十二年歲月：「萬里赴戎機，關山度若飛」，寫疾行奔赴戰場。「朔氣傳金柝，寒光照鐵衣」，寫戰地的生活。「將軍百戰死，壯士十年歸」，則跳接到得勝凱旋，班師回朝。

打了勝仗，天子進行封賞：「策勳十二轉，賞賜百千強」由她的功勞記錄和受到的賞賜，還有後面她推拒「尚書郎」的官職，可知木蘭累積的「戰功」是非常可觀的。也可以確定：經過這十二年累積的軍功，她的位階一定不低，而是一位功業彪炳的重要將領了！「可汗問所欲」；她的功勞甚至大到：可汗問她想要什麼！而一定出於可汗的意外，她什麼功名利祿都不要，只要回家！

木蘭要回家了！消息傳到之後，詩人寫她的父母、寫她的姐姐，寫她的弟弟不同的反應，卻都各適其份；父母都老了，但爲了趕快見到愛女，相攙相扶的出城迎接她；姐姐趕快打扮，想漂漂亮亮的與她相見；最可愛的是弟弟，趕緊殺豬宰羊，準備大擺宴席來歡迎姐姐凱歸！幾個人的反應，呈現出家中一片歡欣興奮的氣氛。

詩人沒有寫她與家人相見的情形；那是不言可喻的，不必多著墨。直接就寫她回到了她的閨房中，「脫我戰時袍，著我舊時裳。當窗理雲鬢，對鏡貼花黃」，她換回了女裝，而且用心梳妝打扮了一番，才「出門見伙伴」；出來見她的同袍們。一個威風凜凜的「將軍」進屋裡去，再走出來，竟然變成了風姿楚楚的「姑娘」！無怪乎「伙伴皆驚惶」；當時的場景，多麼有趣！因爲：「同行十二年，不知木蘭是女郎」！怎麼分得清呢？詩人用兔子比喻；雖然公兔和母兔有不同的特徵。但一起跑的時候，又如何分別辨得出來？

這首詩的作者已佚名，卻成爲文學史上流傳久遠最受歡迎的長詩。「木蘭」這個集忠孝勇敢於一身的女孩子，也栩栩如生的活在所有中國人的心中。

南北朝

何處結同心，西陵松柏下（蘇小小）

天下有些人與事，說起來還眞是「不公平」；許多人努力奮鬥了一輩子，也未必能流芳傳名於後世。有些人卻似乎不費吹灰之力，就「名垂千古」。其中最令人難以理解的人物之一是：「南北朝·南齊」的名妓「蘇小小」。一千多年來，有許多文人雅士都曾爲她作詩追悼，或墓前憑弔。清代以散文和詩名重一時的袁枚（字子才，號隨園老人），還曾刻了一枚閒章隨身攜帶；閒章上刻的七個字是：「錢塘蘇小是鄉親！」

使當時的士林大爲不滿；與他的故鄉錢塘（杭州）有淵源，歷史上「重量級」的人物有多少（隨便舉例：白居易、吳越王錢鏐、蘇軾、岳飛、于謙……）！他都不提，偏去認一個名妓爲鄉親！他卻覺得，「蘇小小」才是錢塘歷史上最「可愛」的人物！

蘇小小究竟是何許人呢？恐怕從古至今也沒人弄得清楚。現在所傳述她的「故事」，大概也是後人拼拼湊湊、加油添醬而成的。甚至，有許多人認爲她根本是無中生有「製造」出來的「傳奇人物」，而非眞實的「歷史人物」。事實上，我們一般認知的所謂「歷史人物」，特別是活躍文學或舞台上的人物，許多都是「製造」出來的。他們有些眞的只是「傳奇故事」裡的人物，有些雖有其人，傳述的「故事」卻經過「添油加醬」。其中有些「得天獨厚」的，經過長時間一代代文人雅士的不斷「加工」，已掩蓋了歷史的眞實，越傳越像眞的！

蘇小小，或許也屬這一類。「大江東去，浪淘盡，千古風流人物」！多少烜赫一時的歷史人物，都在歷史的長流中湮沒了。而她竟能流傳了一千多年，到二十一世紀的今天，還這麼「活生生」的讓人信以爲「眞」，也可眞是「異數」了！

蘇小小的「原始資料」非常簡單：

這個名字，最早出現在成書於南朝「梁代」的《玉臺新詠》；書中有一首〈蘇小小歌〉（或名〈錢塘蘇小歌〉）：

妾乘油壁車，郎跨青驄馬。何處結同心？西陵松柏下。

相傳，她是「南北朝．南齊」時代錢塘的著名歌妓，並因工詩，而有「詩妓」之名。最早的記載，大約如此而已。經過不斷加枝添葉，她的「故事」就越來越完整動人了：

「據說」，因爲她身材纖小，有如「香扇墜」，故名「小小」。原本出身良好家庭，因父母雙亡，無依無靠，而進入青樓爲妓。與一般妓女不同的是：她可以說是自己選擇當歌妓來維生的。而不像一般青樓妓女，大都是從小由假母（鴇母）買來，經過長年的調教，到了一定的年齡，才看她們本身的條件，開始「掛牌接客」，成爲假母手中的「搖錢樹」。

假母栽培這些女孩子，尤其是稟賦良好，姿色出眾的，可以說是「不惜工本」的栽培；從小請人教導琴棋書畫、輕歌曼舞。她們的衣著品味、待人接物、言談舉止、乃至一顰一笑，都是經過「訓練調教」的。假母既在她們身上下了大本錢培訓「投資」，出道之後，當然得斤斤計較「報酬率」。因此，這些青樓女子，也身不由己的得努力賣笑、賣藝、賣身的爲假母賺錢。假母對她們操控甚嚴；她們從小就是假母買來的，都有一紙「賣身契」捏在假母手裡。因此，在假母手下往往是不能作主，也沒有自由的！直到自己存夠了「私房錢」買回賣身契，或遇到對她有情，願意爲她贖身從良的「恩客」，才能「脫離苦海」。不然就只能等著人老珠黃，門前冷落。甚至落得貧病交迫，衣食不周的悲慘下場。事實上，青樓女子日後有好下場如〈李娃傳〉裡李娃的，恐怕眞不多；後世研究歷史的人指出：在那重視門第氏族的時代，法律就不允「良賤通婚」，事實上根本不可能！因此，青樓女子能「老大嫁作商人婦」，都已經算是結局不錯的了。

蘇小小卻不一樣；她雖在青樓，卻是「自由之身」，沒有假母監督管束。所以她雖然也和一般歌妓一樣，賣笑獻歌，侑酒娛賓。本身卻擁有接待對象的「選擇權」，她不願意的話，任你高官厚爵，巨商富賈，也未必有錢就能受她歡迎。而她喜歡的是與當代文士們往來酬唱，而不是去應酬那些達官巨賈。

曾有觀察使孟浪，因公事來到錢塘。他早聽說過蘇小小的盛名，身爲官員的他，不便公然到青樓去造訪，就命人請蘇小小來見。沒想到蘇小小根本沒把「官員」二字放在心上，派人催請了好幾次，才姍姍而來。孟浪十分不悅，心想：一個歌妓，架子這麼大！竟連他這樣的官員都不放在眼裡！又想，她雖有「詩妓」之名，那可能有什麼眞才實學？不過是那些無聊文士吹捧而已！決定刁難她。就指著庭中一株梅花，要她當場以梅花爲題作一首詩。蘇小小從容不迫地信口吟道：

梅花雖傲骨，怎敢敵春寒？若更分紅白，還須青眼看！

她顯然就是以梅花自喻，明指孟浪有如春寒。使得孟浪當場啞然，只有讚佩的份。

愛好大自然的她，也常乘著彩繪的「油壁車」香車到西湖去賞玩湖光山色，生活非常悠遊自在。雖然，也有許多達官貴人，王孫公子都慕名而來，甚至想重金求娶。她卻淡淡地回覆：「我雖是個青樓女子，卻是自由之身。喜歡隨性自在的生活，受不得名門世家種種禮教規範的約束！」

她既富才藝，識詩書、善歌舞。爲人又重情尙義，頗有俠氣。既不追慕富貴，也不輕鄙寒賤；對達官富賈，未必刻意逢迎，對有才華的清寒士子，卻常青眼相待，並予以接濟資助，幫助他們求取功名，進入仕途。

由於她不但絕豔無雙，風情萬種。又雅擅詩文，多才多藝，很快就成爲當代錢塘首屈一指的紅歌妓。身邊圍繞的人雖多，但她的眼界很高，能得她垂青，願意以身相許，也很不容易。直到偶然遇到了奉父命，由京城建康（今南京）到錢塘來辦事的才子阮鬱（郁），才擦出了愛情的火花。

阮鬱的出身高貴；相傳，他的父親是南齊宰相阮道。他奉父命來到錢塘，閒時，便騎著一匹青驄馬，到西湖閒逛遊玩。就在西湖的西泠橋畔，邂逅了也乘著油壁香車到西湖遊玩的蘇小小。蘇小小清麗絕俗，風姿楚楚，舉止落落大方，嫺雅動人，讓阮鬱一見驚爲天人。蘇小小雖然閱人多矣，卻一直沒有遇到眞正讓她中意願意許身的心上人。見到阮鬱少年英俊，貌如潘安，又溫文儒雅，卓然出塵，也不覺爲之心動。在車馬交會於西泠橋時，她對著阮鬱搴簾微笑，並且柔聲曼吟：

妾乘油壁車，郎跨青驄馬。何處結同心？西陵松柏下。

等於是告訴他：她就住在西湖畔，西陵松柏之下的小樓裡。

阮鬱照著她詩中的指引，果然在西陵松柏下尋到了她居住的小樓。交談之下，都為對方的才貌、談吐傾心。兩人一見如故，情投意合。許為知己，結為愛侶。蘇小小因而閉門謝客，與阮鬱出雙入對，如膠似漆。

阮鬱沉醉在溫柔鄉中，把父親「辦完事趕快回家」的吩咐置諸腦後，樂不思蜀。他父親等了三個月，都不見兒子返家，不免憂急；分明交代他辦的事，十天就能辦妥，為什麼留連錢塘，三月不歸？會不會發生什麼事故了？派人打聽的結果，才知道兒子竟是因為迷戀上錢塘歌妓蘇小小，沉醉青樓，才忘了回家的。為之大怒，立時寫信給他，命他馬上回家。

阮鬱難違父命，卻以為父親不知道他迷戀蘇小小的事。總以為回去見過父親，交代了父親交辦的事，很快就可以回到錢塘來。所以，在臨別時，海誓山盟，對蘇小小做了很快就會回來的承諾。

與阮鬱別後，蘇小小就天天數著日子盼望他回來。卻不知道：他一到家，就被他的父親痛責他不求上進，迷戀煙花。把他關在書房讀書，不許出門！並派人嚴密看守，讓他插翅難飛！

他這一去，不但人不回來，連封信都沒有！蘇小小久候阮鬱不歸，茶不思，飯不想，終日抑鬱寡歡。她本來就身體嬌弱，禁不起這一番「愛．別離」相思之苦的折磨，不久，就因相思情切而病倒了。又因爲阮鬱並沒有告訴她自己出身相門的眞實身分，因此，蘇小小也想不到兩人的問題，其實癥結在於「門不當、戶不對」；這樣身分的落差，兩人根本沒有結合的可能！難免心存「郎君薄倖」的疑懼與痛苦。終於一病不起，玉殞香消。

她曾經資助過一個清寒的讀書人鮑仁，此時已進入仕途，衣錦榮歸。特地到蘇小小所居的小樓相訪，想向她報告喜訊，並感謝她當年義伸援手的資助之恩。不意，他到達時，卻驚聞蘇小小去世的消息。當時蘇小小已然入殮，尚未下葬。他撫棺痛哭之餘，鄭重爲她主持葬禮。照著她的遺願，將她安葬在西湖她與阮鬱相遇的西泠橋畔。並爲她在墓前立碑，上書：「錢塘蘇小小之墓」。

這故事中所謂的南齊宰相阮道、宰相之子阮鬱（郁）、觀察使孟浪，都於史無徵；若加搜索，這些人名也都只是附麗於「蘇小小」的故事裡。而說她資助鮑仁「進京趕考」去參加科舉考試一事，更是無稽；科舉始於隋，成爲正式的制度，已到唐朝了。「南齊」時顯然還沒有科舉，當然也就沒有資助士子「進京趕考」的事！顯然，這些看來「有名有姓」的人物，大約也是「製造」的可能居多。雖然如此，這哀感頑豔的故事，幾經流傳，還是感動了許多後世的詩人文士。唐代有「詩鬼」之稱的李賀，就曾爲她寫過一首非常美的〈蘇小小墓〉歌：

幽蘭露，如啼眼。無物結同心，煙花不堪剪。草如茵，松如蓋。風為裳，水為佩。油壁車，夕相待。冷翠燭，勞光彩。西陵下，風吹雨。

沒想到，她的「故事」還沒有結束。到了五、六百年之後的北宋，竟然有了「續篇」。北宋時，有一位才子司馬槱（字才仲），陝西人。當他在洛陽居住的時候，有一天睡午覺，夢到一個絕色女子，搴簾對他微笑。輕啓朱唇，唱道：

妾本錢塘江上住，花落花開，不管流年度。燕子銜將春色去，紗窗幾陣黃昏雨……

他聽著，覺得詞曲皆美。忍不住問：「請教小娘子，這是什麼曲子？」

那美人答道：「〈黃金縷〉。」

頓了一下，又凝視著他，深情款款地說：「我與你有宿世情緣。日後，我們會在錢塘江上見面的。」

說完，就消失了蹤影。他醒來，有些迷惘；也不知這夢從何而來。夢裡的情景，卻記得清清楚楚。心想：洛陽離錢塘幾千里遠，他怎麼可能無緣無故的跑到錢塘去？欲待不信，那美人的容貌，卻那麼明晰的如在眼前。而她所唱的那首〈黃金縷〉，也字字句句如在耳邊。

於是他把這詞寫了下來。

他沒想到，過了不久，他認識了當代的「文宗」蘇東坡。蘇東坡對他的文才十分欣賞，極力鼓勵他參加應制考試，求取功名。他參加了，也考中了。不久，被朝廷派到杭州（錢塘）任官。

他到達錢塘，見到了也跟蘇東坡有深厚淵源的秦覯；秦覯當時正在杭州任職，跟他同事。

兩位青年才子一見如故，意氣相投，很快的就成爲無話不談的知己朋友。他拿出他記下的〈黃金縷〉給秦覯看。秦覯看了，說：「才仲！這闋〈黃金縷〉（別名蝶戀花、鵲踏枝、鳳棲梧等）寫得極好！但爲什麼你只塡了半闋，沒有寫完？」

「少章！這詞不是我作的，乃是夢中得來。」

於是，他對秦覯說明了這詞的來由。秦覯笑了，說：「那就讓我來續貂，寫完了吧！」他是「蘇門四學士」之一秦觀（字少游）的弟弟。秦觀是當代最著名的詞壇名家，秦覯本身也擅長詩詞吟詠。提起筆來，就接著往下寫：

斜插犀梳雲半吐，檀板輕敲，唱徹黃金縷。夢斷彩雲無覓處，夜涼明月生南浦！

司馬櫝看他把這闋詞續得天衣無縫，非常高興，大加讚賞。過了一會，秦觀告辭走了。他覺得有些睏倦，就上床閉目休息，不知不覺的睡著了。又夢見那女子來到房間裡，笑靨如花。對他說：「我的宿願，今日終能得償了！」

說著，就上床與他同寢。夢中兩人纏綿繾綣，備極恩愛。從此，這女子天天都來，宛如夫婦一般，與他共同生活。

他偶爾跟同事們說起這件事。他們都很驚慌，對他說：「你不知道嗎？我們官舍的後面，有一座蘇小小墓。你別是遇到妖怪，或是被她的鬼魂纏擾了吧？」

他聽了，只是笑笑，也不以爲異。更沒有接受他們的建議，找人作法捉妖驅鬼。不到一年，他就病倒了，而且病情日益沉重。

他有一艘平日作爲遊湖工具的船，長年停泊在湖邊。在一個月明之夜，船夫看到他與一個美人攜手來到湖邊。以爲他們要坐船夜遊，忙招呼他上船。不意兩人才上了船，船尾就失火了。船夫搶救不及，連忙到他家去報信。走近他家，卻聽到裡面傳出哭聲；司馬櫝不久之前嚥氣了！

這一段神話或鬼話，是誰編造的？無可查考，但前面「傳奇故事」中的人物雖於史無徵。這一段故事中司馬櫝和秦觀卻都是歷史上明確存在，並留有著作的人物。故事的時間、地點也無不符合。所以這故事也隨著蘇小小的故事流傳在民間，而且更繪形繪影。是否司馬櫘就是當年阮鬱的後身，所以蘇小小來與他重續前世未了之緣？也都留給後人去自由想像了！

又過了四百年，到了明朝弘治初年，再次傳出了蘇小小新的故事「版本」。

明朝的一代忠良于謙冤死。他的兒子于冕（字景瞻）也受到牽累，發配龍門。九年後，新皇帝登基，他才被釋返回京城，爲父親鳴冤平反。皇帝感念他的父親爲了國家的利益，而不幸冤死。不但爲他的父親平反，而且回復了于冕的官職。幾度升遷，做到應天府尹。退休致仕後，返回故鄉錢塘。邀詩人朋友馬洪（字浩瀾）陪同遊西湖。他們在第三橋泊舟，看著湖光山色，于冕感慨地對馬洪說：「我有二十年沒有遊西湖了。山川如故，風景依然，人事全非；浩瀾！你何妨爲我作一首詩紀遊？」

馬洪是當代著名的詩人。當即爲他作了一首七言律詩：

畫舸秋風湖上來，水通天碧淨無埃。一雙鸂鶒忽飛下，千朵芙蓉相映開。烏似彩鸞窺寶鏡，花如仙子步瑤台。風光堪賞還堪賦，其奈江南庾信哀。

第二天，他們再同遊西湖時，見到有人在那兒扶乩。扶乩，是一種民俗信仰中很玄奇的「請仙問事」方式；桌案上，放置一個沙盤，上方有個木架，架上懸一枝錐筆。扶乩的人，虛扶著架子。而當請來的「乩仙」降臨時，這枝筆就會自動在沙盤上寫出所問事情的答案。

他們一時興起，請「乩仙」依照前一天馬浩瀾作的詩和韻。只見乩仙運筆如飛，立刻就在沙盤上和韻寫出一首七言律詩：

此地曾經歌舞來，風流回首即塵埃。王孫芳草為誰綠？寒食梨花無主開。郎去排雲叫閶闔，妾今行雨在陽台。衷情訴與遼東鶴，松柏西陵正可哀。

「郎去排雲叫閶闔」一句，與于冕回京之後，在朝廷上，向皇帝爲父親鳴冤，得到平反之事若合符節！寫完了詩，乩仙又寫出一行字：「錢塘蘇小小和馬先生湖橋首倡。」

看到這一行字，讓于景瞻和馬浩瀾都爲之相顧失色。

「蘇小小墓」一千多年來，陸續有好事者維護、整修。後世人還在墓的上方爲她加蓋了一座「慕才亭」，一方面保護墳墓，另一面，也作爲遊湖憑弔的人避雨或休息之所。在文革時，連墓帶亭都被紅衛兵拆毀了。到了二〇〇四年，在杭州百姓的聯名請願之下，杭州政府決定重建「蘇小小墓」與「慕才亭」，以招徠觀光客。

新建的「慕才亭」，是照著舊日留下的照片用青石仿建的。亭呈六角形，用六根方柱支撐亭頂。六根方柱共有二十四面，杭州政府邀請了十二位當代書法名家，寫了十二副楹聯，刻在柱上。其中一副寫的是：

桃花流水窅然去，油壁香車不再逢！

「桃花流水窅然去」，出於唐代李白〈山中問答〉詩。「油壁香車不再逢」則是北宋晏殊〈寓意〉詩中的句子。兩個不同時代的人寫的詩句，合成一聯，竟不但典雅貼切，而且渾然天成。

像這樣一位一千多年前名不見「經傳」的歌妓，竟然能流傳到二十一世紀的今天，還讓人念念不忘。甚至爲她重建「假古蹟」來賺「觀光財」，眞不知讓人從何說起！

山中何所有（陶弘景）

〈山中何所有〉是南北朝時，陶弘景回答梁武帝問話的一首五言詩。

陶弘景，字通明，丹陽秣陵（今江蘇南京）人。生於南北朝時代，一生經歷了南朝的「宋、齊、梁」三朝。

歷史記載：他從小就表現不凡，才四、五歲的時候，就喜好讀書。九歲開始讀四書五經，他的祖、父都是當代名醫，所以他從小對醫藥、養生就十分有興趣。十歲偶然讀到葛洪的《神仙傳》，更一心嚮慕神仙境界，也奠下了他日後學道，研究養生，並隱逸山中的基礎。

講到曾建都於江蘇「南京」的「六朝」，指的是東吳、東晉，和南北朝時的「南朝」：宋、齊、梁、陳四代（「南京」在東吳時稱「建業」，晉改爲建鄴，後來晉愍帝名「司馬鄴」，因避諱而改名「建康」另四朝都延用「建康」）。

南北朝，最先取東晉而代之的，是被東晉封爲「宋王」的劉裕，他所建立的「宋」國

（史稱南宋；與後來宋朝南遷之後的「南宋」有別）歷經六十年後，故事重演；他的後代子孫，被封爲「齊王」的蕭道成逼迫讓位，廢了宋帝。自己登基，建立了「齊」國（史稱南齊）。

蕭道成（齊高帝）和兒子蕭賾（齊武帝）在位的時候，慕名聘請陶弘景出任幾位封王兒子的「侍讀」。也負責這些王室親貴文書章奏之類的工作。雖然皇家對他相當尊重禮遇，但他自覺不是「富貴中人」，一心嚮往大自然的隱逸生活，決定辭官歸隱。而且想到做到；他把自己的官服掛在「神武門」，然後去和好友王晏話別。王晏非常了解也同情他隱逸之志，但提醒他：「陛下治事甚嚴，不准許臣屬作離奇之事。你這樣不辭而別，形同忤旨，反而可能讓陛下怪罪，更達不到你的目的。不如把你的心志，好好的跟陛下談談，讓他了解你並非心存異志，他在了解之後，會成全你的！」

他認爲王晏說得很有道理。因此，他上了一道「解官表」給齊武帝：說明自己生性淡泊，不慕富貴，只想回歸山林，以求養生之道的心志。齊武帝看了他的奏章之後，也很感動；認爲「人各有志」，不能勉強。不但下詔批准了他「解官」的請求，還給予許多賞賜。並且指示：要按月供給他茯苓、白蜜等，爲他日常養生之用。

他入山的當天，朝中的公卿將相都來爲他送行，造成了「大塞車」；大家都稱揚是宋、齊兩代以來，從未曾有令「朝野皆榮」的盛事！

他在又稱「茅山」的「句曲山」停駐，並在山中建立館舍，自號爲「華陽隱居」，開始了他長達四十五年的隱居生活。

齊在立國二十四年之後，又重蹈了皇帝昏庸嗜殺，被封爲「梁王」的蕭衍逼退讓位的覆轍。蕭衍（梁武帝）早年就與陶弘景是至交好友，非常了解他的政治才幹。因此即位登基之後，就親自寫下詔書，聘請他出山輔佐。陶弘景再三推辭，並畫了一幅畫獻給蕭衍。

這幅畫上，畫了兩頭牛。主要的畫面，是一頭在野地水草間吃草的牛，神態安閒自得。畫在一角的另一頭牛，則被繩子拴著，戴著金絡頭，後面還有人拿著鞭子驅趕牠，牛的神態疲憊辛苦，與那頭悠哉吃草的牛，形成強烈的對比。

梁武帝看到這幅畫，笑了：「他的意思是告訴我：他寧可像莊子一樣，做曳尾於爛泥中的烏龜，也不想被供奉在神廟裡！以他的淡泊無求，豈是用官爵封賞就能讓他動心的！這樣志行高潔的人，是無法羅致入朝爲官的！」

從此也就不再提請他出山爲官的事了。梁武帝在位期間，兩人之間往來書信頻密；每個月都通好幾封信。梁武帝在收到陶弘景來信的時候，都先正肅衣冠，並焚上香，才虔敬接受。恭敬之情，無以復加，以示對他的尊敬。

雖然他沒有當南梁的官，但遇到有疑難的軍國大事無法決斷時，梁武帝一定會派人到山裡向他請教。因此，當代的人都稱他爲「山中宰相」。

梁武帝曾在給他的信中，問了一句：「山中何所有」；山裡有些什麼，讓你這樣留連，而不願離開呢？

他回了一首詩，題目是〈詔問「山中何所有」賦詩以答〉：

山中何所有？嶺上多白雲；只可自怡悅，不堪持贈君。

陶弘景隱居茅山四十五年，享年八十一歲。死後，梁武帝詔贈他為「中散大夫」，並諡「貞白先生」。成為道家最受尊崇的一代宗師，並留下許多關於養生的著作，為後世推崇。

南北朝

菩提本無樹，明鏡亦非臺（六祖慧能）

漢朝時，已有許多高僧來到中國，將佛教經典譯介到中土。「禪宗」是佛教的一個支派，起源於印度，在中國「落地生根」的始祖，是「菩提達摩」。

達摩在中國南北朝時，隨商船到達廣州。在他之前，已有一位來自天竺的高僧「求那跋陀羅」開宗立派講學了。達摩到中土之後，曾從學於他，然後才開始對外宣講《楞伽經》。

當時，南海有一位刺史蕭昂深慕其人，將他推薦給篤信佛法的梁武帝蕭衍。於是，達摩到金陵（南京）與梁武帝對談佛法。卻發現梁武帝所謂的「信佛」，就是蓋廟、念經、供佛，並認爲做這些事就是做了「功德」，而完全不懂佛法的眞諦。

當達摩告訴梁武帝：他所做的這一切都「毫無功德」時，梁武帝當然很難接受，雙方不歡而散。於是，達摩「一葦渡江」，到嵩山少林寺面壁九年得道，並等到了傳人；那是禪宗的「二祖」慧可。

慧可傳給「三祖」僧璨，再往下傳：「四祖」道信、「五祖」弘忍。

五祖弘忍，在湖北的黃梅開壇講授佛法。門下弟子有五百人之多。他門下的首徒法號「神秀」，是弟子們中的翹楚。師弟們也都很信服他，公認他是師父弘忍理所當然的「衣缽傳人」。

弘忍老了，準備在弟子們中揀選一位，立爲「衣缽傳人」時，對弟子們說：「你們都好好想想，然後各自作一首『偈』給我看；誰作得最好，我的衣缽就傳給誰！」

此言一出，大家都望著神秀。神秀是個有修養的人，只低眉垂目而退，他不想當眾表現。也覺得「有目的」的去作，有違佛家「無爲」的宗旨，就沒有說話。直到晚上，才悄悄地把自己苦思出來的偈，寫在牆上：

身是菩提樹，心為明鏡臺。時時勤拂拭，勿使染塵埃！

第二天，弟子們都看到了，讚佩得不得了！也都猜到：這一定是神秀作的，認爲師父的衣缽傳人，必然非他莫屬了！

弘忍也看到了，叫弟子們焚香敬禮，熟讀此偈。卻私下告訴神秀：「以你的偈看來，還未見本性；只到了門外，進不了門。見解如此，想要覓菩提，是得不到的！」

因爲，他覺得神秀還是太執著於物相了，修行也太過刻意而爲。

他的門下弟子有五百之眾，當然在知識程度上，也有高下之分。當時，有個弟子慧能，俗家姓盧，三歲喪父，家境貧苦。長大後，靠砍柴賣薪孝養老母。二十四歲出家，到黃梅追隨弘忍。因為他沒念過書，不識字，只能在廚房裡做些打雜舂米之類的粗活，當「火頭僧」。

他也聽說師父要大家作偈的事，又聽師兄弟們紛紛傳誦神秀的這一首偈。就說：「這偈還沒有領悟透澈呀！」

他身邊的人都嘲笑他：一個連字都不識的人，竟敢口出狂言，批評「大師兄」神秀作的偈！他不理會他們的嘲笑，走到神秀寫的偈前，口中念出了一偈，求人將他的偈，寫在神秀偈的旁邊。因為弘忍曾說：要大家都作的。他的師兄弟也就幫他寫了。他念的偈是：

菩提本無樹，明鏡亦非臺。本來無一物，何處惹塵埃？

大家正吵吵嚷嚷討論的時候，弘忍出來了。看了這首偈，問：「這是誰作的？」大家都說是「慧能」。弘忍叫人把他從廚房裡叫出來，注視著他半晌，說：「這也尚未見性！」

說著，順手就把這偈擦了。大家聽到師父說的話，又擦掉他的偈，都認為慧能自不量力，活該當眾出醜，七嘴八舌的嘲笑他。第二天，弘忍來到廚房，慧能正在舂米。弘忍拿起手中的杖，在舂米的石碓上敲了三下，什麼話都沒說，負著手就走了。

慧能也什麼話都沒說，還是繼續舂米。直到半夜三更的時候，才悄悄地到弘忍的禪房裡去；這正是弘忍敲三下石碓，負手離開所暗示的：要他三更時悄悄來。

弘忍見到他很高興地說：「你的偈，表示你已經開悟，得到禪宗『空』字的眞髓了。」說著，弘忍開始爲他解說《金剛經》的妙諦：說到「應無所住而生其心」時，啓發了慧能，使他領悟了「一切萬法，不離自性」的道理。弘忍非常高興，就把衣缽傳給了慧能。並命他帶著衣缽連夜逃走；因爲，不但恐怕神秀不服，五百弟子，也難免會有支持神秀，心懷嫉恨不平的人想傷害他。慧能領命之後，就帶著衣缽連夜向南逃。

天亮後，神秀知道弘忍竟在半夜私下將衣缽傳給慧能。馬上派人去追趕，卻無功而返。慧能隱居修道十年，才在福建莆田少林寺開創了禪宗的「南宗」一派，主張「頓悟」。神秀則成爲南北朝「梁」的國師，並開創了禪宗的「北宗」，主張「漸悟」。兩宗各自消長，天長日久，北宗就衰微沒落了。

佛教禪宗至慧能而發揚光大，一花五葉；一花是慧能，五葉是臨濟宗、曹洞宗、潙仰宗、雲門宗、法眼宗，加上由臨濟宗分出的黃龍派和楊岐派，稱爲禪宗的「五家七宗」。潙仰、法眼兩宗，在宋、元時代就衰微斷絕了。臨濟、曹洞與雲門三宗則延續至今。

商女不知亡國恨，隔江猶唱後庭花（陳後主、張麗華）

煙籠寒水月籠沙，夜泊秦淮近酒家。商女不知亡國恨，隔江猶唱後庭花。

這是晚唐詩人杜牧的〈泊秦淮〉。當時他到江南去，船停泊在秦淮河邊。聽到對岸的歌樓上，歌女們唱的都是〈後庭花〉之類的曲子。這類曲子，內容通俗，都是些風花雪月，男歡女愛。而曲調又非常柔靡悅耳，所以廣受歡迎。令杜牧感觸極深的是：人們不知道，或早已忘了，〈後庭花〉是亡國之音！南北朝的陳國，就亡於這些柔靡悅耳的〈玉樹後庭花〉「們」的歌聲中！

麗宇芳林對高閣，新妝豔質本傾城。映户凝嬌乍不進，出帷含態笑相迎。妖姬臉似花含露，玉樹流光照後庭。

這首陳叔寶的〈玉樹後庭花〉，是為他的愛妃張麗華作的。也因此，在陳叔寶亡國之後，〈玉樹後庭花〉成為亡國的象徵。而貴妃張麗華，也蒙上「紅顏禍水」的罪名。

紅顏何嘗願為禍水？她的不幸，是因她才十歲時，朝廷徵選民間女子入宮去侍候后妃。她懵懵懂懂，根本沒有抗拒餘地，就被選入宮，為太子陳叔寶宮中龔良娣的宮女。也因而有機會得見太子，並因而得幸，自此寵愛不衰。

陳叔寶即位後，張麗華被封為「貴妃」。「享樂主義」的陳叔寶，不恤民力民財，大興土木，在光明殿前修築臨春、結綺、望仙三閣。他自居於「臨春閣」，而讓張麗華住在「結綺閣」。結綺閣高十丈，窗櫺、欄檻，都以沉檀香木建造，以金玉珠翠為裝飾。陳設的豪奢精美，更不待言。漢武帝小時候，曾說要以「金屋」來貯他的表姐陳阿嬌，其實那只是一句孩子話。而陳叔寶為他所寵愛的張貴妃營築的香巢「結綺閣」之奢華靡麗，恐怕漢武帝也不曾夢見。

張麗華到底有什麼過人之處呢？史籍中記載。她髮長七尺，其黑如漆，光鑑照人；臨檻梳妝，望之彷彿神仙。而她之所以寵幸不衰，還不僅於容色豔麗，風華絕代，更在於她的聰慧過人，善伺人意；不僅對人主察言觀色，也「御下有恩」，使後宮都感戴恩德，交口稱譽。這也許是由於她自己出身寒微，並且曾為宮女，深知其中甘苦之故。但也不能不說這是她的寬厚處；歷史上，一旦受了寵，驕妒不能容人的后妃可多著呢！如果陳叔寶不是亡國之君，而是個盛世賢君，她的這些「美德」，在「后妃傳」中少不了會被大加褒獎的。而不幸身爲亡國豔妃，這一切「德行」也難逃「收買人心」的譏議了。

她出身寒微，入宮時只是個年僅十歲的小宮女，本該是個「弱勢」。她卻聰明的把這一弱勢轉化成優勢；她比那些出身名門世家，受過詩書禮儀教養薰陶的妃嬪，懂得更多的「人情世故」，和察顏觀色取悅人主的手段。也知道更多民間不登大雅，對「與世隔絕」的皇帝來說，卻是新奇有趣的習俗，和不同於宮禁中「四平八穩」的遊藝活動。她把這些民間的習俗和娛樂，引進了宮廷；民間的祭典，女巫的歌舞，「下里巴人」的俚腔俗調，當然都比廊廟正經八百的雅樂熱鬧動聽得多！對生長深宮的皇帝來說，更是新鮮有趣。這些來自民間的俚俗情味，使得陳叔寶更能酣暢的享受過去不曾體會過的縱恣歡樂。對一個本來就是「享樂主義」者而言，這樣的人才是他志同道合的人生伴侶。

使陳叔寶離不開她的原因，不僅是她的美色與善伺人意，還有她的才學：以她的出身來說，這必源於她入宮後的努力學習，而非家學淵源。陳叔寶耽於逸樂，荒於政事。百官啓奏時，他也能把張麗華抱在膝上，或頭枕在張麗華腿上「共決國家政事」。而百官陳奏，宦官所不能記的，張麗華能「代爲條文記之」，而且「無所遺漏」。在這種情況之下，陳叔寶對她的寵愛，又不僅是她的美麗巧慧，更有視如「女書記」的倚賴了。陳國的政治不可聞問，又何待言？寵妃、佞臣、外戚、侍宦弄權，賄賂公行，政治敗壞，民不聊生。忠直之臣上書極諫，下場只有一個字：死！

張麗華的肚子也爭氣，爲他生下一個兒子陳深，立即被立爲皇太子，使陳叔寶對張麗華這個傾國傾城的美人，更加寵愛。在他心目中的地位也更加提高、鞏固。他的沈皇后其實是非常賢慧的，卻被他完全冷落了；也許他覺得沒有「廢后」就非常對得起她了。

張麗華，是「玉樹後庭花」的女主角。當時的「配角」可多了。女配角是後宮的妃嬪、宮女，男配角則是被稱爲「狎客」的詞臣們。這些人的「專業」就是陪著皇帝吃喝玩樂，舞文弄墨。陳叔寶幾乎夜夜在後宮「豪宴」，除了他，和妃嬪、宮女之外，陪侍的就是這些「狎客」了；由「狎客」之名，也可以知道這些人的「沒格調」；正人君子誰肯接受「狎客」這種帶著羞辱性，低鄙下流的稱謂？「狎客」們之無行，也就可想而知了。

當時，這些與〈玉樹後庭花〉同樣風格的詩，一定是當代的「流行歌曲」，卻很少能留傳於後世。也就可以知道：或許他們所用的文詞非常華美靡麗，畢竟沒有內涵，日久也就被淘汰了。

陳叔寶非常「開放」，任由這些「狎客」詞臣，與後宮的妃嬪、宮女們調笑酬唱。宮女們有通文墨，能作詩的，他就就冠以「女學士」之名，因此後宮的文風很盛。宴會中常即席吟詩，立時演唱，君臣們一起放浪形骸的縱情聲色享受。

陳國從皇帝起，就終日沉迷於酒色歌舞的徵逐之中，只顧自己奢華享受，不問民間疾苦。大權落在女寵、外戚、宦官、佞臣手中，國家的綱紀敗壞，腐敗糜爛，也就不堪聞問了。

從東晉開始，進入「五胡亂華」、「南北朝」的分裂，至此已到了尾聲；北方已經統一了，隋文帝派了韓擒虎率大軍渡江南征。陳叔寶還相信「王氣在南」，又有長江「天險」屏障，不足爲懼。到南京城破，韓擒虎率兵入宮時，他才帶著他最寵愛的兩個美人：張貴妃、孔貴嬪，躲進了景陽宮的枯井中，留下了千古笑柄；也留下了據說因井邊殘留著張麗華的胭脂，而被稱爲「胭脂井」的遺蹟。

〈玉樹後庭花〉有兩種版本，一種是六句，一種是八句；八句的版本，在六句之後還有兩句：「花開花落不長久，落紅滿地歸寂中」！也眞是一詩成讖！

陳叔寶投降了，在「後主」中，他的運氣算得上是最好的。入隋之後，隋文帝並沒有爲難他，還封他爲「長城公」。不僅對他，對降臣及后妃，也備極禮遇；但其中沒有張麗華！

她的死，後人有不同的記載；《南史》中，說他爲後來的隋煬帝，當時的晉王楊廣所殺。但房玄齡的《隋書．高熲傳》記載：晉王楊廣命高熲在滅陳之後，務必要把張麗華帶回來。高熲深恐晉王會被這亡國尤物迷惑，因此南京城破，自井中引出了陳叔寶和張麗華之後，便把她殺了，以絕後患。就後來晉王即位後的種種作爲來看，隋書之說，較爲可信；隋煬帝的荒淫好色，幾乎是陳叔寶的翻版，且更有過之。大概也沒有斷然殺張麗華這樣絕代尤物的明智。

非常有趣的是：陳叔寶死後，隋文帝給他的諡號，就是「煬」。在「諡法」中，「煬」是負面的諡號。有兩個定義：

> 好內遠禮曰煬。朋淫於家，不奉禮。
> 去禮遠眾曰煬。不率禮，不親長。

當時的隋文帝，大概再也想不到他自己的兒子楊廣，也和陳叔寶得到的諡號相同吧？這兩個諡「煬」的昏君，也眞是一個模印出來的「難兄難弟」！

國之興，都歸功於賢君良臣。國之亡，也常歸咎於「紅顏禍水」；亡國，總得有人承擔罪名的！於是，「玉樹後庭花」被稱爲「亡國之聲」，而張麗華被視爲「亡國之根」。南朝的「陳國」，已隨著歷史成爲過去。只留下了南京景陽宮中「胭脂井」，儆戒著後人……。

無復姮娥影，空餘明月輝（樂昌公主、徐德言）

在《婧髯客傳》中，被稱爲「屍居餘氣」的隋朝權臣楊素，在歷史上給人的印象大抵是負面的。其實，他也有他「人情味」的一面，特別是他成全樂昌公主夫婦「破鏡重圓」的故事，更傳爲佳話。

樂昌公主的哥哥，是好聲色、喜豫樂，並以「玉樹後庭花」的豔詩和靡靡之音亡國的「昏君」陳叔寶。跟哥哥的性情完全兩樣，樂昌公主不喜歡聲色之娛，端莊溫婉，好詩書，也能吟詠。卻看不上圍在哥哥身邊，那些擅作豔情詩的「狎客」們。陳叔寶尊重妹妹的意願，就把她嫁給了性格端方的太子舍人徐德言。

他們婚後，非常恩愛，但並不快樂；兩個人都是有識之士，預見了陳國的危機：江北的隋國已經統一了分裂的北方，絕不會讓南方繼續偏安的！陳叔寶認爲江南有「長江天險」爲屏障而高枕無憂。他們卻了解：那是靠不住的！亡國，只是遲早的事！

果然！隋國名將韓擒虎兵臨城下，陳國亡了！城破之前，樂昌公主催促駙馬逃走：「你不要擔心我！北兵入城，必搜宮眷。我是公主，他們不會殺害我的。一定會把我們一家人解送到長安，由隋國的皇帝發落。比較有可能的是沒入宮中，或賜給王公大臣。你若不走，卻可能遭殺身之禍！」

兩人依依難捨。臨別，樂昌公主將一面銅鏡一分爲二，兩人各執一片。誓言「鏡在人在，鏡亡人亡」。駙馬泣別道：「今日別後，你我的生死存亡都在未定之天。我若死了，幸勿相忘……」

公主垂淚點頭：「你若逃出生天，要設法到長安去。上元試燈時，我會命人到長安花市賣這半面破鏡，讓你知道我的下落！」

一切都如她所預料：她果然在韓擒虎亡陳之後，與哥哥一家人都被解送到長安。她的妹妹，被隋文帝看上了，納入後宮。她則被賜給了權臣「越國公」楊素。因著她「公主」的身分，而且又知道她知書達理，非一般女子可及，所以楊素對她非常尊重禮遇。她卻經常深鎖愁眉，不見歡容。

徐德言依照她的囑咐，逃出生天之後，設法渡江到了長安。在上元試燈時，趕到了長安花市。長安乃是帝都，花市在上元前後，更是熱鬧非凡。但這些都不是他在意的，只一心尋找公主所說的「賣鏡人」。

穿大街，走小巷，到處都是摩肩接踵的人群。他走著找著，忽然看到一群人圍著一個老人嘲笑。走近一看：原來這老人手中拿著半片破鏡，卻聲稱要賣十萬錢！一片破鏡要賣十萬錢，引起了週遭遊人七嘴八舌的嘲笑。這老人卻恍如未聞，堅持非此價不賣！別人只當個笑話看，徐德言卻心知：這必是公主所遣，來跟他通消息的人！擠到老人身邊，喊著說：「老人家！把鏡子給我，我要買！」

老人看著他，笑了。周遭的人意外之餘，都譏笑嘲弄他們，笑說：賣破鏡的是瘋子，竟然遇到個更瘋的人，願意花十萬錢來買這面破鏡！

老人卻不顧周圍的人議論紛紛，拉著他就往人圈外走。脫離包圍的人群，走到僻靜處，才問：「請問官人，爲什麼願意高價買這面破鏡？」

徐德言從懷中取出自己那另一半破鏡。兩鏡相合，嚴絲合縫，分毫不差。老人當即下跪，向他行禮。他連忙扶起，急急問道：「老人家！公主現在何處？」

「越國公府。」

一聽此言，徐德言落下淚來；他知道：他與公主今生是沒有團圓之望了！越國公楊素位居宰相，權勢傾天，公主在他府中，有如進入虎口，何力逃出羅網？

將老僕帶到住處，他寫了一首詩，請老僕連同自己那半面破鏡帶給公主。詩中寫著：

鏡與人俱去，鏡歸人不歸；無復姮娥影，空餘明月輝。

上元節到了！越國公府中張燈結彩，火樹銀花的慶賀佳節。正當大家都歡歡喜喜過節的時候，卻傳出公主涕泣絕食的消息。

楊素聽說了，親自前往探視公主。發現才一、兩天不見，她已容顏憔悴，弱不勝衣。楊素追問原因，她流著淚，告訴楊素原委，並把破鏡與徐德言的詩給他看。

楊素心中惘然；他很敬愛公主，爲她打造了最華美的居所。不但錦衣玉食供奉，還不時的送給她奇珍異寶，以博她歡心。而公主進府以來，從沒有展露過歡顏。如今他才了解：她過去之所以沒有尋死，只爲了等待徐德言駙馬的音信。如今，她知道徐駙馬還活著，也知道他們今生已沒有重圓的希望了。因此，早已失去生趣的她，決意絕粒殉情了……

他默然退出，要那賣鏡的老僕帶路，找到徐德言的住處，把徐駙馬請到府中。見到徐駙馬，他問起此事。徐德言也坦然地把當日分別時的情形對他說明。並說，當時他們有「鏡在人在，鏡亡人亡」之約。如今，雖然兩面破鏡都在，但彼此都知已無重圓之望，他知道以公主的性情，絕不會貪生。他也決定相從於地下，無意獨活於人世了！

楊素爲之動容，公主爲了駙馬而絕粒，駙馬也坦然明告：自己義不獨生！他們這一對夫婦，是多麼的恩愛！又是多麼的有情有義！

他下令設宴，並命人請公主前來赴宴。公主死志已定，被婢僕勉強著起身梳妝。然後在丫環的扶持下來到大廳。乍然見到徐德言駙馬，悲喜交集。兩人淚眼相對，嗚咽失聲。楊素卻恍如不聞不見，請他們入座，張燈開宴。

席中，他請公主作一首詩「言志」。公主流淚吟道：

今日何造次？新官對舊官。笑啼俱不敢，方驗作人難！

楊素笑著站起身來，拉著她的手，交給徐德言：「公主！駙馬！請兩位都不要再悲傷了！就讓我楊素，還你們義夫節婦『破鏡重圓』吧！」

楊素失去了公主，卻博得了「成人之美」的美名呢！

國家圖書館出版品預行編目資料

漫漫古典情 2：詩詞那一刻 / 樸月著 . -- 初版 . --
臺中市 : 好讀 , 2018.12　面 ;　公分 . -- (經典智
慧 ; 62)

ISBN 978-986-178-477-9(平裝)

831　107020003

好讀出版

經典智慧 62

填寫線上讀者回函
獲得更多好讀資訊

漫漫古典情 2：詩詞那一刻【遠古至隋】

作　者／樸月
總 編 輯／鄧茵茵
文字編輯／莊銘桓
行銷企劃／劉恩綺
發 行 所／好讀出版有限公司
台中市 407 西屯區工業 30 路 1 號
台中市 407 西屯區大有街 13 號（編輯部）
TEL:04-23157795 FAX:04-23144188　http://howdo.morningstar.com.tw
（如對本書編輯或內容有意見，請來電或上網告訴我們）
法律顧問 陳思成律師

總經銷／知己圖書股份有限公司
106 台北市大安區辛亥路一段 30 號 9 樓
TEL：02-23672044　23672047 FAX：02-23635741
407 台中市西屯區工業 30 路 1 號 1 樓
TEL：04-23595819 FAX：04-23595493
E-mail：service@morningstar.com.tw
網路書店 http://www.morningstar.com.tw
讀者專線：04-23595819 # 230
郵政劃撥：15060393（知己圖書股份有限公司）
印刷／上好印刷股份有限公司

初版／西元 2018 年 12 月 1 日
定價：250 元

Published by How-Do Publishing Co., Ltd.
2018 Printed in Taiwan

ISBN 978-986-178-477-9